Karin Bottke

Keiner ist ohne Schuld

Familiensaga

AF205185

Bibliografische Information der Deutschen Nationalbibliothek: Die Deutsche Nationalbibliothek verzeichnet diese Publikation in der Deutschen Nationalbibliografie; detaillierte bibliografische Daten sind im Internet über dnb.dnb.de abrufbar.

Impressum

Titel: Keiner ist ohne Schuld – Familiensaga
©2019 Karin Bottke
Umschlaggestaltung: Monika Herzog
Herstellung und Verlag:
BoD – Books on Demand, Norderstedt

ISBN 9783749406814

Keiner ist ohne Schuld

Familiensaga

Karin Bottke

<> Erstes Kapitel <>

War ich hier nicht immer geborgen, fragte sich Maren verzweifelt. Zwar ohne Eltern, ohne familiäre Bindung, aber eingebettet in ein soziales System, klaren Regeln unterworfen. Sie kannte es seit Jahren nicht anders, hatte sich angepasst.

Vor einigen Tagen war jener Viktor aus dem Nichts aufgetaucht, der ihr fremd war, den sie aus ihren Träumen zu kennen meinte. Träume, die sie beherrschten, bedrückten von Kindheit an.

Dieser Viktor, dominierend, großspurig und begütert, wie es schien. Einen jeden mit seinen geschwollenen Reden einwickelnd. Was er so unvermittelt in Maren weckte, konnte sie nicht deuten. Ein Gefühl, es war da, erschreckte sie, schnürte ihr die Kehle zu.

Er würde die Waise aus dem Mainzer Internat in das Haus der entfernten Verwandten, zurück nach Hamburg bringen, hatte er angekündigt. Es sei an der Zeit.

Der gute Name der Reederei Oltmann war erhaben über jeden Zweifel. Die Papiere, die Viktor Oltmann vorgelegt hatte, waren in Ordnung, die Formalitäten erledigt.

Die Übergabe der menschlichen Ware, denn nichts anderes schien Maren Brunjis für ihn zu sein – diese Übergabe war vollzogen worden. Er, den sie Onkel nennen sollte, hatte die widerstrebende Fünfzehnjährige in seinen

Luxusschlitten gesetzt, hatte sich unter den bewundernden Blicken der Mitschülerinnen gesonnt.

Die Reise in das neue Leben seiner allerliebsten Nichte, wie er sie bezeichnete, würde beginnen. Für Maren ein Albtraum. Sie mochte diesen Viktor nicht. Ihn Onkel zu nennen, war ein Unding.

Sie fühlte sich in seinem Auto unbehaglich. Sie hatte ihre trügerische Sicherheit verloren. Endgültig, als ihr klar wurde, dass die Fahrt keinesfalls nach Hamburg gehen konnte.

„Müssen wir nicht über den Rhein?", fragte sie verwundert, und ihr Blick suchte nach entsprechender Beschilderung.

Er hatte sie ausgelacht. „Dummes Zeug!" Man habe lange genug für sie bezahlt. Nun sei sie dran. „Die Wechsel sind fällig", hatte er anzüglich gegrinst und hatte irgendwann die Mosel erreicht. Eine Pause an einer Imbissbude. Er ließ sie nicht aus den Augen.

Was er in diesen ersten Stunden beiläufig, geringschätzig, fast unterbrochen sprach, hatte sie aufgeregt, war ihr in seiner Bedeutung unverständlich, war unwürdig und beleidigend.

„Bist du stumm", hatte er gefragt, als ihm der Stoff für seinen Monolog ausgegangen war.

Sie schüttelte den Kopf, wunderte sich, dass diese Frage sie erreicht hatte, und hasste die Hand, die Pranke, die sich vertraulich auf ihren Oberschenkel legte.

„Seit wann trägt eine junge Dame Hosen", hatte er geknurrt. „Besitzt du nichts Anständiges?"

Was verstand einer wie er unter Anstand? Sie nahm all ihren Mut zusammen. „Ich bin keine Modepuppe", wehrte sie ab.

„Das werden wir bald ändern", kündigte er mit einem Achselzucken an.

Die Worte waren kaum mehr in ihr Bewusstsein gedrungen. Wohin sie fuhren, wusste sie nicht. Sie erfasste das wechselnde Landschaftsbild. Weinberge, Wälder, elf Kilometer nach Trier.

Sie sah ihn fragend an. Er pfiff fröhlich vor sich hin, schien bester Laune zu sein, als die ersten Hinweise auf den Grenzübertritt nach Luxemburg auftauchten.

Ich bin verloren, dachte sie verzweifelt.

Sie hätte sich beim Zoll gern bemerkbar gemacht, aber es ging alles zu schnell. Viktor lachte unverschämt über ihren hilflosen Versuch, rauszuspringen.

Dann überschlugen sich die Ereignisse. Das piekfeine Hotel in Echternach. Das Zimmer, das sie mit diesem Viktor teilen sollte – schließlich waren sie verwandt. Die Schläge ins Gesicht, die sie für ein wütendes „Nein!" bekam. Die Zudringlichkeit der feisten Hände und die Jagd durch die Flure, das Foyer. Geräusche, Stimmen bedrängten sie: „Kannst du nicht aufpassen?" „Trampel!" Ein Mann rief nach Franzi. Ein Kind nach der Mama. Die Betriebsamkeit der Straße nahm sie auf. Maren rannte, stolperte, rannte, bis ihr die Seitenstiche den Atem nahmen.

Sie war getrampt, das erste Mal in ihrem Leben. Zwei Jungen und zwei Mädchen. Man quetschte sie dazwischen. Sie wäre nicht eingestiegen, wären da nur die Jungs gewesen. Die wollten zum Wandern in die Eifel und Maren fuhr mit.

Die Strecke wand sich gemächlich an einem Fluss entlang. Ein Gasthaus, ein Zeltplatz, ein Hinweisschild, das Maren im Vorbei nicht lesen konnte. Manchmal freie Sicht auf das

deutsche Ufer gegenüber. Vor dem Grenz-
übergang Dillingen hatten die Vier sie nach
ihrem Pass gefragt. Sie geriet in Panik. Was
nun? Da waren sie durchgewunken worden,
hatten den Fluss auf einer imposanten Stein-
bogenbrücke überquert. Sie hatte keine Au-
gen dafür, zumal sie gerade gefragt wurde:
„Hast du was angestellt?"
Das Mädchen rechts neben ihr sagte schnell:
„Nee, lass mal. Wollen wir gar nicht wissen.
Wo willst du raus?"
„Vor dem nächsten Ort", sagte sie.
„Am Fluss?" Maren nickte. Ihr war alles egal.
Nur raus hier, weg, untertauchen.

Wo war sie? Ich muss mich verstecken, überlegte sie und schlug sich zu einem Grasweg
am Ufer durch. Jeder Laut ließ sie zusam-
menzucken. Gehetzt sah sie sich um; biss
sich auf die Lippe, um einen Aufschrei zu
unterdrücken.

Die Geräusche der lebhaft befahrenen Straße
trieben sie tiefer in den Bewuchs, der üppig
war und ihr Sichtschutz gab. Mutlos schlich
sie am Wasser entlang, trottete planlos durch
die Hitze. Hatte Durst, Hunger und das heu-
lende Elend.

Sie kauerte an dem ausgespülten Ufer. Ihre Hände wühlten im feuchten Kies, schlugen blindlings glatte Steine aneinander. Das helle Klick-Klick dröhnte ihr in den Ohren. Ein Spuk? Sie hatte Victors Flüche gehört. Durchdringend, lautstark. Er war es doch? Sie hatte ihn gesehen! War sie ihm im Hotel nicht entkommen? Sein Auto hatte gerade noch drüben an der Landstraße gestanden, die Fahrertür weit aufgerissen. Sie sah den Weg entlang. Da war kein Fahrzeug. Du siehst Gespenster, dachte sie.

Geduckt kroch sie ans Flussufer. Ihre Augen suchten den Grund zu durchdringen, blickten voll Entsetzen auf einen Stein, herausragend und scharfkantig. Auf die rote Spur, die an ihm hinablief, die ihm den Anschein gab, zu bluten.

Es schien ihr verlockend, in das Wasser zu springen. Die geballten Wolken zogen in seinem Spiegel dahin, als befände sich tief unten der Himmel. Versinken – nichts sehen, nichts erleiden.

Und wie, wenn man schwimmen kann? Und sie dachte an ihn, diesen Viktor. Ob er ein

11

guter Schwimmer war? Sie spürte Erleichterung, atmete auf. Entkommen, dachte sie.

Sie folgte eine Weile dem Verlauf des Flusses, fragte sich, wo er entsprang, wohin er strebte. Am Ufer verrieten geneigte Gräser die Richtung. Kleine Strudel ließen das Wasser gefährlich erscheinen. Ein Kanu glitt vorbei. Der Bursche rief, winkte. Was wollte er von ihr? Sie sah entsetzt zur Seite. Nicht schon wieder diese Angst.

Irgendwo da hinten schimmerten braune Dächer. Ein Kirchturm ließ seine Bleistiftspitze im Sonnenlicht blinken. Grillen zirpten ihr schrilles Lied.

Sie nahm es aus dem Nebel ihrer elenden Grübeleien wahr. Sie hasste die sich produzierenden Gedanken, die Ausweglosigkeit. Ihr Blick heftete sich auf die nahe Siedlung. War dort Hilfe? Oder neue Bedrohung? Sie hoffte auf ein Wunder, und wieder überschwemmte sie die Trostlosigkeit ihrer Lage.

Ich werde eine Telefonzelle suchen, dachte sie. Und wo? Etwa im Ort? Mit wem denn. Mit der Heimleitung? Damit sie noch einmal einem Onkel Viktor ausgeliefert werden würde? Vielleicht nehmen sie dich zurück, meldete sich eine bescheidene Zuversicht. Vermutlich war ihr Internatsplatz inzwischen besetzt.

Die Polizei, dein Freund und Helfer, überlegte sie. Da wäre ich in den besten Händen. Hände! Berührungen! Bei dem Gedanken wurde ihr übel. Und wenn man ihr nicht glaubte? Onkel-Viktor-Typen konnten überzeugen. Das hatte sie erfahren müssen.

Ich habe kein Geld und keinen Ausweis. Diese Erkenntnis traf sie niederschmetternd. Zum Vagabundieren fehlte ihr der Schneid. Wie mag man in dieser feindlichen Männerwelt überleben, fragte sie sich.

Maren war längst nicht mehr fähig, zwischen gut und böse zu unterscheiden, eine Situation sachlich zu beurteilen. Griff nicht alles gierig nach ihr, um sie aus der Bahn zu werfen? Welche Bahn? Wenn sie je eine gehabt hatte, dann war sie ihr spätestens dort hinten, an jenem Stein, verloren gegangen.

Auf einem hölzernen Anleger spielten ein paar Halbwüchsige, planschten bäuchlings mit den Händen im seichten Wasser und ließen flache Kiesel springen. Marens Augen suchten die Oberfläche ab.

Die Kinder sahen neugierig zu ihr hinüber. Mehrere Flüsse schienen sich hier zu vereinen. Auf einem Findling waren zwei Worte eingemeißelt. Unter einem Bruchstrich buchstabierte sie das Wort: SU-RE, darüber: SAU-ER. Es mochte der zweisprachige Name dieses Flusses sein.

Die Kinder verließen den glitschigen Steg und im Vorbeirennen fragte ein Mädchen sie: „Wer bist'n du?"
„Niemand", sagte Maren, „ich bin niemand!"
Hastig setzte sie hinzu: „Wo bin ich hier?"
Das Mädchen lachte. „Bist du dumm! Das da ist Wallendorf", und sie zeigte auf den spitzen Kirchturm. „Da drüben ist schon Luxemburg! Wohnst du auf dem Zeltplatz an der Our?"
Maren schüttelte den Kopf. „Heißt dieser andere Fluss dort so?" Während sie den Kindern nachsah, hatte sie ein Ziel. Sie würde zum Zeltplatz gehen. Die Abendsonne warf bereits lange Schatten. Am schwärzer werdenden Wasser wollte sie keinesfalls nächtigen.

Der Weg dorthin erwies sich als beschwerlich, weil sie die belebte Straße mied. Ihr kroch intensiver Duft von Rauch und gegrilltem Fleisch in die Nase. Ihr Magen reagierte mit Abscheu. Oder war es Hunger?

Sie ging zögernd über die Wiese, durch die Reihen bunter Zelte und vereinzelter Wohnwagen. Vor ihren Eingängen genossen Camper die laue Sommerluft, die Erlebnisse des vergangenen Tages austauschend und Pläne für morgen machend.

„Hey", rief ein Mann anzüglich: „Wie siehst du denn aus? Schlägerei, was?"

Maren zuckte bei der durchdringenden Stimme zusammen. Sie sah sich um.

„Na, dich meine ich."

„Bin gefallen", murmelte sie und sah an sich herunter. „Vorhin, am Fluss."

„Seid ihr neu hier? Bist wohl mit deinen Eltern heute erst angekommen? Ich habe dich noch nie gesehen."

Als Maren weglaufen wollte, rief die Frau: „Willst'n Würschtl?" An ihren Mann gewandt sagte sie: „Bestimmt bauen die grade erst auf."

So kam Maren an diesem Abend zu Bratwurst mit Limo und fühlte sich für den Augenblick ein bisschen lebendig.

Auf ihrem Bummel entdeckte sie zwischen stattlichen Hauszelten ein altersschwaches, dunkelgrünes Spitzzelt. Ein Sturm mochte die Heringe seitlich gelockert haben, zwei Seile hingen lose, ließen die Leinwand klaffen. Die Besitzer schienen sich lange nicht gekümmert zu haben. Sie beobachtete argwöhnisch den Platz, wartete ab und kroch in der hereinbrechenden Dunkelheit, hastig nach allen Seiten schauend, unter die Plane. Der Gummiboden war hart, die Decke roch muffig. Ihre dünne Jacke wärmte nicht. Trotzdem fiel sie in einen unruhigen Schlaf.

Im Morgengrauen lag sie bereits wach. Die empfindliche Kühle hatte sie aus wirren Träumen gerissen. Sie lauschte mit geschlossenen Augen auf das seltsame, sich wiederholende Geräusch.
Erst allmählich erinnerte sie sich daran, wo sie sich befand, erkannte nun deutlich das Surren der Reißverschlüsse: Zelt auf, Zelt zu. Das Camperdorf begann sich zu regen.

Maren krabbelte heraus, lugte nach rechts, nach links und schlich über das vom Morgentau feuchte Gras. Sie erreichte unbehelligt die Sanitäranlagen.
Im milchig beschlagenen Glas eines Spiegels zeichneten sich Konturen ab. Ihr Gesicht –

verschwollen und gerötet! Das kalte Wasser tat gut, weckte die Lebensgeister.

Drei Damen mittleren Alters – ohne männlichen Anhang reisend, stellte sie erleichtert fest – betraten lebhaft schnatternd den Raum. Sie bezogen Maren in ihre Unterhaltung ein, liehen ihr ein Handtuch und luden sie auf ein Marmeladenbrot in ihr Vorzelt.

„Du Armes. Unverantwortlich, wie Kinder heutzutage von ihren Eltern vernachlässigt werden!"

„Mama und Papa schlafen immer lange", schwindelte sie den freundlichen Leuten vor und erhielt einen Pott Kaffee obendrein.

Sie versorgten das Mädchen mit Jod, Pflaster und klugen Ratschlägen. Maren wurde vertrauter mit der Gutmütigkeit der Campingfreunde, die sich ihr wie eine große Familie darstellten.

Die Leute fragten nicht, erzählten viel und gerne. Ihr Woher, ihr Wohin. Was sie verbindet und dass sie bereits den dritten Sommer auf diesem Platz an der Our verbringen.

Maren war das Geplapper sehr lieb, aber auf die Dauer konnte sie sich hier nicht durchlügen.

Wäre ich doch nur schon älter.

Sie war zum Findling am Anleger zurückgelaufen und starrte in das Wasser. Erschrocken sah sie auf, als eine Autotür zuschlug. Das Fahrzeug hatte den Fluchtweg zur Straße abgeschnitten. Der Fahrer stieg aus, zog sein Jackett an und rückte die Krawatte grade. Er kam nicht hastig, aber gezielt auf sie zu.

Sofort war die Starre in ihr, die sie so fürchtete. Die ihr Denken ausschaltete. Ihr Herz raste. Sollte sie zum Zeltplatz rennen?

Sollte sie … Zu lange hatte sie gezögert. Sie hob die Hände, ahnte nicht, wie kampfbereit sie aussah.

„Ich habe Sie gestern im Hotel gesehen", sagte der Mann nach einem kurzen: „Hallo!"

„Was wollen Sie?" Marens Stimme, ihre Gesten, ihr ganzer Körper drückte Abwehr aus.

„Sie haben mich umgerannt. Sie werden kaum mit diesem geschniegelten Herrn Fangen gespielt haben?"

„Was wollen Sie?"

„Das kommt darauf an, was Sie mir erzählen."

Maren schien, als hätte der Fremde einen spöttischen Zug um den Mund. Eine leicht

18

hochgezogene Augenbraue, die linke, verstärkte den Eindruck.

Was sollte sie tun? Hilfe erwarten? Von dem? Andererseits, von wem sonst? Konnte sie wählerisch sein? Mochte er sie nur nicht anfassen! Wäre sie doch älter – volljährig, unabhängig.

„Nun? Habe ich die Sichtprüfung bestanden?", fragte er jetzt in gutmütigem Tonfall. Das spöttische Grinsen vertiefte sich. „Wie alt sind Sie?"

Verdammt, diese Frage hatte Maren fast erwartet. „Achtzehn", stieß sie hervor.

„Soso … Ausweisen können Sie sich natürlich nicht, oder?"

„Hören Sie auf, mich zu belästigen. Hauen Sie ab!" Verflucht! Dieser grässliche Kerl mit seinem schulmeisterlichen Auftritt. Er zeigte ihr erst so richtig ihre eigene Hilflosigkeit, die unerträglicher war, als ihr Hass.

„Dreizehn?", fragte er im gleichen Ton.

„Fünfzehn!", platzte sie heraus und hätte sich im selben Moment ohrfeigen können.

„Na also." Der Fremde schien erleichtert.

„Du machst es einem ganz schön schwer." Er setzte sich auf einen Baumstamm in der Nähe und bat: „Komm hierher. Du hockst auf dem

19

Stein wie ein Aushängeschild. Deine leuchtende Jacke ist mir schon von weitem aufgefallen."

Sie starrte an sich herab und zerrte die Jacke von den Schultern. Unentschlossen setzte sie sich ans andere Ende des Stammes. Wie ein armer Sünder hockte sie da.

„Du brauchst Hilfe, stimmts?", kam er zur Sache.

Sie reagierte nicht. Nervös kaute sie auf ihrer Unterlippe. Die war seit gestern aufgeplatzt und schmeckte blutig.

„Vor wem bist du ausgebüxt?"

„Das ist meine Sache! Wenn ich Geld hätte, käme ich schon durch!"

„Und wie lange? Hast du einen Wohnsitz? Papiere? Arbeit? Oder gehst du noch zur Schule?"

„Ich hab die Mittlere Reife. Und eine Ausbildungsstelle habe ich auch!"

Nun hatte er sie doch zum Reden gebracht.

Er hörte sich eine abenteuerliche Geschichte von diesem Viktor und ihrer überstürzten Flucht an, unterbrach die abgehackten Sätze mit keinem Wort. Wartete, wenn sie schluchzte, wenn sie erschöpft eine Pause machte, und beobachtete sie, als wollte er hinter ihre Stirn schauen.

Schließlich sagte er: „Habe ich mir fast gedacht." Er sah über den Fluss, betrachtete seine Hände, schob sie zwischen die Knie, rieb sie nachdenklich gegeneinander, schaute wieder übers Wasser.

Was sah er dort? Irritiert folgte Maren seinem Blick. Nein, es war auch heute eine blaue, himmlische Fläche.

„Vorerst wirst du mit mir kommen", bestimmte er endlich.

Sie zögerte, betrachtete ihn aus dem Augenwinkel. Nicht so geschniegelt, wie dieser Viktor, ein Vertretertyp vielleicht? Von Berufs wegen waren solche Leute öfter ins Internat gekommen. Um Lehrmaterial, Schulbücher, Schreibmaschinen oder Raumausstattungen anzubieten. Zu diesen Besuchern war der Kontakt strikt verboten. Es war ihr gleich gewesen, sie hatte von sich aus jegliche Begegnung vermieden, verhielt sich argwönisch all und jedem gegenüber.

Widerspruchslos ging sie mit gesenktem Kopf neben dem Fremden her, ließ sich gar nicht erst auffordern, saß bereits auf dem Beifahrersitz, als er einstieg, und fühlte sich leer. Leer und ausgebrannt. Ich bin verloren, dachte sie.

Sie sah auf seine Hände, die das Lenkrad umspannten. Schmale gepflegte Hände. Ein Ring an seiner Rechten. Sie berührte den Ring und ihre Blicke trafen sich.

„Verheiratet?", fragte sie mit zitternder Stimme.

„Ja." Er nickte.

„Glücklich?", hakte sie misstrauisch nach.

„Ja", sagte er ernst. „Über zwanzig Jahre."

Irgendwie fühlte sich Maren besser. Nicht mehr so dumpf, so hoffnungslos. Er ist glücklich, dachte sie, als brächte ihr diese Tatsache Schutz. Sie fragte nicht, wohin. Sie dachte an das Heim in Mainz. Der ganze Schlamassel würde von vorn anfangen.

Ach verdammt, sie hatte keine Chance. Wenn sie doch schon älter wäre.

Wallendorf

Mit dem Auto waren es wenige Minuten bis nach Wallendorf. Vor einem Siedlungshaus mit üppig roten Hängegeranien auf breiten Fensterbänken stoppte er und bog in die Einfahrt. Er stieg aus und sie folgte zwangsläufig.

Er hatte den Eingang noch nicht erreicht, als die Tür geöffnet wurde und eine Dame ihn in die Arme schloss. „Na mein Junge? Dass du dich an mich erinnerst."

Ein kurzer Wortwechsel, dann drehte er sich um. „Ich habe dir wen mitgebracht", sagte er und winkte Maren heran.

Die kam langsam näher und ließ die Dame mit der grauen Lockenfrisur nicht aus den Augen. Der Fremde hatte nur gesagt: „Ich habe sie gefunden, Mutter." Und den Nachsatz: „Sie braucht Liebe."

Die Antwort der Mutter: „Da ist so ein Mädel bei uns in den richtigen Händen, meinst du?", ließ bei Maren sofort alle Alarmglocken läuten. Nur nicht anfassen. Nur keine Nähe! Sie braucht Liebe, hatte er gesagt, ein Wort, dem Hass verwandt, nur viel grausamer.

Die Dame hatte fast scheu ihre Hand unter Marens Arm geschoben und leitete das Mädchen ins Haus. Maren glaubte, seinen Blick im Rücken zu spüren. Das ließ sie frösteln. Was würde sie erwarten?

„Mutter, ich weiß, ich lade dir jetzt eine große Verantwortung auf. Aber ich habe mich bereits schrecklich versäumt. Ich möchte, dass die Kleine bei dir bleibt. Nach der Besprechung komme ich zurück. Es könnte Nachmittag werden."

Und an Maren gewandt: „Ich hoffe, du bist klug genug, hier in der Geborgenheit zu bleiben. Wir werden nachher klären, was aus dir werden soll. Du tätest gut daran, meiner Mutter Vertrauen zu schenken. Sie hat Übung, ist Beichtvater meiner Kinder. Sie kann schweigen wie ein Grab", setzte er etwas anzüglich hinzu.

Er drückte seine Mutter zum Abschied, fasste Maren unters Kinn, sah in ihre Augen und nickte ihr zu: „Wird schon wieder."

Als sie der Berührung auswich, entsetzt den Mund aufriss zum Schrei, war er schon aus dem Haus.

Sie stellte sich neben die Dame ans Fenster und sah ihm nach. „Er hat Kinder", sagte sie versonnen. „Wie heißt er eigentlich?"

„Christoph. Christoph Hellmig."

Maren folgte ihr in die Küche, sah ihr beim Kaffeekochen zu, nickte. Ja, sie würde gern eine Tasse Kaffee trinken. „Mit Milch, gern ... Ja, auch ein Brot ... Nein, keine Wurst ... lieber mit was Süßem drauf."

Durch dieses belanglose Gespräch hatten beide ihre Verlegenheit überwunden. Das Mädchen hatte deutlich gespürt, dass auch die andere nicht recht wusste, was sie sagen sollte.

Maren hatte, wie so oft, noch einmal ihren Namen nennen müssen.
„Wie schreibt sich Brunjis?"
„B R U N J I S", buchstabierte Maren.
Frau Hellmig runzelte die Stirn, stand einen augenblick unschlüssig. Dann schüttelte sie ein Sofakissen auf, rückte die Tischdecke grade und räusperte sich. „Du darfst gern Mutter Hellmig sagen", meinte sie, „das tun eigentlich fast alle im Dorf."

Seltsam, es ging ihr leicht von den Lippen. Überhaupt – sie kam nicht einmal auf den Gedanken, wegzulaufen. Obwohl sie bange gefragt hatte: „Ob er die Polizei benachrichtigt?"
Mutter Hellmig zuckte mit den Schultern. „Das kann ich dir nicht sagen. Ich weiß ja nicht einmal, was du angestellt hast."
„Nichts!", meinte Maren verzweifelt und sie war plötzlich bereit, in dieses aufmerksame Gesicht hinein Ereignisse der letzten Stunden auszubreiten.
„Was ist das für eine Ausbildung, von der du sprachst?"

„Das ist erledigt", winkte Maren ab. „Dieser Viktor, Onkel Viktor, hat mir die Stelle besorgt. Weiß der Himmel, was das gewesen wäre."

„Und deine Verwandten leben in Hamburg?"

„Keine Ahnung, ob es überhaupt Verwandte sind. Die Oltmanns sind stinkreich."

„Oltmann ... Es gibt eine Reederei dort", stellte Mutter Hellmig fest, füllte den Wasserkessel und setzte ihn auf den Herd.

Maren zuckte mit den Schultern. „Ich denke schon. Dieser Protz, der Viktor, hat damit angegeben. Ich will sie vergessen, alle."

„Woher kennst du meinen Sohn? Wann hast du ihn getroffen?"

„Ich kenn ihn nicht ... Er hat mich in der Nähe des Zeltplatzes aufgegabelt. Er hätte mich erkannt. An meiner leuchtenden Jacke. Ich hab ihn angeblich im Echternacher Hof umgerannt. Vielleicht hat er meine Flucht bemerkt. Ich weiß ja selbst nicht."

„Richtig, in dem Hotel hatte er gestern Abend ein Essen."

„Er hat Sie besuchen wollen. Und ich habe Sie um die Freude gebracht", sagte Maren bekümmert.

„Ach was, das holen wir nach." Mutter Hellmig ließ keine Traurigkeit aufkommen.

Am frühen Nachmittag kam Christoph Hellmig mit einer Überraschung. Er brachte Marens Gepäck. Handtasche, Ausweis, das bisschen Geld.

Maren wich vor ihm zurück, so gut es ging, aber ihr Gesicht hellte sich auf. „Wie haben Sie das geschafft?"

„Ich habe oft in dem Hotel zu tun. Konferenzen, Meetings, Lehrgänge. Man kennt mich. Ich habe an der Rezeption nachgefragt. Dieser Oltmann ist samt Auto verschwunden. Sie haben euer Zimmer geräumt und die Koffer sichergestellt. Als ich bereit war, die entgangenen Übernachtungskosten zu bezahlen, hat man mir dein Gepäck ausgehändigt."

Maren schleppte ihre Sachen in das Bad. Der Raum erschien ihr vornehm, bis zur halben Höhe lindgrün gekachelt und lichtdurchflutet. Im Internat hatten die Waschräume keine Außenfenster, waren mit grauer Ölfarbe gestrichen und feucht.

Sie wusch sich und nahm das Jodfläschchen und die Wundcreme, die sie sich vorhin nicht auftragen lassen wollte. Nur nicht berühren, hatte sie abgewehrt. Sie kramte in der Kleidung, die sie in ihrer Aufregung in den Koffer gestopft hatte. Eine saubere Hose, ein leichter Pulli – ein bisschen ein anderer Mensch.

Mutter und Sohn hatten im Wohnzimmer ein heftiges Gespräch. Maren war froh, unbemerkt in die Küche huschen zu können. Sie wollte nichts hören, nichts sehen, hatte sich in die Sitzecke verkrochen und war erschöpft eingenickt.

Ihr Traum war konfus. Sie rannte wild und bewegte sich nicht von der Stelle, während sich ein Löwe mit unheimlichem Gebrüll näherte. Sie spürte seinen Atem, seine Tatzen auf dem Körper. Sie warf sich mit einem Schrei herum und wurde gehalten. Eine sanfte Stimme rief: „Wach auf, Maren! Komm zu dir!"

Mühsam fand sie zurück, sah sich ängstlich um. Der Raum war schummrig, sie lag Mutter Hellmig im Arm und weinte vor Aufregung. „Es war schrecklich. Ich wurde verfolgt. Ein Löwe." Nur langsam beruhigte sie sich und löste sich verlegen aus den fremden Armen.

„Mein Sohn lässt grüßen. Du sollst dich die Woche ausruhen. Er kümmert sich, hat er gesagt. Wenn jemand – egal wer! – dich abholen will, so sollen wir unbedingt vorher bei ihm anrufen. Keinesfalls gehst du mit, hat er bestimmt, bevor er klar sieht."

„Er wohnt nicht in Wallendorf?"

„Nein. In Trier."

„So weit", meinte Maren versonnen.

„Keine vierzig Kilometer, aber daran gemessen, wie oft er mich besucht, dürften es vierhundert sein! Er hat halt viel zu tun. Die Hauptgeschäftsstelle in Trier, die Verhandlungen bei Kunden, unpersönliche Hotelzimmer und dauernd auf der Landstraße unterwegs. Die Familie soll auch nicht zu kurz kommen, die Kinder ..." Das hatte Mutter Hellmig mehr für sich gesagt, mit gewissem Stolz. „Dass ich mich manchmal verlassen fühle, geht ihn nichts an. Er hat Sorgen genug", setzte sie hinzu.

„Dafür kommen Ihre Enkel oft nach Wallendorf, oder?"

„Manchmal. Früher … in den Ferien", nickte Mutter Hellmig. Sage und schreibe fünf Enkel hatte sie in Trier. Eine richtige Großfamilie! Obwohl – im Heim war Maren von fast neunzig Mädchen im Alter von sechs bis achtzehn Jahren umgeben. Da ging es ganz anders zu.

An diesem Abend lag sie in dem frisch bezogenen Bett, in dem sonst die Ilse schlief. Mutter Hellmig hatte gesagt, dass diese ihr am engsten ans Herz gewachsen sei.

Maren wühlte sich in den Schlaf, fürchtete sich vor der Nacht. Aber wider erwarten träumte sie von einem unbekannten Mädchen, das rote Geranien pflückte, die sie ihr lachend in den Schoß warf.

Mutter Hellmig

Tatsächlich wurden die beiden Wallendorfer in diesen Tagen nicht behelligt. Ab und zu klingelte das Telefon. Dann sprach die Mutter mit Christoph, und Maren schnappte Bruchstücke auf, die sie beunruhigten. Zumal sich Mutter Hellmig ausschwieg.

Im Übrigen verstand sie es wirklich, Maren zum Reden zu bringen. Sie vermied, Maren auszufragen, sprach mit ihr über Belangloses, ihre Gewohnheiten, ihre Pläne und Wünsche.

„Wenn ich eine Mutter hätte", sagte Maren einmal, „sollte sie so sein wie Sie, Mutter Hellmig."

„Du wirst hoffentlich mal eine bessere Mutter als ich", war die Antwort, aber die Bewunderung schien der Älteren zu gefallen.

Wie es kam, dass diese dann die längst vergangene Geschichte von Franziska erzählte, konnten die beiden später nicht mehr sagen. Es war wohl die Frage: „Hatten Sie nur den einen Sohn, den Christoph?" Und die Antwort: „Mein ältester Sohn war bei der Wehrmacht. Er liegt in Wallendorf auf dem Gemeindefriedhof. Zusammen mit meiner Franzi."

Als Maren schwieg, nur groß und fragend in die Augen der Mutter sah, begann diese nach und nach zu erzählen.

Maren erfuhr von einem prächtigen Mädchen, das zart und zerbrechlich war. „Meine Erinnerung hat ihr Bild verklärt", lächelte die Mutter entschuldigend. „Sie war ein Nachkömmling. Meine beiden Jungs waren schon aus der Schule. In der Nacht, als mein Mann, mein lieber Franz, in den Ardennen fiel, setzten die Wehen ein. Das Kind war schwach, war vier Wochen zu früh. Ich musste es regelrecht aufpäppeln."

Im Laufe der Gespräche wurden Maren die Zusammenhänge klarer. Sie bekam einen Einblick, was Mutter Hellmig in jenen Jahren leisten musste. Die halbwüchsigen Jungs, die

Firma, der große Haushalt, das Kleinkind. Und die furchtbaren Kriegswirren, gerade hier im Grenzbereich. Wie hatte sie das geschafft? Vielleicht war sie deshalb so eine starke Persönlichkeit?

Der Firmensitz war in den Vierzigern nach Trier verlegt worden. In der Konzer Straße hatte ein Haus mit weitläufigem Grundstück zum Verkauf gestanden, und Franz Hellmig hatte zugegriffen. Wenn sie von dem Gebäude sprach, redete sie nur von der Villa Hut.

„Der Zeitpunkt des Kaufs war eine Fehlentscheidung, denn Trier wurde bald bombardiert. Mehrmals. Franz war Soldat und ich war für die Jungs allein verantwortlich. Ich ging schweren Herzens mit ihnen zurück nach Wallendorf", meinte sie erklärend. „Das war unser Glück, wenn man überhaupt in den Jahren von Glück sprechen konnte."

Johanna Hellmig strich erschöpft die krausen Locken aus der Stirn. Sie seufzte. „Vierundvierzig fiel mein Franz. Er ruht irgendwo da draußen. Weihnachten stand Trier unter Beschuss, war eine Geisterstadt geworden. Die Alliierten hatten alles in Schutt und Asche gelegt. Das Herz tut mir weh, wenn ich daran denke."

Maren bekam Einblick in den Überlebenskampf jener Jahre. Wie Erinnerungen quälen, nie ganz von einem ablassen, nur schlummern. „Du musst damit fertigwerden, ob du willst oder nicht", hatte Mutter Hellmig gesagt.

Diese Worte beschäftigten Maren. Sie bezog sie auf sich, auf ihre Ängste. Sie musste damit fertigwerden. Ja, ja … sie wollte. Aber der Löwe ließ es nicht zu.

Maren fragte nach diesen Jahren, sog die Schilderungen in sich auf, bewunderte die Frau, die nie aufgegeben hatte.

„Es galt, meinen beiden Söhnen das Erbe zu erhalten. Fritz, mein Erstgeborener, hatte seine Ausbildung abbrechen müssen. Ich hatte versucht, den Marschbefehl zu verhindern. Aber an der deutsch-luxemburgischen Grenze standen die Amis. Fritz wurde eingezogen, gerade mal siebzehnjährig … In den letzten Kriegstagen verlor ich auch ihn, meinen Ältesten."

Das Erzählen strengte sie an. Aber es schien ihr ein Bedürfnis, Maren jene Jahre nahe zu bringen, die Opfer forderten und traumatisierte Menschen zurückließen. Menschen, die Hilfe gebraucht hätten. Die sich aufrichteten und weiterlebten.

„Mir blieb keine Zeit zur Trauer. Ich glaube, der liebe Gott hatte mir die Franzi geschenkt, damit mein Leben Sinn behielt", sagte sie versonnen. „Ich habe meine Kleine so sehr verwöhnt, dass ich befürchte, dem Christoph nicht die nötige Liebe gegeben zu haben."

„Hat er sich beklagt?"

„Nein. Nie."

„Aber Christoph ist doch der Chef?", hatte Maren gefragt.

„Ja, jetzt." Die Mutter hatte Maren nachsichtig angelächelt. „Sieh mal, er war nach Kriegsende ungefähr so alt, wie du heute. Ich dachte, dass er mindestens zehn Jahre brauchen würde, bis er die Geschäfte selbstständig übernehmen kann. Wir renovierten die Villa, vieles in Eigenarbeit. Ich startete in Trier neu durch, bin ja von je her Arbeit gewohnt. Aber nicht so, so allein, ohne Halt. Ich befürchtete, zu versagen. Es ging doch um unser Lebenswerk."

Die Mutter war damals voll Sorge, als Christoph viel zu früh heiratete. „Innerhalb weniger Jahre hatte ich fünf Enkel. Aber – es hat ihn nicht vom beruflichen Ziel abgebracht." Mutter Hellmig hatte das mit sichtlicher Zufriedenheit erzählt.

„Er legte einen Senkrechtstart hin. Und ich konnte mich meiner Franziska mehr widmen. Das Schicksal schien es endlich gut mit mir zu meinen. Dann ließ mich Franzi allein. Eine Grippe. Nur eine lumpige Grippe. Ich wollte zu meinen Gräbern nach Wallendorf ziehen. Aber meine Schwiegertochter hielt mich. Ich könne sie nicht mit den Kindern im Stich lassen.
Ob Gerlinde mich wirklich brauchte, oder ob sie mich nicht meiner Trauer überlassen wollte – darüber hat sie nie gesprochen. Die beiden Großen waren gerade erst in die Schule gekommen. Meine Enkel hielten mich in Atem. Nur aus der Firma zog ich mich allmählich zurück."

Während dieser Erzählungen, verteilt über die ersten gemeinsamen Wochen mit Maren, unterbrach sich Mutter Hellmig fortwährend. Sie wischte sich mit müder Geste über die Augen, bevor sie mit einem Seufzen weitersprach.

„Ich habe erst vor wenigen Jahren Trier endgültig den Rücken gekehrt. Christoph hat Ab-
läufe umgestellt, modernisiert. Gerlinde wollte meine Räume für sich einrichten." Leise
setzte die Mutter hinzu: „Sie hatten es nicht
gesagt, aber ich spürte deutlich, dass ich über
war. In Wallendorf habe ich Abstand gewonnen. Hier habe ich ein paar Freunde. Keine
Geschäftspartner, verstehst du? Vor allem
habe ich hier meine Toten, soviel verlorene
Liebe."

Maren hatte zaghaft einen Arm um sie gelegt
und dicht an ihrem Ohr geflüstert: „Ich habe
gar nichts. Kein Grab und keine Trauer." Sie
hatte bruchstückhaft das Dürftige berichtet,
was sie vom Hörensagen wusste. Versank in
abwesende Pausen.

Der Gedanke an eine Schiffsreise in die Staa-
ten, von der ihr erzählt worden war, versetzte
sie in Panik. „An Mama und Papa kann ich
mich kaum erinnern. An gar nichts kann ich
mich erinnern. Nur die Träume."
„Wie heißt dein Papa", fragte Mutter Hellmig, während sie an der Anrichte stand und
Gemüse putzte.
„Edgar", sagte Maren leise.

„Autsch!" Scheppernd war der Mutter das Messer zu Boden gefallen. Der Handballen blutete stark. „Dass ich aber auch so ungeschickt bin", schimpfte sie.

Maren eilte hinzu: „Schlimm?", fragte sie besorgt und leitete Mutter Hellmig zum Esstisch. Ein Tuch, Mull, Pflaster. Maren bemühte sich, die Wunde zu verbinden. Spülte das Messer, wischte das Blut fort und fragte wiederholt, ob sie zum Doktor gehen sollten.

„Ach was. Du hast das gut verbunden." Die Hände der Mutter ruhten im Schoß, zitterten leicht.

„Soll ich das Gemüse …"

„Nein. Lass alles liegen. Setz dich zu mir. Das lenkt mich ab." Mit der gesunden Hand streichelte sie Marens Wange.

„Wie war das mit Mainz?"

„Ich war wohl sechs, als ich ins Internat gebracht wurde. Dort war bis jetzt mein Zuhause."

Immer wenn Maren angestrengt versuchte, die Lücke zwischen ihrer jüngsten Kindheit in Hamburg und der Einschulung in Mainz zu schließen, sich zu erinnern, brach ihr kalter Schweiß aus. Sie hörte das Brüllen eines Löwen aus dem Wabern gespenstischer Schatten. Bei diesen Visionen erstickte ihre Stimme unter Tränen und sie rang nach Luft. Nein, es war ihr unmöglich, jene Zeit heraufzubeschwören.

Mutter Hellmig hatte sich daran gewöhnt, dass Maren aufsprang, in jähem Bewegungsdrang das Zimmer verließ, durchs Haus lief oder in den Garten.

„Warum weiß ich aus diesen Jahren nichts? Nur Träume sind mir geblieben. Schreckliche Träume. Sie greifen nach mir. Ich hasse sie, die Verwandten, die Träume."

„Haben Oltmanns sich um dich gekümmert? Dir geschrieben? Dich in Mainz besucht?"

„Ich hatte nie Besuch. Wollte das auch nicht."

„Und in den Ferien?"

„Da war es schön. Ich hatte die Schulbücherei für mich, habe viel gelesen, auch gelernt. Damit ich schnell erwachsen werde."

„Erschien dir das so erstrebenswert?"

Maren nickte. „Ich wünschte, ich wäre älter. Dann gehöre ich niemandem mehr. Ich kann arbeiten und meinen Lebensunterhalt selbst verdienen."

„Hast du dich im Internat wenigstens wohlgefühlt?"

„Ich habe viel geweint. Heimweh soll es gewesen sein. Darum musste ich heimlich weinen, sonst hätten sie mich zurück nach Hamburg geschickt. Niemals will ich wieder da hin! Und seitdem ich weiß, dass es diesen Kerl, der sich Viktor nennt, wirklich gibt, würde ich eher ins Wasser gehen."

„Dann sind wir ja ein tolles Paar", hatte die Mutter gesagt, „haben beide unseren Kummer und werden uns einfach gegenseitig trösten."

An diesem Abend grübelte Maren lange. Sie lag wach, dachte an Christoph, das letzte der Mutter-Hellmig-Kinder.

Ich habe sie gefunden, Mutter, hatte er gesagt, als er sie hier ins Haus brachte. Und dann der Satz, der sie so erschreckt hatte: Sie braucht Liebe. Vielleicht meinte er nicht mich. Er meinte seine Mutter, deren verlorene Liebe – Franz, Fritz und Franziska. Bei dem Gedanken klopfte ihr Herz bis in den Hals. Dann schalt sie sich einfältig. Ausgerechnet ich, eine Dahergelaufene, sollte sie trösten können?

Mit dieser Überlegung schlief sie ein, träumte. Verfolgung schien zum Standardprogramm ihres Unterbewusstseins zu gehören. Bedrohung und Dunkelheit.

Maren fürchtete sich vor dem Tag, an dem sie die vermeintliche Kontrolle über die Bestie verlieren würde. Der Löwe lag beständig auf der Lauer. Sie musste wachsam sein.

Mutter Hellmig war angenehm überrascht, als sich nach einer traumlosen Nacht zwei weiche Arme um ihren Nacken schlangen und sie dachte mit Wehmut an die Trennung, die unweigerlich kommen musste.
Einmal gab sie ihr spontan einen Kuss und Maren wehrte sich nicht, nahm es wie ein Geschenk, strich der Mutter über die Wange und flüsterte: „Im Heim gab es keine Berührungen. Keine Umarmungen und keine Küsse. Und ich hätte es auch nicht ertragen."

Besuch

Vier unwirkliche Wochen, in denen Maren sich in Sicherheit wähnte. Heute hatte Mutter Hellmig ein langes Telefongespräch mit Christoph geführt. Nun rief sie in die Stube: „Meine Hellmigs haben sich für Sonntag angemeldet!"

40

Erschrocken starrte Maren ihr entgegen. „Warum?", fragte sie atemlos. „Will er mich wegbringen?"

Die Mutter hob die Schultern. „Den Eindruck hatte ich nicht. Gerlinde begleitet ihn."

„Seine Frau? Und die Kinder? Kommt wer mit?" Mutter Hellmig schüttelte den Kopf. „Die Jungs sowieso nicht, die sind aus dem Haus. Olaf studiert, Paul lernt vom Trierer Werk aus in Spanien, Ben arbeitet in Stuttgart und Ralf absolviert eine Lehre in Mechernich. Hatte ich das nie erwähnt?"

„Nein. Und was macht die Kleine, die Ilse?"

„Naja … klein …", meinte die Mutter schmunzelnd. „Sie ist sechzehn, Oberschule. Sie kommt die letzte Zeit ungern zu mir."

Maren mochte nicht nach dem Grund fragen. Es lag wohl an ihr. Sie war für Christophs Tochter nicht der richtige Umgang. Davon war sie überzeugt.

Nun begannen die Vorbereitungen für den hohen Besuch. Gerlinde ist sehr ordentlich und reinlich. Sie sollte nicht denken, die Mutter könne ihren Haushalt nicht allein bewältigen. Essen vorbereiten. Gerlinde achtet sehr auf gesunde Ernährung. Frischer Salat, Gemüse, natürlich sollte Christoph eine kräftige

Portion Fleisch bekommen. Sie machten sich einen Plan.

Bei all der Aufregung gab Maren zu bedenken: „Sie bleiben doch nur einen Tag!" Aber gegen eine Mutter kommt man wohl nicht an. Und diese Unruhe war ansteckend. Maren konnte die Gefühle nicht einordnen, die auf sie einstürmten.

Die Angst, natürlich, beständig diese Angst. Christoph, er war ein Mann, einer wie all die anderen Typen, die sie fürchtete, die sie hasste. Er hatte ihr unter das Kinn gefasst. Sie hatte es zugelassen. Er sollte sich nur nichts darauf einbilden! Sie hatte sich gegen diesen Viktor gewehrt. Sie würde sich in Zukunft immer wehren!
Ach, warum war sie nicht älter, volljährig.
Sie würde auf dem Absatz kehrtmachen und weglaufen. Irgendwohin. Aber – sie hatte nichts. Sie konnte nichts. Und wenn sie an eine Trennung von Mutter Hellmig dachte, wurde ihr ganz weh.

Mehr als einmal sagte Mutter Hellmig, indem sie Maren die Hand auf die Stirn legte: „Du wirst mir hoffentlich nicht krank? Du fieberst", und sie verordnete ihr Tee. So vergingen die Tage bis Sonntag in eifriger Arbeit unter einem Wechselbad der Gefühle.

Kurz nach dem Frühstück bog ein Auto in die Einfahrt. Mutter Hellmig eilte mit freudigem Ruf: „Sie sind da!", an die Tür. Maren baute ihren Schutzwall auf und wartete ab.
Mutter und Sohn umarmten sich, ein herzlicher Kuss, ein fröhliches Geplänkel, dann sah er sich nach Maren um.
„Nun, immer noch so misstrauisch?", fragte er und lächelte mit diesem spöttischen Zug um den Mund, den sie bereits kannte. Sie legte ihre kalte Rechte in seine Hand, zog sie aber ebenso schnell zurück.

Frau Gerlinde stellte kein Problem dar. Eine blasse, schmale Person. Der geflochtene Knoten im Nacken schien viel zu schwer für sie. Himmel, fünf Kinder hatte sie mit Christoph und sah selbst aus, wie ein junges Mädchen? Flüchtig umarmte sie Maren, wie sie es mit der Mutter getan, sprudelte ein paar Worte hervor: „Gut durchgekommen. Was wollen bloß all die Menschen zu dieser Stunde auf der Landstraße. Wie lange war ich nicht mehr hier." Schon saß sie in der Küche, ließ sich den Rest Kaffee schmecken und plauderte munter weiter.

Maren mochte die Frau. Aber sie war besessen von der drängenden Frage: Was wird aus mir? Furcht trieb sie um. Sie fand Christoph in der Stube. Er arbeitete einige Papiere durch, die er anscheinend mitgebracht hatte. Sie beobachtete ihn schon eine Weile.

Als er aufsah, war sein Blick sehr ernst.

„Muss ich weg?", stieß sie erregt hervor.

Da war er bei ihr, fasste ihre Hände.

Jeden anderen hätte sie angewidert abgeschüttelt. Ihn durfte sie nicht verärgern. Sie sah ihn ängstlich an.

„Kind! Wie kommst du denn darauf?" Seine Stimme war ruhig, so verlässlich, als er hinzusetzte: „Wir haben allerdings einiges zu bereden. Du musst eine Entscheidung treffen. Es ist von dir, von deinem Wunsch abhängig, was in Zukunft wird."

Ein Versprechen. Das war ein Versprechen! Und mit der Erleichterung kamen die Tränen.

Mutter Hellmig war richtig böse. „Die ganze Zeit hat sie nicht geweint! Musst du erst kommen, um sie so aufzuregen?"

Marens Geduld wurde auf eine harte Probe gestellt. Gerlinde war voller Energie, lief durch das Haus, guckte in die Zimmer. Rückte das Gemälde im Flur grade. Suchte sie etwa nach Staub? Sie ordnete das Geschirr auf dem gedeckten Tisch, legte die Gabel nach links, den Dessertlöffel quer, faltete jede Serviette zu einem Kunstwerk. Dieses Eigenmächtige schien ihre persönliche Note zu sein. Niemand nahm es ihr übel.

Als Maren am Tisch saß, stieß Mutter Hellmig sie an. „Habe ich es nicht gesagt? Meine Schwiegertochter ist sehr ordentlich!" Dabei zwinkerte sie lustig.

Endlich kamen die Hellmigs auf ihr jüngstes Familienmitglied zu sprechen. Frau Gerlinde war es, die Maren den Trierer Wohnsitz schmackhaft machte. Ilse würde sich freuen. Arbeit bekäme Maren ohne Schwierigkeiten in der Firma Hellmig. Platz wäre genug, da bereits drei Jungs ausgeflogen waren. Und wo fünf Kinder satt wurden, wird auch ein sechstes satt.

Frau Gerlinde würde sich über Hilfe freuen. Langeweile wäre ausgeschlossen. Trier sei schön, wunderschön. Auf den Spuren der Römer wäre die Stadt ein Gedicht. „Du hättest ein Zuhause und müsstest keine Angst mehr haben."

Christoph Hellmig nickte zustimmend und sah sie abwartend an.

Sie sollte in sein Haus? Zu Gerlinde, dieser perfekten Hausfrau? Zu Ilse, naja … Und Ralf? Er würde nach der Ausbildung bei den Eltern wohnen. Entsetzt irrte ihr Blick von einem zum anderen. „Hier habe ich ein Zuhause", sagte sie mit zitternder Stimme. „Angst habe ich hier auch nicht."
Hastig, als könnte es ihr im nächsten Augenblick leidtun, setzte sie sich auf die Sessellehne und klammerte sich mit kindlicher Geste an Mutter Hellmig. „Darf ich nicht bei Ihnen bleiben?" Diesen spontanen Satz hätte sie gern zurückgenommen. „Nicht böse sein", versuchte sie Frau Gerlinde abzubitten.

„Tja …", Christoph lehnte sich aufatmend zurück. „Das habe ich beinahe erwartet."
Maren wusste, er war erleichtert. Bestimmt war er erleichtert.
„Das Amt wäre einverstanden, ich erzählte es dir bereits, Mutter. Es wäre eine Formalität. Die Familie Oltmann verzichtet auf irgendwelche Rechte. Vermögen ist angeblich keines mehr vorhanden, um das Internat zu bezahlen."

Er machte eine Pause. Fragend sah er Maren an. Als sie schwieg, sprach er weiter: „Unsere Verwaltung würde dich einstellen, Maren, sofern die Zeugnisse das hergeben. Ich habe deine Unterlagen vom Internat bekommen und gründlich durchgesehen. Beachtlich. Es spricht nichts dagegen."

„In Wallendorf?", fragte sie aufgeregt.

„Ja, hier am Ort. Eine andere Möglichkeit mag ich dir gar nicht vortragen. Du könntest zurück nach Mainz. Du wärest unauffällig gewesen, gern gesehen … Die Kosten würde ich tragen."

Maren unterbrach ihn. „Oh nein! Wenn Mutter Hellmig mich behalten mag … Ich habe es mir so gewünscht."

Mutter Hellmig hatte sich längst entschieden. Vieles hatte sie bereits im Vorfeld mit ihrem Sohn besprochen. Nun stand ihr die Antwort ins Gesicht geschrieben.

Maren würde in den nächsten Tagen viel zu erledigen haben; würde sich schriftlich bewerben und vorstellen müssen, würde das Dorf erkunden, vielleicht Anschluss finden. Bisher kannte sie nur die Sauertalstraße. Und den Weg zum Fluss … Die Mutter würde ihr die reizvollen Seiten ihrer neuen Bleibe nahebringen. Maren hatte erfahren, dass es nicht nur in Trier römische Spuren aufzufinden gab. Hier waren sie kein Anziehungspunkt für Touristenströme, aber durchaus lohnenswerte Wanderziele.

Dieses beschauliche Wallendorf, das hatte sie gelesen, ist von der Geschichte arg gebeutelt. Der letzte Krieg hatte, nicht nur in Trier, Leid und Zerstörung gebracht. Die Ardennen-Offensive vierundvierzig. Davon hatte Mutter Hellmig erzählt. Immerhin hatte sie selbst Verluste zu beklagen.

Noch ein paar Ermahnungen. Vom Jugendamt würde sich jemand kümmern. Vielleicht Rückfragen – er, Christoph, würde alles regeln. „Meine Schultern sind breit", sagte er zum Abschied. Das Auto heulte auf, ein letztes Winken und der aufregende Sonntag mit dem gefürchteten Besuch ging hoffnungsvoll zu Ende.

Christoph Hellmig schien Marens Wege geebnet zu haben. Ihm war es zu verdanken, dass sie in der Gemeindeverwaltung die Lehrstelle bekam. Klein aber fein. Jeder musste alles machen. Eine Handvoll Mitarbeiter, kollegial und hilfsbereit.

Schon nach den ersten Tagen ging Maren gern ins Büro. Nur der Berufsschulbesuch im Nachbarort weckte jede Woche erneut dieses flaue Bauchgefühl. Der Bus überfüllt, im Gang auf Tuchfühlung stehen, manchmal Halt suchend am Nebenmann. Mühsam zwang sie sich, die nagende Furcht zu überwinden oder wenigstens zu verbergen. Mit den Mädchen kam sie zurecht. Es war der Umgang mit den Jungs, der ihr schwerfiel. Sie waren wild, so unberechenbar, manchmal bedrohlich.
Freunde suchte sie nicht. Überhaupt war sie sich selbst genug. Wichtig war ihr nur die mütterliche Freundin – zu der sie aufsah, die sie verehrte.

Zu einem dörflichen Vergnügen hätte Mutter Hellmig sie gern fein gemacht, wie sie es nannte. „Lass uns einkaufen gehen."
„Ich brauche nichts."
„Sportblusen zur Jeans. Sowas gabs zu meiner Zeit nicht. Du siehst aus wie ein Bengel. Dir würde ein luftiges Sommerkleid wunderbar stehen."

„Freut mich", meinte Maren launig. „Aber so fühle ich mich am wohlsten."

Sie kannte Mutter Hellmigs Vorliebe, wusste, dass sie ihren Gast gern genauso verkleiden würde, wie einst ihr süßes Mädchen Franzi, adrett und weiblich. Aber Herausputzen um zu gefallen, war nicht ihr Ding. „Zu meinem Bubikopf passt das nicht", sagte sie abwehrend.

Sie saß mit der Mutter und deren Freundinnen zusammen am Tisch. Nein danke, sie wollte nicht tanzen. Nein, nicht an die Bar, auch keinen Sekt.

Die Jugend hatte ihr bald einen Heiligenschein angeredet, während die älteren Herrschaften des Lobes voll waren.

„Mit Ihrem Haustöchterchen haben Sie wirklich Glück, liebe Johanna", sagten sie zu Mutter Hellmig.

Der Stein

Die plötzlich dicht aufeinander folgenden Besuche Christophs waren zunehmend von einer undefinierbaren Spannung überschattet. Beharrlich suchte er das Gespräch mit Maren, sich sofort zurückziehend, wenn sie mit starrem Blick und der flackernden Angst durch ihn hindurchsah.

Wenn Mutter Hellmig bat, er möge Maren in Frieden lassen, sagte er bestimmend: „Halte dich da raus, Mutter. Das regele ich, hast du mich verstanden?"

Seine Stimme hatte etwas Bezwingendes. Die Atmosphäre im Haus zog sich wie ein drohendes Gewitter zusammen.

Heute hatte er Maren ohne Rücksicht auf ihren Widerstand zu einer Ausfahrt eingeladen.

„Nein Mutter, wir fahren allein", hatte er streng gesagt. Und zu Maren: „Nimm die Jacke mit, die du anhattest, als ich dich kennenlernte."

Das Mädchen gehorchte, war aber in heller Aufregung. Sie fuhren bis zu jenem Weg, der zu dem Anleger führte. Christoph stellte das Auto ab. Genau wie damals.

„Komm", sagte er.

Am Steg spielten Kinder. Er setzte sich auf den Baumstamm und deutete neben sich.

Maren nahm mit größtmöglicher Distanz Platz. Was wird er tun, wenn die Kinder fort sind, fragte sie sich.

Warum hatte er sie hergebracht? Warum zwang er sie, ihn zu hassen? Sie sprachen kein Wort. Wollte er ihr Zeit lassen? Zeit wofür?

Als die Rasselbande davonrannte, sprang sie auf, wollte ihnen nach.

„Nicht da entlang", sagte Christoph. „Ist doch richtig? Oder müssen wir in Richtung Zeltplatz?"

Sie folgte ihm wortlos, sah ihn fortwährend an. Seine aufrechte Haltung, der federnde Gang, jungenhaft. Sein Kopf geneigt, wie er ihn stets hielt, wenn er nachdachte.

„Ich will umkehren", bat sie.

Er winkte stumm ab.

Sie glaubte zu wissen, dass sein Gesicht dieses spöttische Lächeln um den Mundwinkel trug. Sie wollte schreien: Lass mich! Ich kann das nicht! Nicht noch einmal! – Aber was? Sie hatte keine Erklärung, ging mit, obwohl ihr jeder Schritt schwer wurde.

„Willst du nicht neben mir gehen?", fragte er jetzt, „dann können wir besser reden." Nach einigen Metern wiederholte er: „Ich möchte nicht so schreien."

Da ging sie mit ihm auf einer Höhe. „Als wir uns trafen – ehrlich – es war Zufall."

Sie antwortete nicht.

„Ich hoffe, du glaubst es mir. Ich erkannte deine Jacke, die irre Farbe. Zieh sie an, bitte."
Sie schlüpfte verwirrt in die Ärmel und zog den Anorak zu, als fröre sie.

„Hast du dich nie gewundert, dass Viktor Oltmann von der Bildfläche verschwunden ist?"
Maren hatte den Kopf gesenkt.

„Das Hotel Echternacher Hof hatte seine persönlichen Sachen der Polizei übergeben, nachdem die Hamburger eine Vermisstenanzeige aufgegeben haben."
Sie sah beharrlich zu Boden.

„Hast du mir was zu sagen?" Christoph blieb stehen. „Sieh mich an!"

„Nein", flüsterte sie, „ich bin ganz leer."

„Müssen wir noch weit?", fragte er im Vorangehen.

„Ich weiß nicht", kam es stockend zurück. Sie schritt, als hätte sie ein Ziel, ging schnell. Sie schwitzte in der Jacke, zerrte mit zitternden Händen am Reißverschluss. Sie hatte Christoph ein paar Schritte hinter sich gelassen. Jetzt zögerte sie, ging zurück, fasste Halt suchend nach seinem Arm.

Er löste sich sofort von ihr. „Lass das ..."
Seine Stimme war sanft und gut.

Das irritierte, machte die Erregung unerträglich. Plötzlich blieb sie stehen. So plötzlich, dass er fast über sie gefallen wäre. Eine Joggerin überholte knapp. Maren nahm die Frau nicht wahr, starrte auf das Wasser, in dessen Spiegel der Himmel versank.

Ihre Augen blickten entsetzt auf den herausragenden scharfkantigen Stein. Sie sah die rote Spur, die der Regen längst fortgespült haben musste. „Da, das Blut!", stieß sie hervor. „Sieh doch, das Blut!" Sie sah sich gehetzt um. „Ich wollte ins Wasser gehen, einfach versinken. Aber nicht mit ihm!"

„Mit wem?", fragte Christoph betont sachlich.

„Viktor. Er war schon drin! Ich konnte da nicht mehr rein! Nicht zu ihm! Niemals!"

Sie schrie die letzten Worte, weinte. In abgehackten Sätzen stieß sie hervor: „Seine Hände … sie haben nach mir gegriffen. Ich bin entkommen. Ihm entkommen. Da stand er!", und sie wies auf die Stelle am Ufer.

„Was dann? Maren, denk nach!"

Lieber Gott, diese Stimme, drängend, trotzdem geduldig. „Ich weiß es nicht", stammelte sie verzweifelt.

„Du weißt es, denk nach!" Jetzt hatte er doch alle Vorsicht außer Acht gelassen, hatte ihre

Oberarme fest im Griff, zwang sie, ihn anzusehen.

Du musst dich wehren, hämmerte es in ihr.
Ein Mann ... Er hat es nicht anders gewollt!
Wild riss sie sich los. „Nein!", schrie sie,
„nein, ich will das nicht! Nicht schon wieder!"

Die Frau war stehen geblieben. Sie hatte das
hysterisch schreiende Mädchen abgefangen.
Maren hatte sofort aufgehört, um sich zu
schlagen. Nun barg sie ihr Gesicht an dieser
fremden Brust. „Er hat nach mir gegriffen,
mich festgehalten", schluchzte sie. „Ich will
dich, hatte er immerzu gelacht. Du gehörst
mir, hatte er gespottet. Als ich hinfiel, hat er
sich auf mich gestürzt, mich geküsst, meine
Stirn, mein Gesicht, meinen Mund ... Nein!
Nein, nicht den Mund ..." Marens Stimme
überschlug sich.

„Ich habe mich verteidigt, gekämpft. Er ließ
mich los, ruderte mit den Armen, stürzte
rückwärts ins Wasser. Dann bluteten meine
Lippen. Und – der Stein. So!", und sie riss
sich aus diesen fremden Armen und zeigte
zum Wasser. „Genau so!" Sie rang nach
Atem, sah erst jetzt die Fremde wirklich, sah
sie an und flüsterte: „Ich will auch tot sein."

„Meinen Sie denn, dass er tot ist?", fragte die Frau.

Maren zuckte erschrocken zusammen. Rechts die Fremde, links Christoph. Bedrohlich alle beide.

Da nahm er die Widerstrebende bei der Hand. „Lauf nicht weg", sagte er leise. „Es wird alles gut."

„Wer ist das? ... Sie gehört zu Ihnen? ... Ach! Polizei? Sie haben mich reingelegt!" Was war schlimmer? Der Hass oder diese abgrundtiefe Enttäuschung. „Sie sind nicht besser als alle anderen, haben mich benutzt und verraten!"

Er schüttelte den Kopf. „Das musst du selbst rausfinden – ich halte dich nicht für dumm … Sag jetzt, meinst du, er ist tot?"

„Das weiß ich nicht. Ich bin am Fluss gegangen … habe gedacht, das Wasser müsste sich teilen und seine schrecklichen Hände müssten mich hineinzerren …"

Väterlich strich Christoph über ihre Finger, die zwar zitterten, sich leicht wehrten, aber doch in seiner Hand zur Ruhe kamen.

Sie starrte durch einen Tränenschleier auf diese beiden verschlungenen Hände, diese große, die tröstende, und die kleine furchtsame.

„Hast du die Berührungsängste vorher schon gehabt?", fragte er vorsichtig.

„Ja, solange ich denken kann."

Sie blickte auf die Fremde.

„Die Polizei", sagte Christoph. „Die Luxemburger haben Viktor gefunden. Drüben am Ufer – angeschwemmt."

An die Polizistin gewandt, fragte er: „Müssen wir mit Ihnen fahren? Wenn möglich, würden wir gern mit meinem Auto nachkommen."

Erst jetzt sah Maren den Streifenwagen an der Straße. Ein Uniformierter lehnte in der offenen Tür.

Maren hörte aus allem nur das Wort WIR heraus. Da war der Druck seiner Hand, und da war der Satz, den er schon an jenem Tag, als er sie aufgegabelt hatte, sagte: „Du brauchst Hilfe, stimmts?"

An dieser sicheren Hand ging sie mit ihm den Weg am Fluss, zurück zu seinem Fahrzeug. Teilnahmslos. Apathisch. Schweigend. Wäre es nicht besser gewesen, im Fluss zu ertrinken? Jede Überlegung landete in einer Sackgasse.

Christoph ließ Maren auf dem Präsidium in Bitburg nicht allein. Seine Besonnenheit half ihr sehr. Eine Psychologin versuchte, die Verbindung zwischen Kindheit und dem jüngsten Vorfall herzustellen. Endlose, ernüchternde Gespräche führten zu keinem Ergebnis, weil Maren sich verkrampfte, sich unbewusst sperrte. Wenigstens konnte der Hergang am Fluss geklärt werden.

Die beiden hatten tatsächlich miteinander gerungen. Viktor war rücklings gestürzt. Vielleicht über einen Stein, eine Wurzel. Er hatte im seichten Wasser den Halt verloren. Dieser Hergang war rekonstruiert worden, erschien schlüssig. Auf die kleine Felsspitze muss er geprallt sein, Blutspuren waren nachgewiesen. Besinnungslosigkeit, die ihn wehrlos machte, ihn ertrinken und abtreiben ließ.

„Das war deine Rettung, Kind", versuchte Christoph ihr klarzumachen. „Dein Glück!"

Wie viel Vertrauen ihr hier entgegengebracht wurde! Ein Vertrauen, das sich zaghaft, ganz zaghaft in ihr breitmachen wollte.

Wiederholt blitzten in ihr erschütternde Erlebnisse auf, die verschwanden, bevor sie erkennbar wurden; die beklemmende Spuren hinterließen. Ihr Schutzwall wurde brüchig, den ihr Unterbewusstsein in ihren ersten Kinderjahren aufgebaut hatte. Ein Schutzwall, der zwar den gelebten Tagen, nicht aber den grausamen Nächten standgehalten hatte. In denen war sie wehrlos dem gierigen Tier, seinem Brüllen und der wilden Jagd ausgeliefert.

Sie durchlitt Demütigungen, die in Träumen nach ihr griffen. In Träumen, die nun die Züge Viktors trugen. Sie war zu schwach, sich gegen ihn zu wehren. Er drängte, bedrängte. Mit seinen Löwenpratzen krallte er sich in ihre Schultern.

Erinnnerungen, die nur verschüttet sind, wie die Psychologin sagte. Verschüttet für ein paar Internats-Jahre in der Abgeschiedenheit. Aufgewühlt an einem einzigen verhängnisvollen Tag.

„Muss ich jetzt ins Gefängnis?"

„Nein", Mutter Hellmig beruhigte ihren Schützling. „Erstens bist du erst fünfzehn. Und zweitens hast du nichts getan."

Nichts getan? Das erschien Maren zu einfach. Ihr Hass, ihre Gewalt, war das nicht Mord? Eine Straftat?

„Maren, es war ein Unfall! Du warst in allerhöchster Gefahr. Du musstest dich wehren!"

„Eine Verhandlung wird es allerdings geben. Da müssen wir durch", sagte Christoph, und sie hörte wieder nur das WIR.

Man wollte ihr einen Klinik-Aufenthalt, eine therapeutische Behandlung aufreden, um zur Wahrheit, zum eigentlichen Verbrechen Viktors vorzudringen, aber etwas in Maren war nicht bereit für die Vergangenheit.

„Muss ich denn?", fragte sie bekümmert Mutter Hellmig. „Oder mögen Sie so eine wie mich gar nicht mehr unter Ihrem Dach?"

Da kannte sie die Mutter schlecht. „Soll das Mädchen die Ausbildung, die ihr so viel Freude macht, aufgeben oder die Arbeit gar verlieren? Außerdem würden die Leute unnötig reden. Auf Hellmigs zeigt man nicht mit Fingern. Nicht solange ich lebe."

„Ich bin keine Hellmig", warf Maren ein.

„Das trifft auch auf eine Brunjis zu. Und – hast du vergessen? Wir haben viel vor, haben Pläne geschmiedet."

So blieb Maren. Sie gab sich die größte Mühe, aber die Traurigkeit griff erbarmungslos nach ihr.

Ilse

Einige Tage später verkündete Mutter Hellmig: „Sonntag kommen meine Hellmigs."

„Ach du je", Maren verdrehte die Augen, „müssen wir da wieder alles sauber machen?"

Ein bisschen Vorbereitung gab es natürlich. In dem kleinen Zimmer neben Maren wurde das Bett bezogen. Ob die Enkelin Ilse mitkommen würde? Wenn von ihr die Rede war, reagierte Mutter Hellmig reserviert. Was mochte mit ihr sein?

Tatsächlich, am Sonntag sprang ein blasses schmales Persönchen aus dem Auto. Die jüngere Ausgabe von Frau Gerlinde, nur dass sie statt des Knotens ihr Haar zum Pferdeschwanz gebunden hatte und ihren Rock kürzer trug. Ob ich meiner Mutter auch so ähnlich gewesen wäre, schoss es Maren durch den Kopf.

Da hatte dieser Wirbelwind bereits die Oma umhalst, stand einen Atemzug lang vor Maren, umarmte sie ebenfalls mit den Worten: „Meine Eltern mögen dich, Oma mag dich, da will ich mal nicht so sein!" Schwupp, war sie im Haus verschwunden. „Mein altes Zimmer?", rief sie über die Schulter. Ob sie gehört hatte, dass dort jetzt Maren schlief? Naja, sie würde es merken.

Frau Gerlinde und Christoph verhielten sich wie gewohnt. Womit habe ich das nur verdient, fragte sich Maren bedrückt. Sie lief hinter Ilse her, zu schauen, ob sie mit dem kleineren Zimmer zufrieden sei. Sie setzte sich auf die Bettkante und Ilse erzählte, als würden sie sich ewig kennen.

„Weißt du, bei uns wird so viel von dir geredet, dass ich dich wirklich schon adoptiert habe, als Schwester, meine ich."

Maren wurde rot. Einesteils vor Freude, ein gutes Gefühl. Andererseits ... „Warum redet ihr so viel über mich? Ich bin ein Problem für euch, sag es ruhig."

Jetzt setzte sich Ilse dicht neben Maren. Sie sah sie geradeheraus an. „Was soll ich drum herum reden. Irgendwie ja. Aber das ist es nicht. Pass auf: Ich wollte nach Amerika."

Bei dem Wort Amerika zuckte Maren zusammen. „Was willst du dort? Da ist es gar nicht schön."

„Woher willst du das wissen? Meine Brüder sprechen viel von Texas. Olaf will mal rüber. Die Zukunft liegt da drüben, sagt er."

Maren schwieg, während Ilse begeistert weitersprach: „Super Sache, kannst du glauben. Austauschschülerin in einer Gastfamilie! Mama lag mir in den Ohren. Papa kehrte den Gestrengen raus. Oma hat geheult: Ein Mädchen. Allein, am anderen Ende der Welt."

„Stimmt." Maren nickte. „So weit weg."

„Ich war total sauer auf Oma. Du gönnst mir das nicht, habe ich ihr angebackt. Ich hab dich gar nicht mehr lieb! Deshalb bin ich weggeblieben. Und dann kamst du. Ich kann dir sagen! Hast uns ziemlich durcheinandergebracht."

Maren strich scheu über Ilses Arm. „Ich bringe dauernd nur Unglück."

„Quatsch!" Ilse tippte sich an die Stirn. „Hast du nen Tick? Dich hat es wohl genug erwischt. Also: Ich will Krankenschwester werden. Die Zeiten für die Ausbildung sind so blöd, dass ich über ein halbes Jahr Leerlauf habe. Das wollte ich mit Übersee füllen. Naja, Schade. Aber jetzt mache ich Fernschule, ne Art Vorschule. Das kann man überall machen. Und die Auszeit mache ich in Wallendorf!"

Triumphierend sah die zukünftige Krankenschwester auf Maren. Die schwieg verblüfft.

Aus dem Gastzimmer kam ein Aufschrei, der die drei Hellmigs in der Stube erschrocken zusammenfahren ließ. Erleichtert hörten sie die Mädchen kichern. Trotzdem huschte Frau Gerlinde mal eben die Treppe hinauf, um nach dem rechten zu sehen.

„Ihr habt euch wirklich nicht lange mit unnötiger Vorrede aufgehalten", stellte sie beruhigt fest.

Später – am Mittagstisch bestritt Ilse fast allein die Unterhaltung. Maren konnte sich gar nicht erinnern, jemals so viel gelacht zu haben. „Nun mache ich doch noch die Therapie", sagte sie.

Als es an diesem Abend an den Abschied ging, sah die Welt neu, ganz bunt und frisch aus. Frau Gerlinde bat mit einem Augenzwinkern: „Bring' unserem Wildfang Benehmen bei. Wir haben es bis jetzt nicht geschafft."

„Erhole dich gut, mein Kind. Und nicht nur albern, auch lernen – alle beide", mahnte Christoph.

„Versprochen", antwortete Maren und schluckte tapfer die aufsteigende Furcht hinunter.

Ein bisschen schämte sie sich dafür, aber sie meinte jetzt zu wissen, dass sie die Angst überwinden kann. Ilse würde ihr helfen. Alle Hellmigs eigentlich. Zumindest alle, die sie kannte.

Es war ein wunderbarer Sommer. Maren und Ilse. Die Ernste und die Fröhliche. Und eine Mutter Hellmig, die diese Jugend um sich genoss.

Ab und zu kam Christoph auf einen Sprung vorbei. Die letzten Ungereimtheiten mussten geklärt werden. Er versuchte, Maren zu schonen. Alles konnte er ihr aber nicht ersparen.

Zum Beispiel die Frage nach Viktor Oltmanns Luxusschlitten.

Maren erinnerte sich, ihn wohl wahrgenommen zu haben. Oder nicht? Er stand im Seitenstreifen an der Straße. An welcher Stelle? Nein, immer wenn sie glaubte, ihn vor sich zu sehen, schob sich das verzerrte Gesicht Viktors ins Bild.

Christoph hatte jene Polizistin, die Joggerin, mitgebracht, die sie bereits kannte. Er hatte durch Mutter Hellmig ausrichten lassen, es sei eine Formalität, eine abschließende. Tatsächlich musste Maren nur anhand von Fotos bestätigen, dass sie das Fahrzeug erkenne, mit dem Viktor sie aufgespürt hatte. Die Autobahnpolizei habe es auf einem Parkplatz bei Koblenz sichergestellt.

Offenbar hatte Oltmann in dem Bestreben, Maren einzufangen, den Schlüssel stecken gelassen. Das mag für einen Dieb die Gunst der Stunde gewesen sein, die Chance für eine exklusive Spritztour. Die Ermittlung gegen Unbekannt würde im Sande verlaufen.

Nach solchen Gesprächen war Maren aufgewühlt, verkroch sich in ihrem Zimmer und starrte vor sich hin.

Für Ilse kein Thema. „Wir spielen jetzt Onkel Doktor", lachte sie die trübe Stimmung einfach weg. „Der hat Schwester Ilse befohlen, seine Patientin an die frische Luft zu befördern!"

Wenn Maren sich wehrte, brummte, Ilse sei ja keine Krankenschwester – noch lange nicht – war die dunkle Stunde vorbei, bevor sie richtig begann. Beneidenswert, diese Gabe, Sorgen einfach wegzulachen. Das will ich auch können, nahm sie sich vor.

Christoph hatte für die Mädchen Fahrräder besorgt. Damit radelten sie in den Nachmittagsstunden und an Marens freien Tagen sogar bis ins nahe Luxemburg oder durch die Südeifel. Ilse immer voraus. Ihr Glockenrock wehte im Fahrtwind wie eine Fahne.

„Man kann bis sonstwo gucken", tadelte Maren.

Dafür erntete sie die abfällige Bemerkung: „Du Spießer!"

Maren fühlte sich sogar mit gekrempeltem Aufschlag nackt, hatte sich Klammern besorgt, damit die Hosenbeine nicht in die Kette geraten.

Tagestouren zu entfernten Zielen machten sie mit dem Linienbus. Räder und Rucksäcke ließen sich darin gut verstauen.

Ilse wäre gern mal nach Trier gefahren: „Mama und Papa besuchen. Nur für ein Wochenende", drängte sie.

Aber Maren hatte es ihr auszureden gewusst.

„Von Amerika wäre das auch nicht möglich gewesen! Außerdem wollten wir zur Ruine Falkenstein! Und Bitburg! Du wolltest mir die Stadt zeigen. Wäre toll, wenn ich nach der Ausbildung dort arbeiten könnte."

Bitburg lud zum Bummeln ein, hatte malerische Gassen, gemütliche Cafés, Gaststätten.

„Hier im Eifelbräu hat Papa meist seine Tagungen", erklärte Ilse.

„Ich denke, die Treffen sind in Echternach", wunderte sich Maren.

Die Freundin hob die Schultern. „Manchmal wohnt er dort. Ist halt exclusiv und Echternach ist wunderschön."

„Ich fand es schrecklich", murmelte Maren und wechselte das Thema.

Oma hatte den beiden das Taschengeld aufgebessert. Aufgeregt probierten die Mädchen an, drehten sich vor dem Spiegel, und begutachteten sich gegenseitig. Ilse war schnell fündig geworden, während Maren meinte: „Hübsch. Aber ich brauche nichts."
Manches hätte sie gereizt. Aber es war Mutter Hellmigs Geld. Das wollte sie nicht leichtfertig ausgeben.

Ein Spielzeugladen erregte ihre Aufmerksamkeit:
Dein Puppenkind wird wieder neu
beim Puppendoktor Wilhelm Pneu
Verkauf und Reparatur
Das war in weißer Farbe fein säuberlich auf die Scheibe gemalt. Im Fenster lag auf einem Tuch ein nacktes Stoffkörperchen. Mit runden Beinen, runden Armen, abgeliebt und fleckig.
Maren blieb stehen, ihre Hände öffneten und schlossen sich in rastlosem Wechsel. Ihr

Atem flog. Zitternd streckte sie einen Arm aus, hätte gern das Köpfchen gehalten. Es hing dem armen Ding mit aufgelösten Zöpfen und bleichen Wangen lose zur Seite. Die gemalten Augen waren blicklos und das Rot der Lippen abgerieben.

Sie starrte durch ihr eigenes Spiegelbild hindurch auf die Worte: Ich bin unverkäuflich. Das Bild, das sich ihr bot, schien ein Eigenleben zu entwickeln. Maren schluchzte.

„Du willst dir hoffentlich keine Puppe kaufen", lästerte Ilse. „Weinst du?", rief sie im nächsten Moment erschrocken und wollte die Freundin in den Arm nehmen.

Die wehrte sich heftig, hatte die Hände auf die Scheibe gepresst und stammelte: „Dorle, Dorle!"

Leute blieben stehen und ein Verkäufer kam aus dem Laden. „Was soll das Theater?" Ein erwachsenes Mädchen! Heult wegen einer Puppe. Das ist krank!

In der Tür stand jetzt ein gebeugter alter Herr mit schlohweißen Haaren und einem ebenso weißen Bart rund ums Kinn. Den redeten einige Leute mit Doktor Pneu an, während sie sich über das verstörte Mädchen lustig machten.

Maren ergriff die Flucht, hörte Verfolger hinter sich, hörte den jachternden Atem.

Endlich drang Ilses Stimme in ihr Bewusstsein. „Mensch, bleib stehen! Bleib doch stehen!"

Auf dem Heimweg fragte Maren betreten: „Wirst du das erzählen?"

„Mal sehen."

„Sag nichts. Bitte. Ich verspreche …"

„Spar dir das", sagte Ilse barsch. „So ein Zirkus vor allen Leuten wegen einer vergammelten Puppe. Kannst du dich nicht zusammennehmen?"

„Es war ein Däumelinchen." Maren erinnerte sich für den Bruchteil einer Sekunde an zwei Menschen, die sich über sie beugten. Die ihr ein solches Puppenkind in den Arm gelegt hatten. Nach denen sie sich sehnte. Mama? Papa? Sie wollte erkennen, wollte halten, doch der Löwe warf sich brüllend dazwischen. Die Vision verschwand.

Ihr war unwohl bei dem Gedanken an Mutter Hellmig. An missbilligende Reaktion, die vielleicht kommen würde. Aber es kam keine Kritik, kein Tu-dies-nicht, Tu-das-nicht. Mutter Hellmigs sachliche Frage: „An was hat die Puppe dich erinnert?", verriet ihr, dass Ilse gepetzt hatte. Maren wollte nicht reden. Worüber auch? Sie wehrte sich gegen die plötzliche Verzweiflung, die Verlassenheit, die sie empfand. Sie schalt sich kindisch, aber diese Traurigkeit fühlte sich an wie Verlust.

Mutter Hellmig ging nicht weiter darauf ein. Sie sagte ablenkend: „Als ich klein war, hatte mir meine Oma aus Resten ein Sorgenpüppchen gestrickt. Das lag immer unter meinem Kopfkissen. Später gab es Jahre, da hätte ich es gut gebrauchen können."

Nach diesem Erlebnis kehrte die Angst vor der Finsternis zurück. Der Löwe stellte sich zahm. Aber die Mähne vermischte sich mit Dorles roten Wuschelhaaren, die aus seinem Maul quollen. Maren schrie entsetzt, aber es kam kein Ton aus ihrer Kehle. Davon erwachte sie, die Traumbilder blieben.
Wenn du uns verrätst, passiert ein Unglück, grollte das Tier, und wetzte die Krallen.

Jeder Tag barg das Wissen um die Gespenster der Nacht. Sie wäre gern zu dem Laden gefahren, hätte nach der Puppe gefragt. Aber dann musste sie Ilse einweihen. Und die behielt nichts für sich.

Die Gesellschaft der Freundin half allmählich über die lähmende Hoffnungslosigkeit hinweg. Die Radtouren, bei denen der Fahrtwind in die Haare griff und den Kopf von Grübeleien freiblies, waren die unbeschwertesten Stunden. Mein Gott, war die Welt schön. Vieles, was die Wahlschwester als selbstverständlich hinnahm, wurde von Maren gerade erst entdeckt und bewundert.

Ilse sprach mit all und jedem, plapperte überhaupt stets munter drauflos, kannte keine Scheu und führte Maren, ohne es zu wollen, auf andere Mitmenschen zu.

Einmal fuhren sie an der Sauer entlang und Maren biss die Zähne zusammen. Da war der Stein im Wasser, unschuldig, als hätte er nie so Abscheuliches erlebt. Der Findling, auf dem Christoph sie hatte sitzen sehen. Der Campingplatz, wo sie eine verzweifelte einsame Nacht verbracht hatte.

Ilse redete vom Wetter, den ersten gelbbraunen Farben, von der Kühle und rief: „Sieh nur, wie sich der Himmel im Fluss spiegelt, als läge er auf dem Grund!"

Maren hätte schreien mögen. Dort unten findest du nichts als die Hölle! Qualen ohne Ende!

Es war Herbst geworden. Mit ihm würde das halbe Jahr Leerlauf, wie Ilse es nannte, vorbei sein. War es wirklich ein Weg in ein neues Leben gewesen? Maren wollte daran glauben.

Wenn sie an ihre Begegnung mit der Puppe dachte, bereute sie, kopflos davongelaufen zu sein. Sie hätte den alten Herrn fragen sollen, ob seinem Däumelinchen Farbe und Form abgeliebt worden war, oder ... Gegen diesen Gedanken, der lähmte, der ihr die Kehle zuschnürte, wehrte sie sich. Nur nicht grübeln!

Inzwischen hatten die Wallendorfer Abschied von Ilse genommen. Die Schwesternschülerin schrieb fleißig, und das Telefon lief heiß. Maren sehnte sich nach ihrer Anwesenheit. Warum stand sie sich ständig selbst im Wege? Sie wollte so werden, wie die anderen. Sie musste es versuchen. Ilse hatte es ihr doch vorgelebt.

Die Zukunft

Die Jugendlichen trafen sich an der Schule, oder auf dem Sportplatz. Sie verabredeten sich zum Wandern in der Eifel, die Sommer wie Winter ein Paradies war. Und man zog mit seiner Clique auf Märkte und Feste in und um Wallendorf herum.

Maren wurde zuerst skeptisch beäugt, mit ihr war irgendwas nicht richtig, wurde gemunkelt. Sie war als Eigenbrötlerin verschrien. Allerdings, mit der lustigen Schwester hatte man sie ganz anders kennengelernt. Und, wie Jugend so ist, offen und unbefangen, war sie in einem kleinen fröhlichen Kreis aufgenommen worden. Dabei blieb es auch nach Ilses Abschied vorerst.

Maren spürte: Mutter Hellmig beobachtete ihren Schützling besorgt. War Marens verletzte Seele bereit für diese Nähe? War sie inzwischen widerstandsfähig genug? Es schien, wie sollte man sagen … gut zu laufen. Selbst mit dem männlichen Teil der Gruppen kam sie zurecht. Man musste sich ja nicht zu nahe kommen.

Obwohl, irgendwann war da mal einer. Nett war er gewesen, sie diskutierten, sie lachten. Maren hatte ihn sogar mit nach Hause gebracht, hielt Freundschaft mit ihm. Sie glaubte schon, diese bohrende Angst überwunden zu haben, als er versucht hatte, sie zu küssen. Da war sie wieder, die Panik. Und als er sie nicht losließ, schlug sie nach ihm. Er hatte sie

für verrückt erklärt. Auszurasten wegen eines läppischen Kusses, so einem bisschen Liebe.
Warum wollte Liebe stets besitzen? Wenn man hasste, ging man sich wenigstens aus dem Weg! Sie versuchte, ihre Verzweiflung nicht nach außen zu tragen. „Nein Mutter Hellmig", sagte sie artig, „es war halt nicht der Richtige."
Sie hatte gelernt, Haltung zu bewahren. Oder hatte sie es nicht lernen müssen? War es ihr bereits in der Kindheit vertraut? Dieses so tun, als ob? Gleichmut heucheln und innerlich verbluten?

Briefe aus Trier wurden selten. Ilse hatte sich die Arbeit im Krankenhaus leichter vorgestellt. Und da Maren nur antwortete, nie von sich aus schrieb, ruhte der Briefverkehr bald ganz.
Was sollte sie schreiben?
In Mutter Hellmigs Garten ist ein Igel. Der Pflaumenbaum ist voller Wespen. Der erste Schnee sieht hübsch aus. Der Winter ist kalt, das Schneeschippen beschwerlich. Endlich ist Frühling, die Amsel singt! Hausputz ist angesagt. Ich war mit Mutter Hellmig auf dem Friedhof, war zum Kränzchen bei Doktors, und zum Abendbrot beim Nachbarn.

Was würde Ilse sagen? Im Krankenhaus ist dies, im Krankenhaus ist das. Schwester so und so ist auf Station vier, und der Chefarzt ist immer in Eile.

Sie sahen sich kaum in dieser Zeit. Die eine zog es nicht nach Wallendorf, und die andere mied den Kontakt nach Trier.

Inzwischen hatte die Verhandlung stattgefunden, in der festgestellt wurde, was die Polizei vorher bereits ermittelt hatte: Viktor Oltmann war an den Folgen seines Sturzes verstorben. Ertrunken. Unterlassene Hilfeleistung konnte Maren nicht zur Last gelegt werden. Eine Tötungsabsicht bestand zweifelsfrei nicht. Ein Gutachter hatte das bestätigt.

Übergriffe Viktors und Misshandlungen früher Jahre kamen nur am Rande zur Sprache. Die Hamburger wussten von nichts – angeblich. Beweise? Zeugen?

Widersprüche, Lügen. Maren war damals zu jung, um sich zu erinnern. Und Kinder haben bekanntlich viel Fantasie. Da der mutmaßliche Täter, da Viktor Oltmann nicht mehr gehört, nicht mehr belangt werden konnte, wurde die Akte geschlossen.

Christoph und Gerlinde Hellmigs Bemühungen um eine Pflegschaft waren langwierig, da es nicht leicht war, die nötigen Papiere beizubringen, wie sie sagten. Die feine Reeder-Sippe schaltete auf stur. Ansprüche, egal welcher Art, wiesen die Hamburger von sich.

Diese Streitigkeiten drangen selten in Marens Bewusstsein. „Sie will es nicht an sich heranlassen", sagte eine Ärztin in Bezug auf ihr desinteressiertes Verhalten.

Da Hellmigs jede Aufregung von Maren fernhielten, hätte sie dankbar sein müssen. Sollte sie nicht befreit aufatmen? Aber sie wurde nicht froh. Sie klammerte sich an den Gedanken, bei Mutter Hellmig eine Heimat zu haben. Wenn auch nur vorübergehend.

Sah Maren auf deren Gesicht Sorge, fragte sie bange: „Muss ich fort?" War die Stimmung bedrückt, fragte sie: „Bin ich schuld?" „Um Himmels willen! Du bist mir doch alles! Was würde ich ohne dich tun?" Die Mutter erging sich in Aufzählungen. „Das Haus könnte ich überhaupt nicht mehr allein in Ordnung halten, die vielen Fenster, die Gardinen. Der große Garten, die Blumenkästen.

Du hast einen grünen Daumen! Schau, die Blütenpracht."
Maren unterbrach den Redeschwall stets. Die Blumen hatten bereits an jenem ersten Tag üppig geblüht. Das Haus kannte sie nur reinlich und schick. Es war Mutter Hellmigs Handschrift, nicht ihre. Dass sie half, war selbstverständlich. Sie tat es gern.

Eines Tages – eines ganz besonderen Tages – erschienen Christoph und Gerlinde auf einen Überraschungsbesuch. Mitten in der Woche, an einem Arbeitstag.

Bereits im Garten teilten sie ihren beiden Wallendorfern mit: „Nun ist es amtlich."
Frau Gerlinde umarmte Maren flüchtig, Christoph strich dem Mädel leicht über den Arm: „Du bist nun auch auf dem Papier unsere Tochter!"

Maren hatte in die Gesichter geschaut, hatte auf die Urkunde gestarrt, die Buchstaben verschwammen vor ihren Augen. Sie freute sich, natürlich freute sie sich. Was sollte sie sagen? Was erwartete diese – ihre! – Familie?
Sie war aufgesprungen und aus dem Zimmer gelaufen.

Alles schien gut. Wallendorf mit den wenigen Freunden, die beiden Kolleginnen in der Verwaltung – das war für sie eine heile Welt. Ab und zu Besuch aus Trier. Ein wenig Aufregung, das Haus auf Hochglanz bringen und den Garten.

Maren hatte sich an Gerlinde und Christoph gewöhnt, ohne je die Scheu abzulegen. Papa und Mama sagte sie nie. Das war Ilse vorbehalten.

Die Leistung, die sie an ihrem Arbeitsplatz erbringen musste, fiel ihr leicht. Das Lernen sowieso. Da war nichts, was sie ablenkte. Sie hielt es für ihre Pflicht, überdurchschnittlich gut zu sein. Sie hatte ein Ziel. Unabhängigkeit, eigenes Geld verdienen, nicht mehr danke sagen zu müssen. Endlich erwachsen sein.

Der Ort war ihr vertraut geworden. Spaziergänge mit der Mutter waren inzwischen ein beliebtes Ritual. Man kannte sich, man grüßte, tauschte das Neueste vom Tage aus. Zwar beunruhigte Maren die Zuwendung fremder Menschen, die sie nicht im gleichen Maße

erwidern konnte. Aber die Freiheit hier draußen empfing sie wie ein Geschenk.

Sie wäre gern zum Einkaufen nach Bitburg
gefahren. Sie dachte an den Puppendoktor.
Ob die Kleine noch im Fenster lag? Aber allein, das ließ Mutter Hellmig nicht zu. Und
mit ihr gemeinsam nach Dorle zu schauen,
erschien Maren unmöglich. Es war ein Thema, das bei der Mutter deutlich auf Ablehn-
nung stieß.

Hin und wieder zog es Mutter Hellmig nach
Trier. Aber da leistete Maren Widerstand.
„Ohne mich!" Trier bedeutete Familie, die sie
möglichst mied.

An Sonn- oder Feiertagen nahmen sie
manchmal an einer Busfahrt ins Luxemburgi-
sche teil, die von einem der Vereine oder der
Gemeinde angeboten wurde. Auch im Nach-
barland hatten die Römer sichtbare Spuren
hinterlassen. Maren nahm alles begierig auf.

Sie gingen am Echternacher Hof vorbei und
Maren fröstelte.

„Lass uns einen Kaffee zusammen trinken",
meinte Mutter Hellmig. „Aber nicht hier",
und sie zog das Mädel weiter. Sie saßen in
einem Biergarten der Altstadt, und Maren

hätte schwören mögen, dass Mutter Hellmig dieses Hotel, aus dem sie einst geflohen war, nicht nur mit Rücksicht auf sie, mied.

Sie kamen aus der Basilika und liefen dem ehemaligen Gerichtshaus Dingstuhl zu. Bezaubernde Gebäude rechts und links zeugten von einstigem Reichtum. Die beiden Frauen standen im Schatten der Arkaden und Maren fragte erstaunt: „Warum hast du, oder Christoph, nie von dieser Pracht erzählt?"
„Ich glaube, Echternach ist nicht gut für uns."
„Für dich auch nicht?" Darauf blieb Mutter Hellmig die Antwort schuldig.

Inzwischen hatte Maren für ihre Abschlussprüfung gebüffelt, die sie mit Auszeichnung bestand. Da auf das Wochenende Ilses neunzehnter Geburtstag fiel, feierte die ganze Familie Hellmig in Trier ein Fest. Naja, nicht alle.
Olaf, der älteste Sohn, war nach Amerika ausgewandert. Er hatte sich der modernen Datenverarbeitung verschrieben, war im weltweiten Netz zuhause. Texas bot ungeahnte Möglichkeiten, nicht nur finanziell.
Die Eltern waren mit Ben zu seiner Hochzeit nach Austin geflogen. Hatten die angeheirate-

te Verwandtschaft kennengelernt und sich überzeugt, dass Olaf mit Emily, der Schwiegertochter, in der Neuen Welt seinen Weg machen würde.

Ben, der seine Arbeit in Stuttgart aufgegeben hatte, war nach der amerikanischen Hochzeit nur noch einmal kurz mit nach Hause gekommen. Dann flog auch er aus. Im wahrsten Sinne. Olaf hatte ihm den Einstieg in ein führendes Unternehmen, gleichfalls mit Sitz in Austin, ermöglicht. Die Eltern wussten ihn in der Obhut des großen Bruders.

Ob die Sache mit Olivia etwas Ernstes werden würde – wer weiß. Ben hatte Emilys Freundin bei der Hochzeitsfeier seines Bruders kennen- und liebengelernt.

Paul war nach seiner Ausbildung in Spanien gar nicht erst zurückgekehrt. Er hatte sich eingelebt, verdiente gut und seine Sehnsucht nach Trier hielt sich in Grenzen. „Kommt mich besuchen, wenn ihr mich sehen wollt", sagte er gern. Er genoss sein Leben. Was er verdiente, floss ihm durch die Finger. Aber gegen sein Motto: Ich lebe nur einmal, kamen die Eltern nicht an.

Ralf, der jüngste Sohn, hatte die kaufmännische Lehre in Mechernich, dem nördlichen

Teil der Eifel, beendet. Er war zur Freude seiner Eltern bei Christoph in das Geschäft eingestiegen. Ihn würde Maren wohl oder übel auf der Geburtstagsfeier als einzigen der vier Brüder treffen müssen.

Maren war der Zustand, eine Familie zu haben, zu diesen Menschen zu gehören, unglaublich. Der Gedanke an die bevorstehende Nähe löste Panikattacken in ihr aus.

Dass die beiden aus Wallendorf mit dem Bus fahren, kam überhaupt nicht infrage. Christoph holte Maren und seine Mutter ab. Ilse begleitete ihn.

Die beiden Mädchen plapperten die ganze Fahrt. Das heißt, Ilse redete und Maren hörte zu. Dabei sah sie im Spiegel Christophs konzentriertes Gesicht. Er hatte, wie es seine Gewohnheit war, die linke Augenbraue hochgezogen. Wenn er aufsah, begegnete er Marens Blick.

Ihre Unruhe wurde so beherrschend, dass Ilse das Gesagte wiederholen musste. „Du hörst mir gar nicht zu! Wo bist du nur mit deinen Gedanken", und an ihren Vater gewandt: „Papa, Maren soll eine Weile bei uns bleiben! Sie braucht unbedingt frischen Wind."

„Sie hat Monate fleißig gelernt, im Gegensatz zu einer gewissen Krankenschwester. Es hat sich gelohnt, wie du siehst. Sie hat mit Bravour bestanden. Nimm dir ein Beispiel." Christoph lächelte nun wirklich in den Spiegel hinein. Ilse war nicht so leicht einzuschüchtern. „Oma! Sag auch mal was dazu! Schau sie dir an! Ins Schneckenhaus hat sie sich verkrochen! Ein piepsiges Mäuschen ist sie in Wallendorf geworden! Kannst es mir glauben! Schwester Ilse sieht sowas sofort!"

Maren nahm sich zusammen, versuchte eine wegwerfende Bemerkung und Ilse war zufrieden. Haltung bewahren, befahl sich Maren. Das gelang ihr auch in der Villa in Trier. Ja wirklich, es war ein weißes Traumhaus mit einem halbrunden Vorbau im Mittelteil. Der setzte sich nach oben über einen Balkon bis in das Dachgeschoss mit dem rundbogigen Turmfenster fort.

Sie hatte sich nie Gedanken über den Namen Hut gemacht. Nun erschloss er sich durch das Logo, einem schwarzen Zylinder über den Buchstaben: H U T. Darunter der Schriftzug:

Hellmig **U**nternehmensberatung **T**rier
Alles unter einem Hut.

Franz und Johanna Hellmig hatten in den Vierzigern mit dem Erwerb, dem Aus- und Umbau, Geschmack bewiesen. Die Front war nahezu symetrisch. Unter- und Obergeschoss mit großen Fenstern. Darüber hatte Christoph seinerzeit geräumige Dachzimmer ausbauen lassen. Für die Kinder. Das wusste Maren von Mutter Hellmig.

Sie vermisste den blühenden Vorgarten. Eine Auffahrt zwischen Kies und Rasen. War das alles?

„Nein mein Liebes. Ich zeige dir nachher die Anlage hinter dem Haus. Sie stammt noch von meinem Franz. Der hatte extra einen Landschaftgärtner eingestellt. Nach dem Krieg hatte ich einen Obst- und Gemüsegarten eingliedern müssen. Wir hatten Einquartierungen, und die Menschen waren ausgehungert. Die meisten alten Bäume sind uns glücklicherweise geblieben. Es wird dir gefallen."

Maren hatte diese Begegnung bis heute zu verhindern gewusst, hatte abgeblockt, wenn es darum ging, nach Trier zu fahren. Sie sah sich bewundernd um, fand alles schön, aber in Wallendorf gefiel es ihr besser. Kleiner. Geborgener.

Ralf entpuppte sich als ein netter Junge. Er begrüßte die angenommene Schwester lässig, schien sich aus Mädchen absolut nichts zu machen und half so Maren unbewusst über eine Hürde hinweg. Kurze Zeit später war er in seinen vier Wänden verschwunden und Musik dröhnte durchs Haus.

Wenn nur die beobachtenden Blicke seines Vaters nicht wären. Sie schienen hinter ihre Stirn schauen zu wollen. Klar, Christoph war fürsorglich, das hatte er sich zur Aufgabe gemacht. Er hatte sich stets in der Hand. Nicht durchschaubar für sie. Lag es an ihrem Misstrauen all und jedem gegenüber?

Mit dieser Einstellung würde sie nie ein selbstständiger Mensch werden. Würde immer von ihm, oder – was der Himmel verhüten mag – von einem Kerl wie Viktor abhängig sein. Von Gnade, oder einer Gegenleistung.
Sie musste sich ändern! Zwang sich bei der Familienfeier zur Fröhlichkeit. Sie spielte mit Ilse Federball und ließ sich von ihr den Garten zeigen. Ilse meinte, man könne bereits ihren positiven Einfluss spüren, als sie beide zum Kaffeetisch zurückkehrten.

Aus Spanien war für Ilse eine lustige Glückwunschkarte eingetroffen. Auf jeden Fall vermutete man, dass es ein Glückwunsch ist, der unter dem bunten Bild stand. Denn mit der spanischen Sprache wussten sie alle nichts anzufangen. Mit Erstaunen wurde bemerkt, dass der Bengel, der Paul, sich für sowas aufgerafft hatte. Ein seltener Beweis seiner Verbundenheit. „Der hätte ruhig deutsch schreiben können."

Ilse lachte: „Meint ihr, das war seine Idee? Schaut, was hinter dem Namen Paul steht", und sie buchstabierte laut: „I-nes!"

Sie klatschte begeistert in die Hände und rief: „Mensch Kinder, der hat sich eine angelacht!"

Es schien nicht so recht Christophs Billigung zu finden. Gerlinde meinte, er müsse endlich loslassen, seine Kinder seien erwachsen. „Du bist wie eine Glucke, die ihre Küken unter den Fittichen hält", spöttelte sie.

Während die anderen scherzten, mit der Mutter diskutierten, ob man in die Ferne schweifen müsse – ob das kleine Glück vor der Haustür nicht der größere Gewinn sei – stand er auf und ging hinaus.

Maren folgte ihm zögernd. „Kann ich mit dir sprechen?"

„Natürlich, mein Mädchen. Komm."

Sie saß ihm im Salon auf dem zierlichen grünen Sofa gegenüber und verbarg ihre Hände im Schoß. Wie schutzbedürftig sie in dieser Haltung aussah.

Um ihr über die Verlegenheit zu helfen, fragte Christoph: „Was macht der Führerschein?"

Sie lachte kurz auf. „Geschafft! Ich habe gestern die Prüfung bestanden!"

„Was! Das erfahren wir erst jetzt? Das passt sich ja prima!"

Das rote Auto

Er hätte ihr gern die Hand geschüttelt, das Mädel vielleicht ein bisschen gedrückt, so wie er es mit seiner Ilse vorhin am Gabentisch, bei der Gratulation gehalten hatte. Er wusste, es würde Maren furchtsamer machen. So beschränkte er sich auf ein paar freundliche, lobende Worte. „War es das?" Er sah sie erwartungsvoll an. „Oder hattest du noch etwas auf dem Herzen?"

„Ja. Ich habe mich in Bitburg beworben. Sie nehmen mich in der Kreisverwaltung. Ich kann von meinem Verdienst die Monatskarte für den Bus bestreiten und kann für mein Zimmer, das Essen und so, selber sorgen.

Damit ich Mutter nicht mehr auf der Tasche liege, oder, ich glaube, dir …" Sie unterbrach sich, flüsterte: „Du hast schon genug für mich getan."

Jetzt war er aufgestanden, setzte sich neben sie und zwang sie, ihn anzusehen. Seine Hand unter ihrem Kinn, wie lange war das her?

Damals hatte er sie am Fluss aufgelesen und zu seiner Mutter gebracht. Hatte es eilig und zum Abschied seine Mutter geküsst. Hatte ihr, der Fremden, unters Kinn gefasst, ihr in die Augen gesehen und gesagt: Wird schon wieder. Ach, wenn er wüsste, wie wenig wieder geworden war, da drin in ihr.

„Kind, Kind, was machen wir nur mit dir …" Christoph schüttelte den Kopf. „Ich hätte mir gewünscht, dass du nach all den Jahren auch mit dem Herzen zu uns gehören würdest. Wir machen uns Vorwürfe, Gerlinde und ich. Wir hätten dich vielleicht nach Trier holen sollen. Ich hatte den Eindruck, du fühlst dich bei Mutter wohl …"

Maren standen Tränen in den Augen, ihre Lippen bebten. „Ich will so gerne alles richtig machen, und nun habe ich dich enttäuscht", stieß sie unglücklich hervor.

„Es ist alles richtig!", betonte er. „Es ist viel zu richtig. Mach doch was falsch! Sag doch, was du denkst. Meinst du, Ilse macht alles richtig? Gegen sie bist du ein Musterexemplar."

„Sie ist aber deine leibliche Tochter", flüsterte Maren.

„Wir sind deine Familie. Du musst das nur zulassen", antwortete er nachdrücklich.

Nein, sie konnte nicht mehr in diese Augen sehen, die sie zwangen und so gütig dreinschauten. Sie hätte sich jetzt gern an Mutter Hellmigs Brust gelehnt und ausgeweint. Aufspringen, weglaufen, dachte sie.

In der offenen Tür stand schon eine Weile Gerlinde. Sie hatte die Mutter herangewunken. Ilse war gefolgt. Sie meinten es gut. Wollten trösten. Aber diese Überrumpelung! Ilse schlang die Arme um die Freundin und rief: „Heute ist unser Glückstag, verstanden?!"

Die Familie Hellmig rückte mit der angekündigten Überraschung heraus: „In der Garage steht ein Geschenk für dich!"

„Es hat vier Räder, ein Radio, Nebelscheinwerfer und es ist Rot", platzte Ilse heraus.

„Nein, nein, nicht geschenkt", schwächte Christoph sofort ab. „Zur Nutzung. Damit du nach Bitburg nicht auf den Bus angewiesen bist."

„Sieh mal", sagte Gerlinde, „der Bus ist auch nicht umsonst. Komm, sieh dir den Wagen an. Er gefällt dir ganz sicher."

Maren wollte das nicht. Christoph wusste es doch! Sie wollte nicht noch tiefer in die Schuld. Abzahlen wollte sie.

Er zog mit einer hilflosen Geste die Schultern hoch. „Merkst du, wie wenig ich mich bei meinen Frauen durchsetzen kann?", fragte er sie in komischer Verzweiflung.

„Die Damen überstimmen mich – und das nur, weil meine Söhne mich im Stich lassen!" Das hatte er nett gesagt, und sie wollte ihn nicht noch mehr enttäuschen.

„Ich bin dankbar", und sie umarmte Mutter, Ilse, Gerlinde und – Christoph unüberlegt und pflichtschuldigst.

Erst als er sie überrascht, und wie ihr schien, sogar erfreut an sich drückte, kam ihr das Unmögliche zu Bewusstsein. War sie denn von allen guten Geistern verlassen, ihn zu umarmen? Wenn er nun falsche Schlüsse daraus zog? Sie wollte sich entschuldigen, aber wagte es nicht.

Ilse zappelte vor Aufregung. „Schnell, Papa, mach die Garage auf!"

Da stand ein rotes Gefährt. Knuffig und so blank, dass Maren mit einer zarten Bewegung über das glatte Metall strich. Ihre Augen glänzten damit um die Wette. Klar, es konnten nur Freudentränen sein!

„Christoph, du musst unbedingt mit Maren eine Probefahrt machen", bat Gerlinde. „Ich habe sonst Sorge, das Mädel mit Oma allein fahren zu lassen."

„Traust du ihr das etwa nicht zu?", fragte er belustigt. „Wer die Ausbildung mit links macht, der fährt auch souverän Auto, stimmts Kleine?" Er sah Maren lächelnd an. Seine Freundlichkeit war schwerer zu ertragen, als die misstrauische Distanz.

Erst am späten Nachmittag erinnerte er Maren an die Probefahrt. „Dann wollen wir uns mal dem allgemeinen Willen beugen. Komm, zeig mir, wie du fährst."

„Ich komme mit", rief Ilse. Das lehnte er ab. „Keinesfalls. Die erste Runde wird ohne eure weisen Ratschläge gedreht, meine Damen. Das Mädel sieht sich das Fahrzeug in aller Ruhe an. Auf Wunsch eines einzelnen Herrn. Keine Widerrede!"

Maren weigerte sich, das Auto aus der Garage zu fahren. Auch nicht die ersten paar Meter unter den kritischen Augen der Familie. Oben am Fenster stand Ralf. Das hatte sie genau gesehen. Er grinste und hielt die Hand grüßend an die Schläfe. Um keinen Preis wollte sie sich hier lächerlich machen.

Christoph setzte sich ans Steuer. Schmunzelnd betrachtete er seine besorgten Zuschauer. „Ziemlich gemein von dir", murmelte er, „jetzt soll ich mich wohl blamieren?", und er legte den Gang ein.

Er erklärte einige Hebel und unterhielt sich sehr sachlich mit ihr, während er den Vorstadtverkehr hinter sich ließ. Als er in einen Weg einbog, wendete und den Wagen in Fahrtrichtung abstellte, sah sie ihn fragend an.

„Dachtest du, ich wollte dich nur spazieren fahren? Du bist an der Reihe", forderte er sie auf. „Aber du willst mir etwas sagen, ja?"

Maren nickte beklommen. „Ich wollte das vorhin nicht. Ich meine, die Umarmung. Nicht dass du denkst … Na ja, das war unpassend, ich weiß."

Er schob die Hände zwischen die Knie. Das kannte sie an ihm. Gleich würde er die Hände gegeneinanderreiben und nachdenklich in die Ferne schauen. Er schien den imaginären Punkt gefunden zu haben. Maren grub ihre Zähne in die Unterlippe, wie sie es tat, wenn sie nervös war.

„Aha, daher weht der Wind. Ich will ganz ehrlich zu dir sein. Ich verspreche, wenn es dir nicht behagt, sage ich so etwas nie wieder." Er machte eine kurze Atempause. „Ich habe mich gefreut. Sehr sogar. Versteh mich. Da hat ein Vater plötzlich statt einer – gleich zwei Töchter. Zwei ganz reizende Damen. Hat er vielleicht nach vier Söhnen redlich verdient, findest du nicht? Und dann geschieht nach über drei Jahren ein Wunder, das Mädchen akzeptiert ihn. Er ist einen winzigen Augenblick für sie der Vater, nicht irgendein lästiger Typ. Zugegeben, aus Versehen. Aber immerhin …" Er atmete tief durch und brummte: „So. Wenn du nun so weit bist, die Plätze zu wechseln, dann los. Ich will meine Tochter fahren sehen."

Sie wusste nicht, wie sie hinter das Steuer gekommen war. „Ich bin ein bisschen aufgeregt", gestand sie.

„Na klar", sagte er, „das gehört dazu."

Sie rief sich zur Ordnung. Diesen Vater-aus-Versehen wollte sie sicher ans Ziel bringen. Einige Fragen, ein unplanmäßiger Ruck, dann ging es eigentlich prima.

Er lehnte sich entspannt zurück und sie fuhr.

„Das Auto hat vier Gänge", stellte er ganz nebenbei fest.

„Und einen Rückwärtsgang", ergänzte sie und lachte.

Er sah sie von der Seite an. Sie lacht! Meine Güte, das Kind lacht ja! Gleichgültig sah er in die Landschaft.

„Muss ich schon Licht anmachen?"

„Muss nicht. Allerdings hier in der Allee … Mach ruhig, kostet nichts extra."

Die Unterhaltung verlief ungezwungen, fast heiter. Maren bemerkte es verwirrt.

Zuhause wurden sie mit Hallo empfangen. Die Texaner hatten angerufen. „Sie lassen grüßen und wir sollen noch schön feiern", erzählte Ilse. Außerdem hatte man bereits mit dem Abendbrot gewartet!

„Was denn, waren wir so lange fort?", fragte Christoph scheinheilig. Maren sah ihn an, sah auf die anderen, sie lachten, und zögernd stimmte sie mit ein.

Maren schlief in dieser Nacht das erste Mal in Trier. Aus ehemaligen Kinderzimmern waren Gästezimmer geworden, oben unter dem Dach.

„Was du dir in einem fremden Bett wünschst, geht in Erfüllung", meinte Ilse beim Gute-Nacht-sagen.

„Man darf den Wunsch nur nicht verraten", setzte Gerlinde hinzu.

Mutter Hellmig winkte ab: „Vergiss es. Es sind keine fremden Betten. Wir sind hier daheim."

Die Mädchen, man könnte schon sagen, die beiden Damen, schliefen in einem Raum.

„Dann habe ich dich wenigstens ein bisschen für mich alleine", schmeichelte Ilse.

Sie erzählten lange und Maren musste die Probefahrt in allen Einzelheiten schildern. Das Vater-Tochter-Gespräch behielt sie für sich. Mit dem Gedanken daran und einem frohen Lächeln auf den Lippen schlief sie ein.

Am anderen Morgen fragte Ilse: „Hast du dir was gewünscht?"

Ja, vorsichtshalber hatte Maren ihren Wunsch in sich hineingeflüstert. So oft die Freundin fragte, was es denn sei, schwieg sie sich aus.

Nach dem gemeinsamen Mittagessen herrschte Aufbruchstimmung. „Es war schön bei euch", hatte Maren dankbar gesagt.

„Ich hoffe, ihr kommt in Zukunft öfter. Jetzt, wo ihr motorisiert seid", meinte Gerlinde.

Ein paar Umarmungen, gut gemeinte Ratschläge: „Passt auf euch auf. Kommt gut an.

Ruft durch, wenn ihr da seid." Das Übliche halt.

Maren fuhr konzentriert. Sie wurde von Mutter Hellmig auf die andere Moselseite gelotst. „Diese Kaiser-Wilhelm-Brücke hatte uns in den Nachkriegsjahren sehr gefehlt. Fünfundvierzig hatten die Deutschen sie auf ihrem Rückzug gesprengt", erinnerte sie sich.

In Pallien nahm das Verkehrsaufkommen ab und Maren entspannte sich. Das Rollen der Räder, das Dahingleiten. Sie wurde sicherer, wagte ab und zu einen Blick in die Landschaft und lauschte den Erklärungen der Mutter.

„In diesem Vorort ist meine Schwiegertochter aufgewachsen", sagte Mutter Hellmig. „Hier war die Hochzeit. Kein großes Fest. Mein Junge war gerade mal zwanzig gewesen, nicht volljährig. Und Gerlinde, das arme Mädchen, war inzwischen Vollwaise. Wo sollte sie hin? So gab ich mein Einverständnis und musste es nie bereuen."

Die Sonne ließ den Abendhimmel über Wallendorf brennen. Zwischen den Bäumen blinzelte die Turmspitze der Pfarrkirche rotgolden hervor und Maren sagte aufatmend: „Ich freue mich, wieder zuhause zu sein", während sie in die Sauertalstraße einbog, wo die Fenster des Hauses das Abendrot reflektierten.

Der Beruf

Maren fuhr täglich in die Kreisverwaltung. Bitburg gefiel ihr, hatte ihr damals auf den Ausflügen mit Ilse schon gefallen. Trotzdem bummelte sie nie grundlos durch die Stadt. Sie scheute Begegnungen, Blickkontakte. Sie erledigte nur das Nötigste. Einkaufszettel arbeitete sie zügig ab. Sie hatte das Gefühl, auf der Flucht zu sein. Wallendorf war für sie eine rettende Insel im Meer namenloser Bedrohungen.

Würde es helfen, mit jemandem darüber zu reden? Mit wem? Sie wagte nicht, die Mutter mit ihren Sorgen zu behelligen, hatte Angst, daraufhin abgelehnt, nicht mehr gemocht zu werden. Und Ilse? Ach Ilse! Die würde sie für verrückt erklären.

Maren dachte voll Sehnsucht an das einzige Wesen, das ihr zuhören würde. Es hatte ihr in Hamburg auf dem verwunschenen Speicher auch immer zugehört. Es war doch der Speicher? Düster und grauenvoll? Bis ... Nein! Nur nicht die Vergangenheit wecken ... Sie schob ihren Entschluss, den Puppendoktor zu besuchen, von Wochenende zu Wochenende hinaus.

Samstagmittag. Maren verließ ihre Dienststelle zeitiger als sonst und hastete der Innenstadt zu. Sie hatte die grobe Richtung im Gedächtnis. Hatte sich verlaufen, machte kehrt, lief suchend ein Stück zurück und stand endlich vor dem Spielzeugladen. Das Schaufenster war mit einer Puppenstube und ihren Bewohnern liebevoll dekoriert.

Maren vertiefte sich in die Auslage: Der Puppenvater lag auf dem Sofa. Die Mama arbeitete in der Küche. Wie im Leben, klare Rollenverteilung. Möbel verschiedener Epochen standen zusammengewürfelt in den Räumen. Es sah allerliebst aus.

Die Kleinen saßen in den Schulbänken. Ihre blauen Schuluniformen waren gehäkelt. Aber es waren die gleichen Trägerröcke, wie sie auch im Internat in Mainz für die meisten Mädchen zum Alltag gehört hatten.

Sie wandte sich ab, hätte am liebsten ihr Vorhaben aufgegeben, zwang sich zur Besonnenheit. Wenn sie heute an der Schwelle kehrt machte, würde sie nie mehr einen Anlauf wagen.

Mit heftigem Herzklopfen betrat sie den Laden. Ringding! Puppendoktor Wilhelm Pneu stand hinter dem Kassentisch. Er war noch kleiner, noch krummer geworden. Trüge er einen roten Mantel, könnte man annehmen, dem Weihnachtsmann persönlich gegenüber zu stehen.

Er nickte ihr einen verbindlichen Gruß zu. Sie fragte, ob das Däumelinchen noch da sei, das unverkäufliche, damals …

Er ließ sie gar nicht ausreden und ging wortlos in die Tiefe des Raumes, wo ein geraffter Vorhang den Blick auf die Werkstatt freigab. Weshalb bediente er sie nicht?

Maren wartete vor einem Regal mit Teddybären, streichelte über gelblichen Plüsch und samtene Fellchen.

Als er zurückkam, starrte sie überrascht auf die Puppe, die er behutsam auf den Tresen legte. War das noch das Däumelinchen, in dem sie ihr Dorle zu erkennen geglaubt hatte? In jenen Tagen mit Ilse?

Das Herz konnte einem aufgehen: Das Köpfchen akkurat auf dem Körper. Das lange Haar sauber frisiert. Die Zöpfe aufgesteckt zu Affenschaukeln. Dieses Puppenkind strotzte vor Gesundheit. Rosige Wangen und ein ernster Kirschmund standen dem lebendigen Gesicht ausgezeichnet. Wache braune Augen sahen der Besucherin entgegen.

„Dorle", flüsterte Maren und strich sanft mit zwei Fingern über den Rotschopf. „Woher wussten Sie …?"

„Ob es Ihr Dorle ist, glaube ich zwar nicht", schnarrte die Stimme des Mannes. „Aber wenn es Sie freut … Ich möchte Ihnen die Puppe schenken."

Maren hatte sie zärtlich in den Arm genommen. „Sie war unverkäuflich …"

„Das ist sie noch. Sonst hätte sie in den Jahren längst den Besitzer gewechselt. Sie war 1957 eines der ersten Exemplare, die Käte Kruses Tochter Hanne auf den Markt brachte. Zur Spielzeugmesse in Nürnberg."

„So ein Zufall", lächelte Maren. „Siebenundfünfzig, das ist mein Geburtsjahr!"

„Nichts geschieht ohne Grund." Der Mann sah Maren freundlich an. „Warum sind Sie nicht eher gekommen?"

„Es ist so viel passiert seitdem …"

„Ich habe oft an Sie gedacht", sagte er. „An die junge Frau. Mit so unglücklichen Augen, wie sie das Däumelinchen hatte. Für mich hätte ich es nicht restauriert. Ich hoffte, Sie kommen eines Tages und geben ihm ein Zuhause."

Marens Misstrauen war hellwach. „Warum schenken sie die Kleine ausgerechnet mir?"

„Das Däumelinchen ist aus dem Nachlass meiner Tochter, sie ...", er sprach nicht weiter, schien seinen Gedanken nachzuhängen. Maren blickte forschend in sein Gesicht, glaubte, darin eine traurige Geschichte zu lesen. Das machte sie zu verwandten Seelen.

„Sie braucht Liebe", flüsterte sie. „Aber ich werde das Dorle bezahlen ..."

Er schüttelte den Kopf. „Was man liebt, verkauft man nicht. Die Puppe gehört Ihnen."

Maren zögerte. Schließlich lenkte sie ein: „So nackt, nur in Schlüpfer und Hemd, kann ich Dorle aber nicht mitnehmen."

Der Laden bot eine reiche Auswahl an Puppenkleidung. Herr Pneu hielt ein zartes rosanes Gebilde in die Luft. „Für eine kleine Prinzessin", sagte er.

„Nein, nein. Ich würde sie lieber wie einen Jungen anziehen, aber sie hat ja mich. Ich werde sie vor allem Übel behüten." Sie entschied sich für eine Blümchenbluse. „So ein himmelblaues Kittelchen hatte ich auch", murmelte Maren und strich über den derben

Stoff, praktisch und bescheiden. Mit diesen Teilen war Däumelinchen ausgehfein. Schuhe? Strümpfe? „Die braucht Dorle nicht. Sie wird ja getragen", sagte sie, ließ sich aber überreden. Wer mag winters wie sommers barfuß gehen? „Wie heißt sie eigentlich?" „Dorle", sagte Herr Pneu und verabschiedete sich herzlich. „Ab heute heißt sie Dorle."

An der nächsten Ecke sah sich Maren um. Der Mann stand auf der Schwelle des Hauses. Jetzt hob er winkend die Hand und Maren winkte zurück.

Der Himmel hatte sich bezogen. Maren trug ihren Schatz in ein Tuch gehüllt. Sie eilte, wollte vor dem Gewitter am Parkplatz sein. Geschafft. Mit dem Puppenkind fuhr sie besonders vorsichtig. Es lag auf dem Beifahrersitz und schlief mit offenen Augen.

Die ersten dicken Tropfen fielen, das Auto bog in die Einfahrt, gerade rechtzeitig vor dem Platzregen. Aufgeregt lief sie ins Haus. Im Flur begegnete sie Mutter Hellmig. Die sah verständnislos auf das Puppenkind, schüttelte grußlos den Kopf und ging in die Küche. „Du kommst spät. Wenn du dich umgezogen hast, können wir essen", rief sie von dort. Über die Puppe verlor sie kein Wort.

Marens Träume gehörten weiterhin zu ihren Nächten. Aber der Löwe hatte den Biss verloren, denn Dorle lag nachts neben dem Kopfkissen und teilte die Sorgen mit ihr. Wenn die Gespenster sie bedrängten, sah sich Maren weinend in einem dunklen Winkel hocken, das Däumelinchen im Arm. Wann war das? Wo? Sie hörte Stimmen. Die riefen, schmeichelten, drohten. Warum weinte sie? Sie hatte sich geschämt. Dorles Kittelchen war blutig. Sie hatte Schmerzen gehabt, hatte Angst.
Nach solchen Visionen drangen Gefühle in ihr Bewusstsein, die vergessen schienen. Und während Maren ihr Gesicht in Dorles Bäuchlein drückte, aus dem ein leichter Geruch von Mottenkugeln in ihre Nase stieg, verhallten die Stimmen. Dann drehte sie sich auf den Rücken und starrte erschöpft und unausgeruht an die Zimmerdecke. Nur nichts anmerken lassen. Kopf hoch und durch.

Die Anerkennung ihrer beruflichen Leistung, der vollzogene Berufswechsel, eigenes Geld verdienen – das hatte immerhin ihr Selbstwertgefühl gestärkt.

Sie lachte mit der Kollegin, die mit ihr ein Büro teilte. Sie plauderte mit der Besitzerin am Kiosk, wenn sie einen Kaffee zum Pausenbrot bestellte, oder eine Bockwurst aß. Sie wechselte mit dem Mechaniker einige Worte, wenn sie auf dem Heimweg tanken musste, oder Wasser und Öl prüfen ließ. Eine Mark fürs Putzen der Windschutzscheibe, schönen Feierabend, herzlichen Dank, das war`s.

Sie kam zurecht. Das registrierte sie erleichtert. Bindungen ging sie nicht ein. Weder mit einer Freundin und schon gar nicht mit einem Freund.

Ihr berufliches Umfeld, Mutter Hellmig mit ihrem überalterten Freundeskreis, die gewohnten Spaziergänge und Ausflüge; ab und zu die Trierer – das genügte ihr vollkommen.

Sie nahm jede Weiterbildung mit, die ihr geboten wurde. Ehrgeiz war ihr in Fleisch und Blut übergegangen. Ansonsten kümmerte sie sich um niemanden – und niemand kümmerte sich um sie.

Mutter Hellmig war stolz auf die seelische Entwicklung ihre Haustochter, das war deutlich zu spüren. Und Maren war bemüht, diesen Eindruck aufrecht zu erhalten. Ihre Beziehung war geprägt von Nähe und Distanz. Von einer wunderbaren Liebe und von Scheu.

Da war die Befürchtung, über etwas zu reden, etwas zu tun, was der anderen missfiel, vielleicht wehtat. Womöglich das Kartenhaus zum Einsturz brachte, in dem sie sich mühsam eingerichtet hatten. Warum Maren so empfand, konnte sie sich nicht erklären.

Schwester Rosa

Gerade als Maren meinte, ihr inneres Gleichgewicht gefestigt zu haben, da wurde Mutter Hellmig krank.
„In dem Alter stellt sich mal was ein", meinte sie, „das ist nicht zu ändern. So was kommt und geht."
Aber es ging nicht. Ein Arzt überwies zum nächsten. Der überwies zum Facharzt und letztendlich in eine Klinik.

Maren ertrug das einsame Haus nur schwer. Kam sie spät von ihrem Krankenbesuch zurück, lauschte sie in die Dunkelheit, die mit den Büschen und Bäumen ein geisterhaftes

Spiel trieb. Sie sah in alle Räume, verriegelte die Tür und zog die Vorhänge zu.

Christoph hatte gefragt, ob sie vorübergehend nach Trier übersiedeln wolle.

„Nein, es ist ja nur für kurze Zeit." Sie gab nicht zu, dass die Angst sie wieder im Würgegriff hatte. „Von hier aus kann ich besser für Mutter sorgen", meinte sie und sehnte ihre Rückkehr herbei.

Als die Kranke im Liegendtransport nach Hause gebracht wurde, nahm Maren Urlaub, um sie zu pflegen. Die besondere Nähe – der körperliche Kontakt beim Waschen, beim Betten – daran gewöhnte sie sich. Das war alles besser, als allein zu sein.

Christoph kam oft, schien besorgt. „Das sehe ich mir nicht mehr lange mit an", hatte er gesagt. Was er damit meinte, zeigte sich zwei Wochen später.
Stundenweise sollten sie in Zukunft von einer Pflegerin unterstützt werden. Christoph hatte das bestimmt, obwohl sich die beiden Frauen gegen die Fremde gewehrt hatten. Eine herbe Person, die zugreifen konnte, die bestimmte und – oh Wunder – eine gelassene Heiterkeit

verbreitete, wenn sie mit einem Lied auf den Lippen ihre Arbeit verrichtete.

„Schwester Rosa ist wie ein Feldwebel", sagte Mutter Hellmig, und ein resigniertes Lächeln huschte über ihr Gesicht.

„Ich brauche Sie hier nicht, Frau Brunjis", tönte Rosas tiefe Stimme aus dem Schlafraum. „Kochen Sie uns lieber Kaffee! Damit spülen wir die Sorgen weg."

Der Kaffeduft vertrieb den bangen Muff der fiebrigen Nächte. In dieser Stunde nach der Körperpflege besprachen sie, was zu erledigen sei. Jeder Tag brachte neue Anforderungen, wurde schwerer in seiner Bewältigung.

Mutter Hellmig redete nur noch selten, undeutlich. Manchmal hatte es den Anschein, sie wolle erzählen. Maren hatte sich über sie gebeugt, lauschte den wenigen Worten. Die Bruchstücke konnte sie nicht ordnen. Es war nicht wichtig. Hauptsache die Kranke blieb ruhig. Wenn sie „Franzi …" flüsterte, wusste Maren – ohne zu hinterfragen – um die Ereignisse. Ein andermal formten ihre Lippen den Namen Franz. Einmal klang es wie Edgar, und Maren wunderte sich. Sie denkt an meine Eltern, folgerte sie bewegt und strich der Mutter das feuchte Haar aus der Stirn.

Die unterbrach ihr Gemurmel mitten im Satz und schloss die Augen. Es fehlte wohl die Kraft.

Maren hielt seit einigen Nächten in Mutters Ohrensessel direkt neben dem Bett Wache. Sie hatte endlich einmal – trotz des rasselnden Atmens der Mutter – tief und fest geschlafen, war erwacht, weil es totenstill im Raum war. Sie schreckte auf, sah das wächserne Gesicht in den Kissen.
Wer hatte ihr gesagt, was zu tun sei?
Sie strich der Mutter sanft über die Augen, streichelte ihre Wange, ging zum Fenster, öffnete es. Sie setzte sich zurück in den Sessel und zog sich die Decke über die Schultern. So saß sie, als Schwester Rosa mit einem fröhlichen Lied ins Haus trällerte.

Abschied

Johanna Hellmig war für immer eingeschlafen. Alle waren sehr traurig. Aber Maren war untröstlich.
Warum verlor man im Leben immer das Liebste, was man hat? Was war das Leben ohne diese starke Frau, die ihr in den Jahren der Gewöhnung alles gewesen war.

109

Nun würde auf dem Friedhof nach Fritz und Franziska eine dritte Liebe begraben werden. „Nicht nach Trier. Zu meinem Franz kann ich ja nicht … draußen auf dem Schlachtfeld. Ich gehe zu meinen Kindern!" Irgendwann hatte sie geflüstert: „Ein drittes Kind hier zu wissen, das hätte ich nicht überlebt." Und sie mochte an Christoph gedacht haben.

„Franzi", war das letzte Wort gewesen, das Maren verstanden hatte. Dabei hatte Mutter Hellmig die dargereichte Hand ungewöhnlich fest gedrückt.

Wie muss sie Franziska geliebt haben. Vielleicht hat sie in mir die verlorene Tochter wiedergefunden, dachte Maren. Es machte sie froh, ihr so viel bedeutet zu haben.

Maren funktionierte. Sie regelte das Behördliche. Sie bereitete alles Nötige vor, um den Abschied würdig zu gestalten. Und sie kümmerte sich um die Wallendorfer Freunde. Denn die kamen reichlich, zu kondolieren und zu trösten. Es war eine der Ihren gestorben, eine Ortsansässige, eine Nachbarin, eine geachtete Persönlichkeit.

In der Aufregung und Trauer war es erst gar nicht aufgefallen, dass sich Gerlinde so sehr zurückgenommen hatte. Hätte sie nicht die

Organisation, die ganze Abwicklung und so manche Entscheidung selbst übernehmen müssen?

„Nein", widersprach Maren, als die Texaner am Tag der Beerdigung danach fragten. „Ihr seid Jahr und Tag weit vom Schuss. Was wisst Ihr von diesen Wochen, die hinter uns liegen. Es ist alles so, wie sie es wollte. Wir haben die letzten Wünsche eurer Oma erfüllt. Oder habe ich es euch nicht recht gemacht?"

Für Gerlinde blieb jede Menge Arbeit, die sie trotz Trauer in freudiger Erregung bewältigte. Bei der Gelegenheit brachte Paul, der Spanier, seine Ines in die Familie ein. In der Villa herrschte verwandtschaftlicher Hochbetrieb mit lebhaftem Durcheinander.

„Jetzt fehlen nur noch Enkel", hatte Gerlinde froh bemerkt.

Bitter stellte Maren fest, dass erst ein Liebes sterben muss, damit eine Familie, damit fünf Geschwister zusammenkommen. Sie hielt sich in gewohnter Weise zurück, sah die Söhne mit ihrem Anhang erst am Beisetzungstag in Wallendorf.

Sie trugen das Flair der großen weiten Welt in das kleine beschauliche Dorf. Ihr elegantes

Schwarz hätte einem Staatsempfang alle Ehre gemacht. Sie kommen halt aus der Neuen Welt, dachte Maren. Sie haben es zu was gebracht. Christoph konnte stolz auf seine Kinder sein.

Das eine oder andere Treffen spulte sich ab. Ein neugieriges Weißt-du-noch?
Viele kannten die Jungs aus einer Zeit, da sie ihre Ferien auf dem Land verbracht hatten – waren damals Freunde gewesen, Nun waren sie sich fremd geworden, hatten sich wenig zu sagen.
Schönes Wetter heute.
Dass wir uns mal wiedergesehen haben!
Meine Anteilnahme!
Wir werden Johanna Hellmig sehr vermissen.
Besuch uns mal …
Ach, ihr bleibt nicht lange?
Übermorgen schon?
Na dann … gute Reise!

Der Tag hatte sich so hingeschleppt. Maren atmete auf, als die Familie zurück nach Trier fuhr. Sie hatte allen Grund, nicht mitzufahren. In der Dorfschenke saßen die alten Treuen. Sie schlürften ihren Kaffee, verzehrten Berge von Butterkuchen und wussten so manche Episode aus längst vergangenen Zeiten. Damals, als hier kaum Fremde hinkamen. Damals, als die Hellmigs in der Sauertalstraße bauten. Der nette Opa von nebenan erinnerte sich an den Alten, den Franz: „Ein feiner Herr", sagte er, und in seiner Stimme schwang Hochachtung.

Freunde vom Fritz meinten: „Der Fritz war ein echter Wallendorfer. Wenn der die Firma übernommen hätte, wäre sie nach dem Krieg im Dorf geblieben!"

Maren sah das anders. Die Stadt war zentral. Mit Fluss, Bahnlinie und einem, wenn auch anfangs desolaten, Wegenetz. Die Villa HUT bot die Chance für einen Neuanfang.

Maren äußerte sich nicht. Warum sollte sie den Menschen die Illusion nehmen. Es blieb eh wie es war.

Harmlose Komplimente: „Sie, liebe Maren, sind der Franziska ihr Ebenbild!" Maren hörte die alten Geschichten gern. Sie dankte für die Artigkeiten.

Die Aufregung hatte sich gelegt. Die Texaner waren am nächsten Tag fort, Paul am Tag darauf. Du verstehst, Mutter, die Arbeit! Sie hatten ihre Koffer gepackt und waren abgereist.

Nun musste der Alltag bewältigt werden. Für die Trierer nur eine kleine Umgewöhnung: Die Besuchsfahrten zur Mutter fielen fort. Man wurde halt nicht mehr in Wallendorf erwartet. Oder – nicht mehr so sehr.

Dafür hatten Christoph und Ilse andere Sorgen. Gerlinde musste sich wohl übernommen haben, mit den vielen Gästen, dem Trubel, den die Beisetzung mit sich gebracht hatte. Ihr Körper verlangte nach Erholung. Nichts ging ihr mehr von der Hand.

Wenn Maren mit ihr telefonierte, beschönigte sie. „Mach bloß keine Sache daraus. Frauen in den Wechseljahren. Da kommst du auch noch hin. Schneller als du denkst." Leicht hingeworfene Sätze. Maren, die Empfindsame – Ilse nannte sie das Sensibelchen – sie hörte ganz andere Töne heraus. Gerlinde, dachte sie. Wie muss Christoph darunter leiden. Er ist so abhängig von einer gut organisierten Häuslichkeit.
Unruhe hatte Maren ergriffen. Die Arbeit in Bitburg, die tägliche Fahrt über Land. Das fiel ihr plötzlich schwer. Das Haus, der Garten – war sie in Wallendorf nicht nur Gast gewesen?

Sie konnte nicht erwarten, das schmucke Häuschen allein bewohnen zu dürfen. Es war auch zu groß, zu einsam für sie. Und dann der Fluss. Sie überlegte, nach Bitburg zu ziehen. Aber das überstieg ihre finanziellen Mittel.

Natürlich konnte sie darüber nicht mit Christoph reden. Nicht jetzt. Er wartete nur darauf, dass sie das heikle Thema anschneiden würde. Er würde das sofort regeln. Er würde sie nach Trier holen, das war gewiss.

Noch war sie nicht so weit. In diesem Haus sprach jeder Winkel Mutter Hellmigs Sprache. In dem Sessel hatte sie gesessen. Diese Tasse hatte sie gern benutzt. Mit den Blumen hatte sie gesprochen. Dann blühen sie schöner, hatte sie gesagt. In den Lieblingsbüchern lagen ihre Merkzettel. Maren tauchte in die Gedankenwelt ihrer alten Freundin ein. In dem Zimmer neben Marens Kammer hatte sie zuletzt geschlafen, dort war sie gestorben.

Maren hatte die geblümte Tagesdecke aufgelegt, das Paradekissen thronte in der Mitte. Daneben saß Dorle mit dem Trauerflor, den Maren am Begräbnistag getragen hatte.

Wie die Einsamkeit nach ihr griff. Dieses Haus weinte in der Nacht, und die Träume schlängelten sich unter die Decke. Maren

schlief eingerollt wie ein Igel. So hatte sie
früher immer gelegen. Mit eng an den Körper
gezogenen Beinen, auf der Seite. Hatte erst
bei Mutter Hellmig gelernt, sich auf den Rücken zu drehen, sich allmählich zu entspannen.

Die wilde Verfolgungsjagd, Maren hatte
nicht zugeben wollen, dass es diesen Film in
ihrem Kopf noch gab, nahm abermals drama-
tische Formen an. Der Löwe zeigte die Zähne. In seinem Maul schlackerte Däumelinchen. Nichts würde die Bestie beruhigen,
denn jene, der die Worte galten: „Sie braucht
Liebe", war fortgegangen.

Nichts? Wirklich nichts? Konnte sie dem Tier
nicht beikommen? Ihm Dorle entreißen?

Pflicht

Die Nachbarin hatte Maren auf einen Kaffee,
einen Plausch, gebeten. Mutters Kränzchen
hatte gedrängelt, sie möge endlich wieder
teilnehmen. Eine ehemalige Kollegin aus
dem Gemeindebüro hatte zum Geburtstag
geladen. Maren lehnte aus fadenscheinigen
Gründen alles ab. Sie scheute Begegnungen,
zufällige, auf dem Friedhof, beim Kaufmann,
im Garten hinter dem Haus. Oft zog sie den

Stecker des Telefons heraus, um nicht reden zu müssen. Ließ sich ein Gespräch nicht vermeiden, fasste sie sich kurz, entschuldigte sich mit Terminen, die sie nicht hatte.

Heute war sie gerade nach Hause gekommen, hatte ihren Wagen eingestellt, da klingelte das Telefon. Müde ging sie ins Haus.
„Ilse!"
„Ich muss mit dir sprechen, Maren!"
Von einer Ahnung besessen, fragte Maren: „Ist was mit Gerlinde?"
„Ja Maren, Mama ist sehr krank!"
Lieber Gott, das kannst du nicht zulassen. Nimmt das Unglück gar kein Ende? Aber die Situation riss sie aus ihrer Lethargie. Sie musste helfen, das war sie ihrer Familie schuldig.

Sie fürchtete sich vor Trier, der Villa und ihren Bewohnern. Hatte das Gefühl, fremd geworden zu sein. Bei dem Gedanken lächelte sie bitter. Geworden? Sie war eine Fremde unter Fremden. Obwohl - sie hätte sich gern mit Ilse unterhalten. Sich bei ihr ausgesprochen.
Als sie sich trafen, redete Ilse sich den Stress von der Seele. Das Krankenhaus mit seinen

nervigen Patienten, der Haushalt, die beiden Männer, die ihr die ganze Arbeit überließen.

Man sei ja nur einmal jung. „Da hast du es besser. Kannst machen, was du willst. Hast keine Pflichten am Hals."

Maren schwieg. Was hatte sie erwartet? Tu deine verdammte Schuldigkeit, schob sie sich selbst an und überging den egoistischen Redeschwall.

Sie betraten das Obergeschoss der Villa Hut. Die Tür zu Christophs Arbeitszimmer stand offen. Sie begrüßte ihn, wollte ihm in die Wohnung folgen, da sagte Ilse: „Nicht zu Papa. Mamas Zimmer sind hier."

Gemeinsam gingen sie in Gerlindes Räume. Die lag blass in ihren Kissen und Christoph beugte sich über sie. Seine Lippen berührten ihre Stirn. „Na mein Liebes? Maren wird uns ab jetzt zur Seite stehen."

Gerlinde zauberte ein verkrampftes Lächeln in ihr Gesicht und Christoph zog sich zurück.

In Maren verstärkte sich dieses Schuldgefühl, das sie so verabscheute. Es kam aus dem Bauch, breitete sich im Körper aus, machte das atmen schwer. Warum war sie hier? In

Gerlindes Wohnung. „Wieso leben deine Eltern getrennt?", fragte sie verblüfft.

„Du meinst, wegen der paar Zimmer hier? Unser Leben spielt sich unten im Salon ab."

Eine Stimme in Maren befahl: Dreh auf dem Absatz um! Aber: Dann kehrst du nie mehr zurück, sagte der Verstand.

Ilse rief über die Schulter: „Dein Gästezimmer ist ja seit Jahren für dich bereit. Kannst dich bestimmt auf länger einrichten", und lief die Treppe hinunter. „Ich muss!"

Da stand sie nun. Ich muss auch, dachte Maren bitter. Ich muss, damit mein Gewissen mich nicht quält. Sie bezog das Zimmer. Nur für alle Fälle, hoffte sie.

Sie fuhr nach Trier, wenn Ilse im Dienst unabkömmlich war. Sie verrichtete die Handreichungen, die Gerlinde momentan nicht leisten konnte.

Statt sich anzunähern, wurde das Verhältnis der beiden zueinander kühl. Maren hatte es verwundert bemerkt, meinte den Grund zu kennen. Untätig im Bett zu liegen, anderen nicht nur die Arbeit, auch die Entscheidungen überlassen zu müssen, das war auch Mutter Hellmig schwergefallen. Maren sah es ihr nach.

Eines Tages stellte Christoph Erna Burger vor. „Sie wird uns im Haushalt zur Seite stehen", meinte er.

Mochte der Himmel wissen, wo er diese stattliche Person aufgetrieben hatte, die selbstverständlich, ohne viel zu fragen, ihre neue Aufgabe übernahm.

Als Maren sie nach ihrem Woher fragte, sagte sie sachlich: „Ich bin Hausdame im Echternacher Hof. Wenn Herr Hellmig mich nicht in die Villa gebeten hätte, würde ich jetzt dort für Ordnung sorgen. Nun tue ich es hier. Ich habe mich nicht nach Trier gedrängt, aber eine Weile werden sie im Hotel ohne mich auskommen."

„Ich war da mal", hatte Maren geflüstert.

Frau Burger legte ihre Hand auf Marens Arm. „Das ist vorbei", sagte sie ungewohnt sanft. „Eines Tages werden Sie das Hotel ohne Scheu betreten können."

Die Worte zeigten Maren, dass diese Fremde über sie Bescheid wusste. Wie peinlich. Sie hätte Christoph mehr Feingefühl zugetraut. Oder hatte Ilse getratscht?

Mit Gerlinde Hellmig ging Frau Burger sehr liebenswürdig um. Als hätte sie einen Hotelgast vor sich, dachte Maren. Und diesem Gast sollte es an nichts fehlen. Mit Engelsgeduld erfüllte sie zeitraubende Wünsche. So wie sie es wohl als Hausdame des Hotels gewohnt war.

Gerlinde war der Knoten im Nacken viel zu schwer, drückte beim Liegen. Erna Burger flocht es zu einem seitlichen Zopf und Gerlinde schaute dankbar in den Spiegel.

Es war ihr verhasst, elend und grau auszusehen. Frau Burger zauberte rosige Wangen. Da wurde das Lächeln froher, wenn Christoph anerkennend sagte: „Du siehst großartig aus, mein Liebes." Weil es stimmte, weil er nicht log.

Gemeinsam überbrückten sie die Wochen zwischen sich häufenden Klinikaufenthalten. Sie übernahmen lange Zeiten der häuslichen Pflege, durchlebten Monate der Hoffnung, in denen sich Normalität einstellen wollte, bevor sich die Krankheit erneut und heftiger zeigte; längst nicht besiegt.

Gerlinde bewies eine erstaunliche Stärke. Nach außen nahm sie die Herausforderung an, war streng, ja hart gegen sich selbst. Bisweilen war sie auf eine entrückte Art heiter.

Diese Stimmungsschwankungen waren für Maren kalte Duschen.

Vieles regelte die Mutter in unermüdlicher Betriebsamkeit. Für ein Leben ohne Gerlinde, wie sie es nannte. „Meine Zeit ist bemessen", sagte sie, und wenn Christoph bat, sie möge ruhen: „Wofür?"

Es waren nicht nur die körperlichen Schmerzen, die Ärzte recht gut zu behandeln wussten. Es waren vielmehr Kummer und versteckte Trauer, die sich in die Seele fraßen.

Gerlinde litt. Die ganze Familie trug an diesen Qualen zwischen Hoffen und Bangen. Dann war auch das Hoffen vorbei. Es blieben nur noch die Fragen – wann – wie lange – wie furchtbar?

Maren war dem unruhigen Leben nicht mehr gewachsen. Die Arbeit in Bitburg, das Haus in Wallendorf, die Betreuung in Trier, das Elend um Christoph. Die vielen Kilometer täglich auf der Landstraße. Für nichts mehr Zeit.

Sie hatte sich ein paar frei verkäufliche Medikamente aus der Stadtapotheke mitgebracht. Schluckte dies, schluckte das, nichts schlug an. Hinzu kam der fehlende Schlaf.

Stellte er sich ein, bedrängten sie die beklemmenden Träume.

Das war mehr, als sie ertragen konnte. Längst hatte der Arzt sie in seine Behandlung eingeschlossen, riet dringend, sich zu schonen. „Das halten Sie auf Dauer nicht durch", mahnte er.

„Im Hause Hellmig funktionieren alle", widersprach sie. „Sogar Gerlinde …"

Aber als ihr eine befristete Freistellung angeboten wurde – vermutlich hatte Christoph Fürsprache gehalten – gab sie ihre Tätigkeit in Bitburg auf.

Schweren Herzens übernahm Christoph den Verkauf seines Elternhauses. Er hatte seine Söhne gefragt. Niemals würden sie in diese ländliche Enge zurückkehren, das hatten sie ganz deutlich zu verstehen gegeben. Ralf bliebe in Trier, schon der Firma wegen. Auch Ilse ging es um die Arbeit. Die Anfahrt zu einer Praxis oder Klinik wäre viel zu weit. Blieb Maren. Sie war nicht gefragt worden. Klar, sie, die Fremde, hatte kein Mitspracherecht. Der Abschied tat besonders ihr weh, da es seit über neun Jahren ihre Heimat war.

Als sie Zimmer für Zimmer ausräumte – vom Keller bis zum Boden – war es, als versündige sie sich. Sie sah in Schränke, hinter Türen, die sie nie geöffnet hatte. Eine Indiskretion ohnegleichen. Verzeih, Mutter Hellmig.

Trier

Maren lebte nun ständig in Trier. Sie kümmerte sich gewissenhaft um die Kranke. Das ließ keinen Raum zum Nachdenken, betäubte die eigene Zerrissenheit. Wenn möglich, sollte Gerlinde zuhause genesen. In diesen vier Wänden, die sie sich in den letzten Jahren ihrer Ehe gestaltet hatte. Von ihren Lieben umgeben und umsorgt sollte sie bleiben. Ja, sie sagten bleiben, weil ihnen das Wort sterben nicht über die Lippen ging. Nur Gerlinde sprach es deutlich aus.

Christoph hatte sich auf den flüchtigen Blick kaum verändert. Er war schmaler geworden, was ihm gut stand. Aber seine Augen waren umschattet. Er war nach wie vor oft unterwegs. Das Geschäft forderte seinen ganzen Einsatz.

Ralf wirkte im Krankenzimmer hilflos: Hallo Mama, wie geht's, hatten heute viel zu tun, bis bald und tschüs. Den Vater unterstützte er nach Kräften, war ihm in der Firma ein echter Partner geworden, tüchtig und umsichtig. Ansonsten kümmerte er sich um nichts.

Natürlich wusste Gerlinde um die Belastung ihrer Familie, besonders ihres Mannes. Wusste, dass er einen Zwölf-Stunden-Tag hatte, plus Fahrzeit. An so manchen Tagen hatte er auswärtige Termine, blieb über Nacht fort.
Gerlinde sah die Notwendigkeit, aber: „Er muss doch wissen, dass ich es bin, die keine Zeit mehr hat." Im Fieber sagte sie Maren so Dummes, wie: „Du musst für ihn da sein, Liebes! Dich hat er besonders gern."
Wie beschämend, wenn sie Gerlinde oder ihre Kinder durch ihre Anwesenheit verletzt hätte. Sie grübelte viel. Um diese vermeintliche Schuld. Um Gerlindes Zustand, der keine Hoffnung mehr zuließ. Und um ihn. Er hatte dieses Elend nicht verdient.
„Mach, dass er wieder froh wird", flüsterte Gerlinde, „du kannst das. Auf dich hört er!"
Wenn sie ihn jetzt sah, bemerkte sie keine Regung mehr in seinem Gesicht. Erstarrt war es unter einer Maske.

In kritischen Phasen setzte sich Maren für die Nacht in den Ohrensessel, den sich Gerlinde aus dem Nachlass der Schwiegermutter in ihr Zimmer hatte stellen lassen. Er weckte unangenehme Erinnerungen in Maren. Darin hatte sie schon einmal an einem Krankenbett gewacht.

Sie überprüfte den Puls, die Atmung, wartete, bis das Medikament die Kranke in einen erschöpften Schlaf zwang.

Der Blick auf die gegenüberliegende Fensterwand lenkte Marens eigene Aufgeregtheit in ruhigeres Fahrwasser. Gerlinde hatte sich eine Ahnengalerie aus alten und neuen Bildern ihrer Lieben geschaffen. Ein Farbfoto zeigte Mutter Hellmig mit ihrer Tochter Franziska auf dem grünen Sofa im Salon.

Maren identifizierte sich damit. Wäre schön, wenn ich das wäre, dachte sie. Wenn ich Bestandteil dieser glücklichen Familienchronik wäre.

Mit solchen oder so ähnlichen Überlegungen war sie manches Mal eingeschlafen und hochgeschreckt, wenn die Kranke sich regte.

Heute war ein guter Tag. Christoph hatte sich in den Ohrensessel gesetzt und plauderte. Plötzlich schlug die harmonische Stimmung um. Gerlindes Tonfall wurde scharf: „Häng endlich das Bild ab", befahl sie. „Ich will nicht noch einmal gefragt werden, wer die Dame neben Maren ist."

„Unsere Freunde kannten Franzi, und sie kennen Mutter", beschwichtigte Christoph kopfschüttelnd.

„Aber einige Leute, zum Beispiel Frau Burger, kennen deine Mutter nicht!"

Christoph erhob sich und entfernte das Bild.

Maren verließ leise das Zimmer. Sie war peinlich berührt, wollte nicht Zeuge ehelicher Spannungen sein. Die Wallendorfer hatten damals auch diese verblüffende Ähnlichkeit bemerkt, und sie hatte sich seinerzeit geschmeichelt gefühlt. Woher kam Gerlindes ablehnende Haltung? Was war mit Franzi gewesen? Oder liegt es an mir, dachte Maren.

Sie schlief fast ununterbrochen, wenn Gerlinde zur Behandlung ins Krankenhaus gebracht wurde. Tage bleierner Ruhe, an denen sie sich ausgelaugt fühlte. Ihre Augen lagen in tiefen Höhlen.

„Du musst dich schonen", bat Ilse. „Papa braucht dich, wenn es mal soweit ist."

Soweit ist? Wie weit?

Wie weit sollte es denn noch kommen?

Christoph bemühte sich um Fassung. Für Gerlinde, für seine Kinder. Nur die totenbleiche Farbe konnte er nicht verbergen. Er aß, was ihm Erna Burger vorsetzte. Aus Vernunft, wie er sagte.

Sie sorgte auch dafür, dass sein Auftreten korrekt blieb. „Schließlich interessiert es seine Kunden nicht, wie es da drin aussieht", und sie legte eine Hand auf die Brust.

Freunde klopften ihm auf die Schulter: „Kopf hoch, alter Junge, das Leben geht weiter." Was wussten sie schon. Einmal sagte Doktor Negeborn, der Rechtsanwalt, ein Freund des Hauses: „Trösten Sie sich, die Maren wird Sie auf andere Gedanken bringen", und er musterte die junge Frau durchdringend.

Oh, immer diese Kerle! Maren sah Christoph an. Ob er überhaupt zugehört hatte? Dann hätte es ihn maßlos treffen müssen, diese Herzlosigkeit. Schade, dass sie nicht das Format von Erna Burger hatte. Die strafte Negeborn mit deutlicher Verachtung.

Konnte man denn ein ganzes Jahr lang sterben? Gerlindes Herz war so stark. Wenn Maren die letzte Pflegeschicht einlegte, ging Ilse aus dem Haus. Die Arbeit als Nachtschwester war anstrengend genug. Schon längst musste sie zusätzlich auf Ilse achten.

Und dann war es heute, als ob sich nach einem entfesselten Sturm der Wind legt. Es war ganz still in der Villa.

Maren hatte Ilse nach Hause gerufen. Hatte Christoph gebeten, sofort zu kommen. Hatte die Söhne benachrichtigt. Gerlinde war ohne Bewusstsein.

Christoph war inzwischen bei ihr. Auch der Arzt. Vielleicht würde sie noch einmal die Augen öffnen. Vielleicht. Maren hielt Ilse im Arm. Die weinte.

Die Jungs hatten geantwortet. Es wäre schon einige Male kritisch gewesen. Sie würden kommen, wenn … Ach Mutter, so ist es. Sie warten, um hinter deinem Sarg herzugehen. Sie sollten kommen, solange du atmest.

Christoph betrat die Wohnstube. Maren riss sich zusammen, sah in sein Gesicht. Die Starre war verschwunden. Röte war ihm in die Stirn gestiegen: „Tot", sagte er, „sie ist tot!"

Da war die Stille eingetreten. Alle Betriebsamkeit hatte keinen Sinn mehr. Gerlinde hatte keine Wünsche mehr. Keine Schmerzen.

Aber wir, dachte Maren, wir müssen den Schmerz ertragen. *Sie* ist einfach gegangen.

Maren traf die Vorbereitungen. Ralf war ihr keine Hilfe. Er lebte in seiner Welt zwischen der Firma und den Zimmern im Dachgeschoss. Manchmal kam er Maren verwandt vor. Einsam wie sie.
Ilse war viel zu verzweifelt. Urlaub hatte sie schon längst nicht mehr, um zu helfen oder sich zu erholen.

Die Räume mussten bereitet werden. Das Haus würde sich füllen, wie es sich bei Mutter Hellmig gefüllt hatte. Maren würde die Amerikaner erneut auf einer Beerdigung sehen und den Spanier Paul.
Christoph würde seine Söhne mit ihren Frauen in die Arme schließen, und es würde ihm hoffentlich Trost sein.
Maren hatte alles im Griff. Nicht zuletzt, weil sie sich hundertprozentig auf Erna Burger verlassen konnte. Sie waren ein eingespieltes Team. Gemeinsam schafften sie es – die Gäste bekamen ihre Ordnung. Sie behandelten Maren, wie sie es verstanden: eine Fremde.
Und die Burger? Was hatte die hier zu suchen? Dienstboten, alle beide. Diesen Luxus

mochten sich die Jungs in Amerika leisten, wer weiß.

Hatte es sich nicht bis nach Übersee herumgesprochen, dass sie außer Ilse inzwischen noch eine Schwester hatten? Christoph stellte das nicht klar. Wie sollte er, war er doch der einzig wirklich Betroffene. Die anderen, sie würden zurückfliegen, würden ihrer Arbeit nachgehen. Sie würden schnell vergessen. In ihrem Leben hatte sich ja nichts geändert. Nur im alten Deutschland fehlte ein lieber Mensch.

Die turbulente Woche vor der Beisetzung wurde eifrig genutzt. Paul wollte den Besuch gleich mit einem Gespräch im Trierer Werk verbinden, hatte wichtige Verabredungen.
Ines liebte die Mosel. Einen Abstecher gönnten sie sich. Eines fernen Tages würde sie gern an diesem romantischen Fluss einen Urlaub verbringen.

Die jungen Leute aus Texas schwärmten aus: Auf den Spuren der alten Römer zeigten sie ihren Frauen die Stadt und entflohen der bedrückten Atmosphäre. Sie waren in Austin Superlative gewohnt, hier fanden sie alles niedlich, die Mosel sei einfach süß. Nun ja, wer den Colorado-River kennt.

Wallendorf besuchten sie erst gar nicht, mein Gott, die Sauer, ein Rinnsal, sorry. Ach, wie sie sich von ihrer alten Heimat entfernt hatten. Das schien Christoph mit Bedauern zur Kenntnis zu nehmen. Gerade seine Söhne, auf die er so stolz war, auch stolz sein konnte, taten dieses Stückchen Erde nur mit einem müden Lächeln ab.

Gerlinde war in Pallien, dem westlichen Teil Triers, geboren. Auf dem Friedhof an der Wolfsgasse befand sich das Familiengrab ihrer Eltern. Sie hatte sich gewünscht, dort beigesetzt zu werden. Gegen Wallendorf hatte sie sich energisch gewehrt. Diese Ära war abgeschlossen. Maren hatte sich ausnahmsweise eingemischt. Sie bat, einst in Wallendorf bei der Mutter beigesetzt zu werden.

Christoph hatte entsetzt abgewehrt. „Du gehst erst ins Leben hinein! Wie kommst du auf diesen absurden Gedanken."

Maren hatte geschwiegen. Kommt Zeit, wird sich Christoph erinnern, dachte sie.

Den würdigen Rahmen für die Abschiedsfeier hatte dieses Mal ein Beerdigungsinstitut gestaltet. Maren empfand die Zeremonie unpersönlich und kalt; die Bewirtung im nahegelegenen Restaurant laut und unüberschaubar.

Menschen aus der Geschäftswelt machten ihren verbindlichen Kondolenzbesuch. Die meisten kannten Gerlinde Hellmig gut. Ihre Frauen waren mit Christophs Gattin befreundet. Durch die Kinder, im Verein oder bei Empfängen hatte man sich ausgetauscht.
Sie sprachen mit Ilse. Ließen sich von ihr die Krankengeschichte erzählen.
„Muss schlimm für Sie gewesen sein. Als einziges Mädchen ..."
„Halt die Ohren steif", sagte ein Freund Schulter klopfend zu Christoph. „Das Leben geht weiter."
„Wenn du wen brauchst", sagte eine Bekannte und tupfte ihre Tränen mit einem Spitzentuch.
Händeschütteln und Umarmungen mit Küsschen links und rechts. Christoph und Ralph mittendrin. Beide beherrscht. Mit versteinerter Miene. Wie machten sie das?
Maren mied jede Berührung, hielt sich scheu im Hintergrund. Wer kannte sie schon?
„Siehst du, Vater, was du dir da ins Haus geholt hast? Die hat doch keine Gefühle. Mutter

kann einem leidtun. Wieso musste sie ausgerechnet die um sich dulden?"

Komisch, es prallte an ihr ab. Was wussten die Herren Söhne denn?

Wo wart ihr, als Gerlinde nach euch fragte, hätte sie sagen mögen. Aber wofür? Genauso kann ich gegen die Wand reden oder in den Wind, dachte sie bitter.

Die größte Aufmerksamkeit galt den Brüdern. „Olaf, wie läufts in Amerika?"

„Was macht der Finanzmarkt, Ben?"

„Lohnt sich die Investition in Spanien, Paul?"

Jedes Lachen, und sei es noch so verhalten, erschien Maren herzlos. Durfte sie sich einfach absetzen? Sie wagte es nicht. Da nahm Erna Burger ihre Hand. „Kommen Sie, wir werden hier nicht gebraucht."

Auf dem Vorplatz wartete Ralf in seinem Wagen. „Ich halte das nicht mehr aus", sagte er, als die beiden Frauen zu ihm stiegen. Er fuhr das kurze Stück zum Friedhof. Dort setzten sie sich auf eine Bank, der Ruhestätte schräg gegenüber.

Kränze, Sträuße, Schleifen – extravagant und üppig – waren zu einem Hügel angewachsen. Die Bestatter hatten die Grüße mit den Namen, den kunstvollen Sprüchen und Kreuzen, hatten all die Bänder geschmackvoll drapiert.

Die drei Einsamen sahen den Vögeln zu, wie sie in der verschwenderischen Blumenpracht nach Futter suchten. Irgendwo bellte ein Hund. Ein Flieger zog seine weiße Bahn in den Himmel.

„Rückt mal ein Stück", sagte Christoph leise. Sie hatten sein Kommen nicht gehört. Maren lehnte ihren Kopf an Erna Burgers Schulter. Wie würde es nun weitergehen?

Die Jungs mit ihrem Anhang verließen Old Germany, kaum dass Mutter Gerlinde unter der Erde war. „Du verstehst, Daddy, die Arbeit ruft."

Nur Ralf würde mit großen Schritten in Christophs Geschäft hineinwachsen, machte sich dort bereits unentbehrlich. Wenn möglich, streckte er die Beine unter Vaters Tisch, und wenn er nicht seine ohrenbetäubende Musik hören würde, wüsste man nichts von seiner Anwesenheit. Dass so ein Haus Arbeit macht, dass es einen Garten gibt oder eine gemeinsame Stube, das schien ihm nebensächlich.

Ilse ging wieder in die Nachtschicht, verließ das Haus, wenn Vater und Bruder aus dem

Büro kamen. Die Villa war zum Schlafort geworden. Erna Burger, die Gute, war noch ein paar Wochen geblieben, um ihren Liebling zu entlasten. Der hatte von ihr ganz selbstverständlich den Namen „Tochterle" erhalten.

Maren übernahm pflichtschuldigst den Haushalt. Ein zurück nach Wallendorf war für sie nicht möglich, das Haus war verkauft, die wenigen Kontakte hatte sie nicht gepflegt. Dort gab es nur wehe Erinnerungen, sei es die Mutter, der Friedhof – und der Fluss.

Der Doktor hatte für Maren einen Sanatoriums-Aufenthalt vorgeschlagen. Christoph war sofort einverstanden, doch Maren lehnte ab. Jede Veränderung bedeutete neue Anspannung. Druck, dem sie sich nicht gewachsen fühlte.

Sie hatte die Arbeit in Bitburg aufgeben müssen, spürte deutlich, dass sie es verlernt hatte, unter fremde Menschen zu gehen. Schon der Gedanke löste Panik in ihr aus.

Das Vermächtnis

Der Abschied von Frau Burger fiel allen schwer. Sie war zu ihrer Verpflichtung im

Echternacher Hof zurückgekehrt. „Hier bin ich nicht ausgelastet. Unser Tochterle hat alles im Griff", sagte sie zu Christoph. Sie war überzeugt, dass Arbeit für Maren die einzige Medizin sein würde.

Ja, Maren sorgte dafür, dass Christoph die nötige Ordnung hatte, um die Brötchen zu verdienen, wie er spöttisch in seiner verschlossenen Art sagte.

Noch einmal würde sie nicht fragen, ob sie sich in Trier um eine Anstellung bemühen sollte. Christoph hatte bestimmt, sie möge sich erholen. Vielleicht könnte sie sogar in der Firma HUT anfangen, man würde sehen.

Sie hatte keinen Antrieb. Keinen Plan, ihr Leben in die Hand zu nehmen. Sie fügte sich, würde Gerlindes Wunsch erfüllen: Christoph sollte wieder froh werden. Und wie sollte gerade sie das schaffen? Ilse – ja die könnte das. Aber sie war selten im Haus.

Maren fragte sich, wann sie selbst das letzte Mal gelacht hatte. Wann er oder Ralf?

Hatte sie überhaupt eine Vorstellung, wie stark die Bindung zu einem Menschen ist, mit dem man Kinder hat? Damals, als er sie mitnahm – an der Sauer. Sie hatte seinen Ring berührt. Verheiratet, hatte sie gefragt? Glücklich? Er hatte zufrieden ausgesehen, ohne den spöttischen Zug um den Mund. Ja, hatte er gesagt.

Trauer legt man nicht ab wie den schwarzen Mantel, hatte Erna Burger beim Abschied gesagt. Sowas braucht Zeit. Nicht umsonst spricht man vom Trauerjahr.

Ein Jahr? Maren hatte zwar genickt, aber sie selbst war das Herzweh ihr ganzes Leben nicht losgeworden. Was ist da ein Jahr?

Manchmal ließen sich alte Freunde blicken. „Wo ist Frau Burger", fragten sie. „Wir dachten …" Was sie dachten, sprachen sie nicht aus. Sie sahen Maren forschend an. „Eine hübsche junge Frau hast du da unter deinem Dach."

Heute sagte einer anzüglich, es war dieser Anwalt: „Sehr praktisch. Ich hoffe, Sie wissen das zu schätzen, mein lieber Hellmig."

Er hatte nicht abgewartet, bis Maren aus dem Raum war. Sie hätte ihm gern die Meinung sagen, aber sie brächte vor Empörung kein Wort heraus. Nichts war diesen Menschen heilig.

Sie würde diesen Weg bis zum bitteren Ende gehen. Dabei weilten ihre Gedanken immer öfter in Wallendorf. Dort hatte sie bei Mutter Hellmig eine Heimat gefunden – und Liebe. Dorthin trieb sie die Sehnsucht. Der Film in ihrem Kopf schien sich rückwärts abzuspulen.

Sie ersann für Christoph Ablenkungen, bereitete ihm die Lieblingsspeisen. Und wenn er gar zu versunken dasaß, setzte sie sich zu ihm und sprach von der wundervollen Zeit mit der Mutter. Die Erinnerung tat weh.

Mitunter überredete sie ihn, mit ihr nach Wallendorf zu fahren. „Jetzt bist du auch ein Waisenkind", sagte sie, als sie am Grab standen. „Du musst gut auf dich achten! Deine Mutter hatte mal gesagt, dass hier keinesfalls ihr drittes Kind liegen dürfe …"

Er schien es nicht gehört zu haben. Leise fügte sie hinzu: „Hier würde ich gern sein."

Er presste die Lippen aufeinander, wie im Schmerz. Dann nahm er ihren Arm. „Komm! Das ist kein Ort für dich." Wusste er nicht, dass dort ewiger Friede herrscht?

Das Häuschen mieden sie, den Anblick wollte Maren sich und ihm nicht antun. Auch an die Sauer fuhren sie nie. Christoph hätte es nicht geduldet. Den Weg hob sie sich für später auf. Später …

Ilse hatte jetzt einen Freund, Assistenzarzt. Ein höflicher stiller Mensch. „Wenn er so übersprühend wäre und so viel reden würde wie Ilse … Wie sollte das gehen?"

Als Maren das zu Christoph sagte, lachte er kurz auf. „Was bist du für ein Kind! Mein liebstes Kind, weil nur du hiergeblieben bist", und seine Stimme schmeichelte.

„Und Ralf!", ergänzte sie.

„Ralf, ein fleißiger junger Mann, pendelt zwischen seinen geschäftlichen und den privaten Räumen. Siehst du ihn irgendwo?" Er schmunzelte. „Ich bin sehr stolz auf ihn."

Sie spürte ihren Unwert. Er mag mich, dachte sie, aber stolz konnte er nur auf seine eigenen Kinder sein. Er hatte gelacht … Gerlinde! Ich habe deinen Wunsch erfüllt. Ich bin frei!

Wie lange hatte sie auf diesen Moment gewartet. Aber nun hätte sie ihn gern hinausgeschoben, hätte ... ja was?

An diesem Abend saß sie lange am Tisch, starrte ins Leere, grübelte und schrieb. Den Brief adressierte sie an Ilse, legte ihn auf ihr unberührtes Bett und wartete. Worauf? Hilfe? Ein Wunder? Wofür? Ich bin innerlich längst tot, dachte sie und spürte die unheimliche Ruhe in sich.

Als der Morgen graute, huschte sie aus dem Haus, setzte sich in das kleine rote Auto, das ihr nicht gehörte, das sie nutzen durfte, und fuhr davon.

<> Zweites Kapitel <>

„Liebste Ilse! Ich bin dankbar, dass ich fast zehn Jahre mit euch teilen durfte. Ich habe euch alle in mein Herz geschlossen. Dass ich dazu fähig sein könnte, hätte ich nicht für möglich gehalten, als Dein Vater mich unter seinen Schutz nahm. Er war der erste Mann, den ich ertragen konnte.

Ich habe mir gewünscht, er möge wirklich mein Vater sein. Du ahnst nicht, wie gut du es hast.

Weißt du noch? Du sagtest, unten in der Sauer läge der Himmel auf dem Grund. Ich werde es herausfinden. Grämt euch nicht.

Ich will dir sagen, was ich mir damals, es war die erste Nacht bei euch – im fremden Bett – gewünscht hatte: Ich wollte immer bei Mutter Hellmig bleiben, immer. Vielleicht begrabt ihr mich dort. Als ihr Drittes bei ihren Kindern Fritz und Franzi. Deine Maren.“

Das rote Auto stand verlassen unweit der Straße. Wie war es hierher gekommen? Maren hätte es nicht sagen mögen. Sie hatte es all die Jahre gewusst, dass sie an den Tatort zurückkehren würde.

Der Zugang zur Sauer war schon lange überwuchert von Dickicht und Unkraut. Diesen Weg hatte sie sich mühsam erkämpft. Dornen und Disteln mit ihren Kletten hatten versucht, sie zu halten, hatten ihre Arme blutig gekratzt, an der Kleidung gerissen. Kaum, dass sie es bemerkte.
Sie spürte den drängenden Zwang, durch diese Wildnis zu laufen, stand an der Sauer und sah den Himmel darin.

Hier musste die Klippe sein, mit ihrer Spitze aus dem Wasser ragend. Sie kannte die Stelle genau – hatte sie gedacht. Ihre Augen suchten, aber dort griff nichts nach ihr.

Das Wasser war ein anderes, stetig nachgeflossen von der Quelle zum Meer. Das Gierige jener Tage war längst im Atlantik oder sonst irgendwo.

Ihr Denken drehte sich im Kreis. Sie ist am Ziel, hatte sie gemeint. Hatte hier nicht ihr zweites Leben begonnen? Hier wollte sie es zurückgeben, zur Ruhe kommen, Frieden finden. Und nun?

Sie war an dem hölzernen Steg angelangt. Einige Bretter waren vor langer Zeit ersetzt, viele fehlten. Es schienen längst keine Kinder mehr darauf zu spielen.
Sie machte ein paar Schritte. Sah die hellblaue Tiefe, die den klaren Himmel vorgaukelte und doch einmal die Hölle gewesen war. Den Findling mit den Worten SAUER und SURE konnte sie nur erahnen, zwischen dichten Weidensträuchern und Birken.

Panik! Sie drehte sich um, wollte rennen, war über den zerfallenen Baumstamm gestürzt, hatte sich aufgerafft. Dort hatte Christoph gesessen, damals. Komm, setz dich hierher, hatte er gesagt. Du brauchst Hilfe, stimmts? Und wie vor zehn Jahren, so setzte sie sich brav auf das morsche Holz im hohen Gras. Lieber Gott, was nun?

Selbst dazu, zu einem konsequenten Schlussstrich, war sie zu labil. Feige. Oder nicht?

Viktor war tot. Sollte er sich rühmen, sie zu Fall gebracht zu haben? Sein Schatten war verblasst, war ohne Gesicht, ohne Konturen.

Waren da nicht die Träume gewesen? Ja, aber: Hatte der Löwe noch gebrüllt?

Sie grübelte und grübelte. Die Panik war einer unendlichen Traurigkeit gewichen. Sie wusste nicht mehr aus noch ein, konnte unmöglich weiter auf dem heute Nacht eingeschlagenen Weg. Sie konnte auch nicht mehr zurück. Sie hatte das Paradies verloren.

Durch den dichten Wildwuchs sah Maren ein Fahrzeug die Straße heraufbrausen. Es bremste aus ungestümer Fahrt. Christoph sprang heraus. Er konnte sie nicht sehen. Er sah nur den versteckten Findling, den Platz, auf dem sie damals gehockt hatte, in der schrillen Jacke.

Am Wasser blickte er verzweifelt um sich. Alles nur Wunschdenken, hämmerte es hinter Marens Stirn. Da war er bei ihr, stürzte vor ihr nieder. Barg sein Gesicht in ihrem Schoß. Sie hatte ihn schon einmal weinen sehen, damals, als Gerlinde …

Heute war es anders. Es galt ihr. Er umfasste sie, als müsse er sie von diesem Irrsinn zurückreißen. Als er den Kopf hob, ihren Namen und: „Kind, dummes Kind du", erleichtert hervorstieß, flüsterte sie: „Ich hatte Angst vor dem Wasser."

„Gott sei Dank!" Er zog sie hoch, in seine Arme, hielt sie ganz fest, ihr die Sicht auf die Sauer versperrend. Nur nicht hinsehen, nur nicht den Himmel, der heute wolkenlos war, im Spiegel erkennen.

Christoph war nur in Hemdsärmeln, muss das Haus Hals über Kopf verlassen haben.

Sie spürte, wie sich die Wärme seines Körpers auf sie übertrug. Ihr Herz schlug ungestüm. Oder war es seines? Jetzt küsste er sie, mitten auf den Mund, kurz und fest. Und sie dachte, so hatte er Mutter Hellmig oft geküsst. Und Ilse … So herzlich.

Er winkte zur Straße, wo ein weiteres Auto in den Weg einbog. Meine Güte, das war Ralf. Wollten sich denn heute alle Hellmigs ausgerechnet hier an der Sauer treffen?

Er kam ohne Eile heran, mit den Händen in den Taschen. Sie sah sein Grinsen. Heute schien es Verlegenheit auszudrücken. „Das hättet ihr zuhause in Trier einfacher haben können", bemerkte er anzüglich.

Christoph lachte verhalten. „Ich habe meine Tochter eingefangen. Ist das nicht eine Belohnung wert?"

Ralf war inzwischen zum Wagen zurückgegangen. Er hatte den unhandlichen Hörer des Mobiltelefons am Ohr, sprach sehr laut: „Ja, wir haben sie! – Nein, keine Sorge! Im Moment lässt Vater sie nicht aus dem Arm. – Ruf bitte die Polizei an. Es hat sich erledigt. – Ich weiß nicht. Wenn, dann lass dir einen Termin geben. Vater klärt das morgen."

„Schönen Gruß von Ilse", sagte er. „Sie kocht sich jetzt mit unserer Erna einen starken Kaffee – obwohl Baldrian angebrachter wäre." Wenn das nicht bissig war?
„Erna Burger? Sie ist wieder da?", fragte Maren überrascht.
„Was denkst du. Wenn ihr Tochterle verschwunden ist? Und dann so ein Brief!"
Beschämt senkte Maren den Kopf.

Die kleine Gruppe löste sich auf. Christoph ließ Maren keine Chance, auch nur einen Blick auf den Fluss zu werfen. Er schirmte sie ab, als gälte es, den unvermeidlichen Sprung auch jetzt noch zu verhindern.

„Wir sehen uns." Ralf fuhr in Richtung Wallendorf weiter. Er meinte, er sei lange nicht mehr hier gewesen. Zuletzt zum Begräbnis der Oma.

„Mein Auto, mein kleines rotes …", sagte Maren und Christoph meinte, er sei fast wahnsinnig geworden, als er sie am Stein nicht fand, hatte gehofft, sie am Steg zu finden, gehofft … Er räusperte sich. „Wir holen es später. Du setzt dich nicht ans Steuer!"
„Wohin fahren wir?"
Erleichtert erkannte Christoph ihr erwachendes Interesse. Nie würde er die Sorge um sie loswerden. Und das schien berechtigt.

Ilse kam ihr vor der Villa entgegengelaufen, die beiden jungen Frauen lagen sich in den Armen. Erna Burger versorgte ihr Tochterle tatsächlich mit Tee, mit Beruhigungstee.

„Hab ich doch gesagt, Baldrian", grinste Ralf, als er die Wohnung betrat.
Ganz gegen seine Gewohnheit zog er sich nicht zurück. Sie saßen beisammen, Maren fast unbeteiligt in ihrer Mitte.
„Kind, überlege es dir gründlich. Bitte lass dir helfen …", bat Christoph.

„Dann fang du gleich mal an", meinte Ralf heftig. „Mutter hatte es dir schon oft gesagt. Hör auf, Maren mit Kind anzureden. Sie ist auch nicht dein Kleines. Sie ist erwachsen."

„Mein lieber Herr Sohn!" Christoph hatte die Stimme erhoben. „Daran müsst ihr euch gewöhnen. Alle! Ich habe vier Jungs und zwei Mädels, habe also sechs Kinder. Das ist so, das bleibt so."

„Streitet euch nicht." Maren sprach leise, zögernd. „Nicht meinetwegen, bitte. Ich mache die Therapie, oder was das ist. Ich gehe ins Sanatorium, wie es der Doktor damals empfohlen hatte."

„Im Ernst?"

„Im Ernst. Ich fühle mich wirklich ganz klein. Ich traue mir selbst nicht mehr. Ich kann mit der Unsicherheit, was mein Ich als Nächstes anstellt, nicht umgehen. Ich hätte es gar nicht soweit kommen lassen dürfen."

Gerolstein

Auf Grund der Selbstmordgefahr hatte Maren innerhalb weniger Tage die Einweisung in eine Klinik bei Gerolstein. Erna Burger hatte die Vorbereitungen übernommen. Sie kommandierte in ihrer praktischen Art. Koffer?

Was brauchst du? Pack dir warme Schuhe ein. Regenzeug.

Maren bekam nichts auf Reihe, stand überall im Wege, beobachtete entsetzt, wie Erna Burger und auch Christoph es gar nicht abwarten konnten, sie endlich los zu werden. Wurde aber so eingespannt, dass sie nicht zum Grübeln kam.

Ein Sammeltrasport des Sanatoriums holte sie ab. Die Mitreisenden nahm sie nicht wahr, warf einen letzten Blick auf die Villa, auf Christoph, der winkte. Sie hob müde die Hand. Würde sie je zurückkommen dürfen? Sie spürte das gleiche verlorene Gefühl, das sie beschlichen hatte, als sie vor Viktor geflohen war. Hatte sich gewünscht, erwachsen zu sein. Hatte gedacht, alle Probleme seien dann gelöst. Lieber Gott, warum dieses Leben? Hatte sie „ja" gesagt, um die anderen von ihrer Anwesenheit zu befreien? Ja, ja, ja.

Weshalb hatte Christoph diese Lage in der Vulkaneifel gewählt? Diese hoffnungslose Abgeschiedenheit, die sie hasste. Das Haus missfiel ihr. Es war steril und kalt. Kalt war auch das Drumherum. In diesen Höhenlagen pfiff der Wind. Fröstelnd zog sie die Schultern zusammen. Hier würde sie nicht warm werden.

Zu ihrer behandelnden Ärztin Frau Doktor Reipel, und zu den Ärzten und Schwestern im Hause, hatte sie kein Vertrauen. Die Mitbewohner blieben ihr fremd. Es war ihr egal, ob da eine Frau mit ihr am Frühstückstisch saß oder ein Mann. Sie redete eh mit niemandem. Es war egal, wer sich mit ihr gemeinsam in der Gymnastikgruppe bewegte, egal wer die Parkbank mit ihr teilte. Sie sah durch die Menschen hindurch, die ihr unwirklich und geisterhaft erschienen. Es waren Kranke, vielleicht wie sie.

Ein Monat war vergangen, ihre Ärztin hatte kleine Erfolge verbuchen können. Das erschien Maren vielversprechend. Sah sie nicht mehr in jedem Mann einen unberechenbaren Kerl?

Nun hatte sich Frau Doktor Reipel für ein paar Wochen in den wohlverdienten Urlaub verabschiedet.
Dem vertretenden Arzt hörte sie gar nicht erst zu, und um die Betreuenden, die eh ständig wechselten, machte sie immer noch einen

Bogen. Sie fand es müßig, sich Namen zu merken oder persönliche Gespräche zu führen. Es war eine Zwangsgemeinschaft, die sie teilte, teilen muste. Die sie verlassen würde, wenn sie Glück hatte.

Der Kontakt nach Trier ruhte. Was sollte sie schon berichten? Negatives wäre undankbar. Positives? Das Wetter ist schön, mir fehlt es an nichts.

Das wäre eine Lüge. Nur – was ihr eigentlich fehlte, konnte sie nicht in Worte fassen. Widerstreitende Gefühle. Beherrschend war die Trauer in ihr.

Die Tabletten machten müde, das Essen schmeckte fad. Alles was sie tat, geschah unter Zwang. Aufstehen, waschen, bewegen in der frischen Luft. Die Malgruppe empfand sie als nutzlos. Aber ein Angebot hatte sie wahrnehmen müssen. Basteln, singen. Sie hatte sich für das Malen entschieden.

Die Familie meldete sich nicht. Sie genossen vermutlich die Auszeit, hatten ohne das störrische Sechste ein Problem weniger.

Eines Tages bewies ihr eine Bemerkung des Arztes das Gegenteil. Trier, beziehungsweise

Christoph, hatte sich regelmäßig über ihre schleppenden Fortschritte informiert.

„Ihre Angehörigen dürfen Sie gern besuchen. Sie warten bereits darauf, Sie zu sehen", hatte der Doktor aufmunternd gesagt.

Es schien der letzte Versuch zu sein, sie aus ihrer Lethargie herauszuholen. Maren wollte nicht. Durfte sie das sagen? War sie der Familie schuldig, sich nach ihr zu sehnen?

Sie vertraute sich Ilse an. „Weißt du, ich brauche noch Abstand."

„Mach, was du willst", hatte die geantwortet. „Wir haben auch unser Leben. Lange genug haben wir Rücksicht genommen."

Maren war erschrocken. Dieser Ton! Keinen ging es etwas an, dass sie nun von aller Welt verlassen war. Sie ließ sich vollends hängen. Untätig und lustlos.

Am Sonntag hatte sie sich nach dem Mittagessen aufs Bett gelegt, war eingenickt, als es an ihrer Zimmertür klopfte.

„Ilse!"

Maren war aus dem Bett gesprungen, war ihr um den Hals gefallen und weinte. Sie spürte, wie der Frust in ihr wich, wie sich Freude breitmachte.

Die anfängliche Verlegenheit der beiden Frauen war offensichtlich. Ilse überspielte das mit aufgesetzter Munterkeit. Bereute sie ihre Äußerung am Telefon? Aus ihr sprudelten alle Neuigkeiten der letzten Wochen. Sie prasselten auf Maren ein, gaben ihr die Möglichkeit, sich unbefangen zu geben, während sie durch die Flure bummelten.

Im Freigelände hielt es die beiden nicht lange, es war frisch heute, und Ilse interessierte sich ohnehin mehr für den Servicebereich. Sie schaute mit den Augen einer Krankenschwester hinter die Kulissen, setzte sich auf einen Kaffee ins Schwesternzimmer und fachsimpelte mit den Kolleginnen.

Maren setzte sich im Foyer in einen Sessel und blätterte in den Zeitschriften. Soviel erzählen, soviel zuhören, war sie nicht mehr gewohnt.

Als Ilse sich nach einem gemeinsamen Tee gegen Abend verabschiedete, sank Maren erschöpft in ihr Bett. Sie verschlief die letzte Mahlzeit, aber auch die Einnahme der Medikamente. Sie brauchte den ganzen folgenden Tag, um ins Gleichgewicht zu kommen. War sie so lebensuntüchtig? So abhängig von den Tabletten?

Gern hätte sie in Zukunft auf derartige Besuche verzichtet. Aber die Wochenenden waren langweilig, wenn nicht schrecklich. Ohne gewohnte Ordnung – mit fremden Besuchern in den Nebenzimmern, der Cafeteria, dem Park – betont lebhaft und laut. Mit wohlwollendem Schulterklopfen, Wird-schon-wieder und Kopfhoch.

Maren saß im Foyer, betrachtete das Theater: Umarmungen, Küsse und Winken. Sie wollte sich abwenden. Da blieb ein junges Paar in der Tür stehen, sah sich suchend um. Ilse! Was wollte die? Ralf … Du lieber Gott, Ralf. „Ihr müsst mitten in der Nacht aufgestanden sein!", stammelte Maren und machte sich in Ilses Umarmung steif.

Verlegen stand sie vor Ralf. Mit ihm hätte sie nie gerechnet. Aber sie freute sich. Seine Anwesenheit half ihr, die Anspannung Ilse gegenüber in den Griff zu bekommen.
„Sie wollte die Strecke nicht allein fahren", sagte er und zuckte mit den Schultern. „Was man nicht alles tut als fürsorglicher Bruder."

Sie bummelten über das Anstaltsgelände. Ralf schlug vor, in die Umgebung zu fahren.

Er fragte Maren: „Was möchtest du gern sehen?"

„Ich habe vom Meerfelder Maar gelesen. Frei und weit soll es da sein …"

„So ein Ausflug ans Wasser ist viel zu gefährlich", meinte Ilse und Maren hörte die Sorge heraus. Hatte sie das Gespräch neulich überbewertet?

„Quatsch", Ralf wischte den Einwand mit einer Handbewegung fort. „Man kann nicht auf ewig in Watte gepackt bleiben! Vertraut eurem großen Bruder."

Er fuhr eine malerische Strecke. Zeigte hier auf einen Berg, erklärte. Wies dort auf eine Burg, eine Ruine. Er schien die Fahrt zu genießen, kannte sich in der Gegend aus.

Ilse erzählte von Trier, von ihrem Krankenhaus, ihrer Station, den Schwestern, den Ärzten, die Maren alle nicht kannte.

„Macht dich die hügelige Landschaft und der tolle Sonnenschein nicht mal für fünf Minuten stumm?", fragte Ralf genervt.

„Grün, wohin man schaut, Grün. Siehst du irgendwas Weltbewegendes?" Ilse sah Maren an. „Sag du doch mal was!"

„Oh", Maren blickte von einem zum anderen. „Ich höre euch zu. Was wäre denn weltbewegend?"

Es war viel zu wohltuend, einfach nur das sommerliche Bild in sich aufzunehmen, zu spüren, dass man lebt.

Meerfelder Maar

Sie standen am Rand des Wassers. Maren hatte kein breites Tal erwartet. „Sind diese Seen hier nicht Mulden oben in einem Berg?", fragte sie.

„Nein", Ralf schüttelte den Kopf. „Das wäre ein Kratersee."

Er wusste eine Menge über Vulkane, über den Unterschied von Krater- und Maar-Seen, ihre Entstehung, ihr Alter.

„Wir werden mal nach Bettenfeld fahren und von dort zum Windsborn Kratersee wandern. Es ist der einzige seiner Art nördlich der Alpen und liegt fast 500 Meter über Normal."

„Dann ist es da noch kälter als hier", wehrte Maren ab.

„Wenn du dort angekommen bist, ist dir warm, glaube mir. Das schweißtreibende Erlebnis muss man sich verdienen!"

Er sprach besonnen, gab sein Wissen nicht prahlerisch von sich. Ließ sie teilhaben an seiner Liebe zur Heimat.

Maren hörte ihm beeindruckt zu. „Ich dachte immer, du hörst nur laute Musik", bemerkte sie.

Sie saßen im Café Maarblick und genossen jeder einen großen Eisbecher. Sogar Ilse schwieg, wenn man von einigen Bemerkungen absah:

„Hm! – Lecker!"

„Das Eis in der Milchbar neben dem Krankenhaus ist besser."

„Die Sahne könnte süßer sein."

An einem Anleger schaukelten Tretboote. Maren hatte dem Platschen der Wellen gelauscht. Plötzlich sagte sie aufatmend: „Eines Tages werde ich Kahn fahren!"

Ilse sah sie skeptisch an. „Da kriegst du aber eine Schwimmweste um!"

Es war ihr rausgerutscht und Maren meinte: „Du traust mir nicht!"

„Nee, ehrlich gesagt nicht."

Die Jacken blähten sich im Wind, eine Serviette flog wie eine weiße Taube über den Nebentisch. Die Sonne wärmte und die Aussicht war herrlich.

Was bin ich dumm, dachte Maren, ich kenne rein gar nichts. Wie friedlich hier alles ist.

So friedlich, dass es ihr Misstrauen erweckte. In ihrem Magen ein kribbeln, Panik stieg auf. Ihr Körper spannte sich an, bereit zur Flucht. Reiß dich zusammen, ermahnte sie sich.

Im Auto lehnte sie im Polster, starrte in das Grün der Berge und Täler, und fühlte sich eingesperrt im eigenen Körper. Sie horchte in sich hinein, und je mehr sie horchte, umso schwerer fiel ihr das Atmen.

Ilse schlief auf dem Rücksitz. Ralf fuhr überlegen, lenkte den Wagen mit der gleichen Geschwindigkeit durch die Kurven.
Maren krallte sich an den Sitz. „Ich will hier weg!", stieß sie plötzlich aufgeregt hervor.
Ralf drosselte das Tempo. Sie spürte seinen Blick. „Wohin willst du? Nach Hause?"
„Habe ich denn ein Zuhause?"
„Wollen wir ein Stück laufen?"
Er hielt in einem Seitenweg, der durch eine sanft abfallende Wiese führte, stieg aus, öffnete ihre Tür. „Komm", sagte er.
Ilse war in ihrer Müdigkeit ungehalten. „Was wollen wir hier?"
„Schlaf weiter", knurrte Ralf und ging.
Er stand im hohen Gras, ließ die Halme durch die Finger gleiten und wartete. Zögernd ging

Maren ihm nach. Sie streifte abwesend einem Halm die Ähre ab und zeigte ihm das Gebilde zwischen den Fingern. „Wir haben im Schulgarten Hühnchen oder Hähnchen gespielt", flüsterte sie schüchtern.

„Das ist Hähnchen", sagte er und zupfte das längste Stielchen heraus.

„Nun ist es ein Hühnchen", sagte Maren und sah ihn unsicher an.

Er faltete einen Grashalm, klemmte ihn zwischen die Handballen. Beim Hineinblasen entstand ein schrilles Zirpen.

Jetzt lächelte Maren. „Eine Grille! Das kann ich besser!" Ein Wettstreit entbrannte, bis Maren fragte: „Kannst du zaubern?"

Ralf zog die Schultern hoch. „Habe ich die Grillen verscheucht? Und die dunkle Wolke am Himmel?"

Auf dem kurzen Rückweg fragte er: „Sollen wir eine andere Klinik suchen?"

„Geht das denn?"

„Natürlich. Du bist keine Gefangene. Du bist ein freier Mensch mit einem freien Willen."

„Hab ich ziemlich deutlich bewiesen, oder? Aber was die Ärzte in Gerolstein nicht schaffen …"

„Das schaffen Ärzte in Prüm, Bitburg, oder weit weg von der Eifel. An der Mosel, oder sonst irgendwo. Wenn du hier nicht gesund werden kannst, macht dieser Aufenthalt keinen Sinn."

„Was soll das", kam Ilses verschlafene Stimme aus dem Auto. „Willst du sie bestärken, nach Hause zu kommen? Dann bist du schuld, wenn sie …"

Unter Ralfs Blick verstummte sie und nahm beleidigt ihre Schlafstellung wieder ein. Der Abschied von ihr verlief entsprechend kühl.

„Überlege es dir. Warte nicht auf Wunder", sagte Ralf. „Hab Geduld."

Vulkaneifel

Am folgenden Samstag wurde sie ans Telefon gerufen. Ralf kündigte sein Kommen an: „Morgen", sagte er, „Neun Uhr. Grillen vertreiben. Richte dich auf eine Wanderung ein."

Er reichte ihr bei der Begrüßung ihre Wanderstiefel. „Hey, unsere Erna hat die rausgekramt", meinte er und grinste. „Wir haben ein volles Programm!"

Maren dachte, dass dieser saloppe Umgangston zu ihm gehörte, wie der spöttische Gesichtsausdruck beim Vater. Sie sah ihn im Gegensatz zu Christoph in der Freizeit nie im

Anzug. Immer praktisch – dunkles Hemd, Anorak – für jedes Wetter gerüstet.

„Halt! Meine Jacke, die Tasche!" Maren beeilte sich, und schon trabten die beiden mit großen Schritten zum Parkplatz.

„Ilse hat wohl Nachtschicht?", fragte Maren während der Fahrt.

„Hm."

„Sollst du Grüße bestellen?"

„Hm."

„Kannst du auch sprechen?" Maren sah ihn von der Seite an.

„Hm."

„Und?"

„Du stellst so komische Fragen. Ist doch selbstverständlich, dass Vater grüßen lässt und Ilse. Erna Burger auch! Dass du dich erholen sollst. Dass ich nicht so anstrengende Touren mit dir machen soll. Und dass wir auf uns aufpassen. Reine Gewohnheit."

Ralf gab sich aufgeschlossen. In seiner Gesellschaft bekamen ihre Gedanken positive Impulse für eigene Wege. Weshalb hatte sie immer einen Bogen um ihn gemacht?

Dass er nun am Randstreifen hielt, verunsicherte sie. „Ich will dir was zeigen", sagte er und deutete auf eine Erhebung. „Dort hinten, siehst du? Das ist der erloschene Vulkan Kalem. Rund 600-tausend Jahre alt. In den Eishöhlen gibt es zig Arten Fledermäuse. Bist du bange vor Fledermäusen?"

Ralf war weitergefahren und Maren gestand, dass sie gar nicht genau wisse, wie Fledermäuse aussehen. „Ich meine, wie groß und ob sie beißen …"

„Vampire, was?" Ralf griente. „Vielleicht fahren wir da mal zusammen hin. Mit viel Glück sieht man sie …"

„Wenn du sie magst." Maren zögerte.

„Magst du sie auch? Das ehrt mich, danke! Aber man muss das erwandern. Es lohnt, wenn man sich für die Natur und unsere gute alte Erde interessiert."

„Von dir kann ich viel lernen."

„Wenn du willst?"

Kasselburg und Wildpark

Die Ortschaften, Berge, der Wald, unzählige Kurven ... Bergauf, bergab. Der wuchtige Doppelturm der Kasselburg hatte schon von weitem gegrüßt. Maren blieb stehen, sah zu dem Bollwerk auf und meinte verwundert: „Müsste ich nicht Angst davor haben, jetzt?"

„Und?"

Sie gewöhnte sich an seine kurzen Sätze, eigentlich nur einzelne Worte.

„Nix", sagte sie ebenso kurz.

„Na, dann los!" Ralf hob seinen Rucksack auf die Schultern und ging. Er sah sich um. „Festgewachsen?"

Verdammt sparsame Sprache.

Sie trabte ihm nach. „Was hast du da drin?"

„Überraschung."

„Du bist echt wortkarg", schmollte sie und versuchte, mit ihm Schritt zu halten.

„Na Mensch, wenn ich alles erzähle, kann ich mir das Zeigen sparen! Geduld, Geduld."

Sie durchforschten das Gelände der Burgruine. Steile Hänge, hier und da wacklige Felsbrocken. Abschüssige Wege ließ Ralf nicht zu. Er war darauf bedacht, Maren notfalls zu halten.

„Warum tust du das … für mich?"

„Fühlst du dich gut?"

Sie nickte, schaute ihn fragend an.

„Hast du nachgedacht? Ist es dir hier unmöglich, gesund zu werden? Ich meine, willst du es noch eine Zeit lang versuchen?"

„Du willst mir die Eifel schmackhaft machen."

„Warum nicht.“

Sie blieben stehen, lasen die Informationstafel durch, und Ralf wusste spannend über Aufstieg und Fall, über eine wechselvolle Geschichte seit dem zwölften Jahrhundert, zu erzählen.

Sie waren an einem abgegrenzten Gelände angelangt. Ein Adler- und Wolfspark.

„Wolltest du mir das zeigen?“

„Ja, irgendwann musst du doch mal wieder Angst kriegen.“

„Warum willst du mir Angst machen?“

„Vielleicht, um dich ein bisschen zu beschützen!“

Sein Gesicht war ernst. Einen Moment hielten sich ihre Blicke fest.

Beschützen … Maren hatte das Gefühl, er hätte die Wahrheit, die volle Wahrheit gesagt, trotzdem – Vorsicht war geboten.

„Vertrauen muss wachsen, auch unter Geschwistern. Das weißt du genau so gut, wie ich.“ Ralf schien Gedanken lesen zu können. „Wenn man den Setzling nicht gießt, wächst er nicht. Lass nicht zu, dass er verdorrt.“

Sie wanderten auf geführten Wegen. Maren dachte an das Pflänzchen, das so gar nicht wachsen wollte. Obwohl … Hatte es sich nicht entwickelt? Zugegeben, nur ein kleines bisschen. Aber das ließ hoffen, oder nicht?

Sie trottete hinter Ralf her, der zielstrebig ausschritt. „In einer halben Stunde ist Fütterung der Wölfe. Da bekommt man das Rudel in Aktion zu sehen; übrigens das größte, das es bei uns gibt."

Sie gingen schweigend. Der Weg schluckte ihre Schritte. Die Geräusche des Waldes, ein vertrauter Mensch an der Seite. Etwas mulmig war es Maren. Der Gedanke an die nahe Wolfsschlucht beunruhigte. Allein hätte sie sich nicht weitergewagt. Sie trafen hier und da auf Wanderer, auf Besucher. Die Vorführung lockte auch sie.

Ein Mann, ein sehr mutiger, wie Maren meinte, hielt sich mitten im Wolfsrudel auf. Sie hörten seinen Erklärungen zu. Maren stand ganz dicht neben Ralf, hatte unbewusst seinen Arm gefasst und flüsterte: „Ich dachte, sie würden gieriger sein. Sie sind von gestern satt."

„Nein", Ralf schüttelte den Kopf. „Die bekommen nicht jeden Tag einen gedeckten Tisch. Haben sie in ihren natürlichen Lebensräumen auch nicht."

Der erste Hunger schien gestillt. Ralf zeigte auf den Anführer, erzählte über das Leben der Wölfe und die Ausrottung in fast ganz Europa. „Sie werden zurückkehren", meinte er, „irgendwann in naher Zukunft."

Dabei waren sie weitergegangen. An einer Bank legte er den Rucksack ab. „Komm, setz dich. Jetzt lüften wir das Geheimnis."
Meine Güte! Was hatte er alles mitgeschleppt.
Belegte Brote, Obst, Limonade, Wasser. „Ist das herrlich", schwärmte Maren, „hast du das alles vorbereitet?"
„Nee", gestand er, „das war unser Haushaltswunder Erna. Als ich erzählte, was wir vorhaben, hat sie die Verpflegung übernommen. Ich wusste selbst nicht, was drin ist."
„Sie ist zu Hause?"
„Ja. Immer mal für ein paar Tage. Ich glaube, Vater mag sie. Im Gegensatz zu Ilse. Die findet, er sei für sowas viel zu alt."
„Was ist sowas?"
„Ein Verhältnis vielleicht?"
Verblüfft sah Maren auf. War sie so sehr nur mit sich beschäftigt, dass ihr die Menschen egal waren? „Ich hab nix gemerkt", flüsterte sie und mit Tränen in der Stimme setzte sie

hinzu: „Oft ist man für sowas zu jung." Sie räusperte sich. „Aber zu alt?"

„Komm. Vater wird wissen, was für ihn richtig ist."

„Magst du sie?"

„Klar. Sie kann kochen, Rucksäcke packen, Beruhigungstee aufbrühen ..."

„Und zuhören", setzte Maren hinzu. „Wie du."

Sie marschierten durch den Park, beobachteten die Flugschau der Greifvögel, und Maren hatte so viel erlebt, dass sie nur mit großen Augen um sich sah – den Mund staunend leicht geöffnet, stumm. Die Arten auseinanderzuhalten, war ihr unmöglich. Milan, Falke, das hatte sie sich gemerkt, sogar Geier hatte sie gesehen.

Später im Auto lehnte sie sich in den Sitz und schloss die Augen. Die Bilder wirkten in ihr nach.

Als sie am Abend Abschied nahmen, meinte Maren: „Ich würde mich gern bei dir bedanken, aber ... für so Aufregendes gibt es gar keine Worte."

Ralf war ganz ernst. „Ich habe das alles mit dir neu entdeckt. Du kannst dich freuen", und dann, schon wieder total locker: „Schlaf schön, Schwesterherz. Kannst ja ein bisschen von mir träumen. Die Wölfe lass lieber weg."

Sie schlief nach diesem Ausflug wirklich schnell ein. Träumen? Sie war erschöpft von der frischen Luft, dem langen Marsch, dem eingetrichterten Wissen. Sie schlief tief und fest. Sollte sie geträumt haben? Sie wusste nichts davon.

Therapie

Am folgenden Wochenende kamen Christoph und Ilse. Er habe recht erfreuliche Nachrichten, nicht nur von Ralf, sondern auch vom Arzt erhalten, dass er sich persönlich vergewissern wolle.
„Jede Woche Besuch. Ihr verwöhnt mich richtig", meinte Maren und hatte Mühe, eine unerklärliche Enttäuschung zu unterdrücken. „Ralf weiß so viel. Was habe ich gesehen!"

Die Drei bummelten durch den Kurpark, tranken Mineralwasser aus der Helenenquelle und aßen Frankfurter Kranz im gemütlichen Stadt-Café. Maren spürte deutlich die unausgesprochenen Fragen Christophs. Was sollte sie ihm sagen. Was hatte Ralf ihm erzählt? Im Beisein der Wahlschwester tat sie sich schwer.

Ilse hatte ein paar Neuigkeiten. Sie würde mit Jochen, ihrem Assistenzarzt zusammenziehen. In die Nähe des Krankenhauses, das wäre halt praktisch. Sie könnten zur Arbeit laufen. Heiraten? Nein, noch nicht. Erst wollten sie sich was schaffen, wie sie sich ausdrückte. „Würdest du nicht lieber zuhause wohnen bleiben?"

„Häschen du", sagte Ilse. „Das verstehst du nicht. Lass mal erst einen kommen, den du magst, dann reden wir weiter."

„Nein, ich bleibe immer allein", antwortete sie. „Ich will in der Villa leben. Wenn ich gesund bin, darf ich vielleicht in der Firma arbeiten. Dort habe ich dich … Nein, du willst ja fort. Aber Christoph, und … und Ralf ist da."

„Na, der wird auch nicht ewig bleiben", erwiderte Ilse. Röte stieg Maren in die Wangen. Daran hatte sie gar nicht gedacht. Er würde heiraten. Und Christoph? Warum sagte der nichts dazu? Unruhe ergriff sie.

Ilse hatte bereits ein anderes Thema, hing bei ihrem Vater am Arm, redete und redete. Der

Nachmittag schien nicht enden zu wollen, und der Abschied fiel Maren nicht schwer.

Sie hatte sich bisher treiben lassen, gewartet, dass an ihr, in ihrer Psyche, ein Wunder geschehen würde. Deutlich spürte sie nun, dass sie endlich aktiv sein musste.

Zum ersten Mal hatte sie das Gefühl, es nicht für Christoph, nicht für andere, sondern für sich tun zu müssen. Oder besser gesagt, zu wollen!

Frau Doktor Reipel war aus dem Urlaub zurück. Maren hatte mit ihr ein langes Gespräch. Eine ernste, sachliche Person, die einige Patienten als gefühlskalt beschrieben. Frau Doktor äußerte weder das verhasste Das-kriegen-wir-schon, noch drängte sie: Du musst! Sie hörte zu.

Da Maren endlich von sich aus erzählte – zusammenhanglos, denn was wusste sie schon? – begnügte Frau Doktor sich mit der bruchstückhaften Erinnerung. Meinte aber aufmunternd: „Bitte bringen Sie beim nächsten Gespräch die Puppe mit. Ich bin gespannt, was sie uns erzählen wird."

Maren fassste all ihren Mut zusammen und rief in der Villa an. Ilse hatte das Gespräch angenommen. Sie verstand zwar die blödsinnige Marotte nicht, wie sie sich ausdrückte, versprach aber, das Däumelinchen zu schicken.

Eine Woche war vergangen. Maren wartete immer noch auf ein Päckchen aus Trier. Gestern hatte sie ein Buch über die Eifel gekauft, saß damit auf einer Bank im Park und schmökerte.

Wenn Mutter Hellmig über die Eifel erzählte, war es ein Höhenzug, geprägt von Einsamkeit und Entbehrung allen Komforts. Ein Landstrich, der die Menschen wortkarg sein ließ. Ein Waldgebiet, in dem der Winter länger war als anderswo und der Sommer ungemütlich.

Schon bei den Radtouren mit Ilse, damals in dem halben Jahr Leerlauf, wie die Freundin es nannte, hatte sie ihre Meinung über Land und Leute geändert. Was hatte die Eifel für Schätze! Sie las, blätterte zurück, vertiefte sich in die Lektüre.

„Himmel, muss dieses Buch spannend sein", sagte eine Stimme neben ihr.

„Ralf!" Ihre Freude war so spontan, dass sie glücklich die Arme um seinen Hals schlang.

„Ich dachte schon", meinte er schmunzelnd, während er sich befreite, „ich müsste bis zum Sankt Nimmerleinstag mit Dorle im Arm warten, ehe du mich bemerkst."

Sie nahm ihm die Puppe ab und wischte sich Tränen von den Wangen. „Blöd, ja?"

„Ich habe eine alte Lok auf der Anrichte stehen. Du weißt, dass Jim Knopf mit seiner Diesellok Emma im Land der tausend Vulkane war? Für mich gibt es keinen Zweifel, mit diesem Land ist die Eifel gemeint."

„Wirklich?"

Er zwinkerte mit den Augen. „Findest du das blöd?"

Maren lachte. „Jim und Lukas waren mit Emma von Lummerland nach Kummerland gereist … Ich habe Michael Endes Geschichten über Jim Knopf gelesen!"

„Du bist demnach eine Leseratte?"

„Ja. Mit Kinder- und Jugendliteratur war die Schulbücherei besonders gut bestückt. Ich habe mir viele mehrmals vorgenommen. Besonders in den Ferien, da war ich fast allein. Du liest bestimmt nur Kluges."

„Kluges? Ich lese alles, was mir über Natur – Flora und Fauna – über ferne und nahe Länder unterkommt. Auch über die Eifel", grinste er.

„Hast du was vor?", fragte Maren und überspielte die aufkommende Verlegenheit.

„Klar, wenn du mich so erwartungsvoll ansiehst. Wohin willst du? Vielleicht hast du in dem Buch etwas entdeckt?"

„Nein. Ich möchte sehen, was dir gefällt."

„Geschichte? Oder lieber Eifel pur, bevor du in unsere römische Steinwüste zurückkehrst? Der Aufstieg zur Burg Gerhardstein lohnt. Da haben wir beides. Wenn du dir das zutraust?"

„Nein!" Das hatte Maren heftig hervorgestoßen, viel zu heftig. Jetzt schämte sie sich. Aber sie wollte für keine schöne Aussicht der Welt dort hinauf.

„Weil es nur eine Ruine ist? Die Burg bildete einst den Ursprung für diese mittelalterliche Stadt."

„Ralf, bitte. Wir waren doch schon auf einer Burg …"

„Das ist kein Grund."

„Man nennt sie auch Löwenburg", flüsterte Maren.

„Und?" Ralf ließ nicht locker. „Was sagt mir das?"

„Ich will nicht darüber reden."

„Magst du die grüne Lunge Eifel genießen? Wandern im Wildpark Daun? – Da gibt's keine Löwen."

175

Als Maren sich umdrehte und weglief, sah es gewaltig nach Flucht aus. Sie rief über die Schulter zurück: „Ich bringe nur die Puppe aufs Zimmer und hole meinen Anorak."

Maren saß schweigend auf dem Beifahrersitz. Ihre Hände rangen unruhig miteinander. „Ich träume oft von einem Löwen", sagte sie endlich leise. Trotzdem hatte Ralf sie verstanden. Er antwortete nicht, wartete.

„Das Tier brüllt grauenhaft und hat riesige Zähne."

„Wird es dich fressen?"

„Es hat Dorle im Maul." In Marens Augen flackerte die Furcht. Der Löwe, die Puppe, das Geständnis – und Ralf so ernst. Ilse hätte gelacht. Hätte die Bedrohung einfach weggelacht. Warum lacht er nicht. Er muss mich ja für verrückt halten!

Ralf hatte eine Parklücke angesteuert. Er lehnte in seinem Sitz und schien die Leute zu beobachten, die gerade den Linienbus verließen. Kinder balgten. Der Busfahrer drohte und die Mädchen stiegen artig ein, während die Jungs feixend ihre Niederlage überspielten.

„Stammt Dorle von Oma?", fragte Ralf.

Maren schüttelte den Kopf. „Ich glaube, Mutter billigte nicht, dass ich sie angenommen habe. Was wir brauchen, bezahlen wir selbst, hatte sie gemeint."

„Du hast nicht bezahlt?"

„Der Puppendoktor Pneu in Bitburg hat mir das Däumelinchen geschenkt."

„Was verlangte er dafür?"

„Nichts."

Maren hätte später nicht sagen können, warum sie ausgerechnet Ralf die leidige Geschichte von ihrem Dorle erzählte. Von Viktor, der ihrem Puppenkind den Kopf abgedreht hatte. Der ihr versprach, nur wenn sie immer lieb zu ihm sei, würde sie ihren Papa eines Tages wiedersehen.

„Ich wurde Gott sei Dank allein ins Internat geschickt. Leider auch ohne Dorle! Ohne Papa und Mama. Oltmanns sagten, meine Eltern sind gestorben. Ich wusste, meine Puppe war auch tot. Sie baumelte, an ihren Haaren aufgehängt, an einem Dachbalken bei Oltmanns auf dem Boden. Aber das hatte ich niemandem verraten."

„Seit wann weißt du das?"

„Als Dorle aufgetaucht ist, hat mich das sehr aufgewühlt. Der Gedanke an die Puppe ließ mir zwar keine Ruhe, aber erst seit ich Frau Doktor von Dorle erzählt habe … Ach Ralf, das ist doch …"

„Was ist seitdem?"

„Die Vergangenheit steht auf. Ich will das nicht. Ich will das nicht nochmal erleben! Aber die Reipel besteht darauf. Sie müssen sich der Vergangenheit stellen, hat sie gesagt."

Maren schlug die Hände vors Gesicht. Ralf ließ sie weinen. Was er dachte, zeigte er nicht. Würde er sie verachten?

„Danke für dein Vertrauen, Schwesterherz. Es ist toll von dem Pneu, dass er die Puppe gesund gemacht hat. Woher er wohl ahnte, dass du zurückkommen würdest? Sag, meinst du, es könnte deine gewesen sein?"

Er reichte ihr ein Taschentuch und Maren putzte sich geräuschvoll die Nase. „Nein. Sie war anders. Diese habe ich in Pflege genommen. So wie ihr mich." Jetzt lächelte sie.

Irgendwann fahre ich mit dir nach Mechernich", überlegte er.

„Zu deinem Lehrbetrieb?"

„Da zieht es mich weniger hin. Aber ich bin im Freilichtmuseum Kommern gewesen. Die

Bauten – kleine Katen und tolle Fachwerkhäuser – die Arbeitswelt, ihre Bedingungen und Werkzeuge vor über hundert Jahren. Die zwingende Verbundenheit zu Feld und Wald. Und – deshalb komme ich darauf – Spielzeug für Mädchen und Jungen im Wandel der Zeit. Ein Puppenhaus mit mehreren Etagen", Ralf zeigte mit den Armen das Ausmaß, „ist dort ausgestellt."

„Wieso hast du nicht in Trier gelernt?"

„Vater und mein Lehrmeister sind Freunde. Ich sollte in einen anderen Betrieb reinriechen. Sie hätten eine Verbindung der Unternehmen begrüßt."

„Verbindung?"

„Na, Geld zu Geld, oder so ähnlich. Die Suse hätte das ganz gern gesehen."

„Suse?"

„Das geht dich eigentlich gar nichts an. Susanne, die Tochter des Hauses. Sie plappert noch mehr als Ilse." Er stöhnte genervt. „Themawechsel. Also nicht nach Kommern."

Auf dem Weg zum Wildpark fragte Maren unvermittelt: „Hast du eine Freundin?"

Jetzt grinste er. „So horcht man Leute aus. Nein, nicht direkt, wäre ich sonst hier? Wie kommst du darauf?"

179

„Letzte Woche, Ilse erzählte, dass sie auszieht, da … Naja, ich sagte, ich würde bei Christoph und bei dir bleiben."

„Und?"

„Ach, sie sagte, du würdest nicht ewig in der Villa wohnen. Und Papa heiratet irgendwann wieder … Da habe ich mich mit einem Mal ganz verlassen gefühlt."

Der Pfad war uneben und Ralf nahm Marens widerstrebende Hand, hielt sie. „Damit du nicht fällst."

Sie gingen im Gleichschritt und als sie tatsächlich stolperte, sagte er: „Keine Sorge, ich habe nicht die Absicht, mich zu verändern. Ich habe meine Arbeit, die füllt mich aus. Dann habe ich eine kleine Schwester, einen Vater und eine mich verwöhnende Hausmutter Erna. Ich bin rundum versorgt."

Die Löwenburg

Die Ärztin hatte bei den Gesprächen diverse Anhaltspunkte gesammelt. Sie hinterfragte, wechselte das Thema, wenn Maren sich sperrte. Aber sie ließ nicht locker, kam entschlossen darauf zurück, sobald sie es für angebracht hielt. Die Puppe war eine geschwätzige Hilfe, wenn es darum ging, Licht in das Dunkel der Träume zu bringen. Träume, die sich allmählich veränderten.

„Ralf, Dorle hat ein Eigenleben entwickelt … irgendwie", sagte Maren bei einem Marsch zur sogenannten Löwenburg. „Mir fällt alles Mögliche ein. Dass ich eine Seereise gemacht habe. Da war wer, vor dem ich heillose Angst hatte. Dass meine Eltern seither verschwunden sind. Dass Viktor ein Schwein ist. Ein verdammtes Schwein …" Maren atmete stoßweise. „Ich bringe das nicht zusammen. Ich glaube, ich drehe durch."

„Den Eindruck habe ich nicht." Ralf spielte Fußball mit einer Kastanie, bückte sich nach herabgefallenen Früchten, die noch fest in der stachligen Hülle ruhten. Er hielt ihr seine gefüllten Hände hin. „Total normal. Eingeigelt, geschützt vor Anfeindungen. In diesem Panzer werden sie auf das Leben vorbereitet."

„Ich hatte keinen."

„Hättest du es sonst bis hierher geschafft?"

Maren sah ihn zweifelnd an.

„Du hast deinen Panzer noch um", sagte Ralf. „Und wenn eine Kastanie ein Baum werden will, mußt sie die dicke Hülle sprengen. Alle Voraussetzungen dafür sind hier", und er hielt ihr die stachligen Kugeln unter die Nase. „Sind hier drin."

„Ich werde nie ein Baum", stöhnte sie in komischer Verzweiflung.

„Abwarten", Ralf grinste. „Wenn wir hier noch länger stehen bleiben, schlagen wir auf jeden Fall Wurzeln." Damit setzte er sich in Gang und Maren folgte ihm nachdenklich.

Vor einem bemoosten Durchlass aus groben Natursteinen blieb sie stehen, nahm fasziniert das wuchernde Grün dahinter wahr. Zwischen den Quellwolken hatte sich ein Sonnenstrahl Bahn gebrochen und zauberte ein unwirkliches Leuchten in der Ferne.

„So spannend, der Blick?"

„Solche Bilder habe ich gemalt. In der Gruppe."

„Das hat dir gefallen?"

„Nicht wirklich. Ich fand das Gepinsel ziemlich öde. Bis die Therapeutin fragte: Fällt Ihnen etwas auf? Sie hatte meine Bilder der Reihe nach auf dem Tisch ausgelegt." Maren unterbrach sich unsicher.

„Und?"

„Die Bilder sahen irgendwie immer gleich aus. Aber, stell dir vor, ich malte immer heller. Und im Hintergrund erschien ein Sonnenfleck. Wie hier …"

„Das Licht am Ende des Tunnels." Ralf schien zufrieden.

Der Alltag

Neuerdings betrachtete Maren ihre Träume – ja, wie sollte sie es ausdrücken? – wie Filme, dessen Hauptdarstellerin sie war. Sie sah die wilde Jagd, stand mittendrin und um sie herum das Geschehen. Heute in der Frühe hörte sie sich sagen: Es ist ja nur ein Traum. Davon erwachte sie.

Die Traumbilder wiederholten sich Nacht für Nacht. Es ist ja nur ein Traum, dachte sie und empfand ein Gefühl von Erleichterung, ja – von Macht.

„Ist es möglich, Frau Doktor, dass ich Einfluss auf meine Träume habe?" Maren zweifelte mitunter an ihrem Verstand.

„Aber ja." Die Ärztin nahm diesen Wandel zufrieden zur Kenntnis. „Wenn Sie es so erleben? Sie haben die Kraft, den Film in ihrem Kopf anzuhalten, wenn Sie ihn nicht mehr sehen wollen. Nutzen Sie diese Stärke."

Einige Tage nach dem Gespräch sagte Frau Doktor bestimmt: „Ich werde Sie in ihr häusliches Umfeld entlassen, Frau Brunjis. Ich möchte Sie zu einem Arzt in Trier überweisen. Und eine erfahrene Therapeutin kann mit Ihnen ambulant weiterarbeiten. Ich schicke beiden meinen Bericht. Sind sie bereit?"

„Ich hoffe. Ich freue mich auf zuhause."

„Aber übernehmen Sie sich nicht. Lassen Sie es langsam angehen. Wenn Sie möchten, gebe ich Ihrem Vater Nachricht. Der Entlassungstermin könnte bald sein."

Am folgenden Freitag kam Christoph ohne Anhang. Eine gewisse Scheu vor ihm war geblieben. Er sagte trotz ihrer sechsundzwanzig Jahre wieder Kind zu ihr, fasste ihr unter das Kinn, wenn er sie forschend betrachtete. Wenn sie in seine Augen sehen musste, dachte sie unweigerlich an den Moment, als er sie das zweite Mal fand, an der Sauer. Dachte an seine Tränen. Sie schämte sich heute noch. Sie schluckte, schob den Gedanken von sich. Er gehörte nicht in ihr neues Leben.

Christoph war mit Frau Doktor Reipel verabredet und würde Maren heute nach Hause holen. Ralf wollte ihr Trier zeigen. So nach und nach. Darauf freute sie sich, war mit dem Finger auf der Landkarte Wege durch die

Stadt gegangen. Hatte nach den Thermen, den Kirchen, nach Parks gesucht und war dem Verlauf der Mosel gefolgt.

Sie würde ihr Fahrrad aus der Garage holen, putzen, bestimmt war es eingestaubt. Licht prüfen. Luft aufpumpen. Würde zuerst nur kurze Strecken fahren, sich an den Stadtverkehr gewöhnen müssen.

Sie hatte von allen in der Klinik Abschied genommen. Die Schwestern waren ihr vertrauter geworden. Bis auf eine, die hatte ein Auge auf Ralf geworfen. Aber was zählte das jetzt noch. Jedem hatte Maren die Hand gegeben, auch etlichen Leidensgenossen – ein paar nette Worte, herzliche Wünsche.

Frau Doktor traf einige Anordnungen. Die Medikamente nicht vergessen. Aufregung fernhalten. Arbeit ist die beste Medizin. Viel frische Luft, Bewegung. Und unbedingt die Therapie fortführen. Es könne abermals ein Tiefpunkt kommen. „Keine Sorge, rechtzeitig melden. Das schaffen Sie."

Die Koffer waren gepackt und verstaut. Die Fahrt konnte losgehen. Unterwegs berichtete Christoph ganz allgemein. Dann erzählte er, dass Olaf ihn zum Großvater gemacht habe.

„Stell dir vor, ein kleines Mädchen. Jetzt sind die Mädchen in unserer Familie am Kommen. Ilse, Maren, Madison. Was sagst du dazu."
Maren schüttelte verständnislos den Kopf. „Wie kann man sein Kind Madison nennen? Ist das ein Mädchenname?"

Bewährung

Nachdem sie sich in die Häuslichkeit eingelebt hatte, brachte Christoph eines Tages die Sprache auf sein erstes Enkelkind. Ilse war längst aus dem Haus, ließ sich selten im Kreis der Familie sehen. Ralf war bereits ins Büro gegangen. Christoph und Maren saßen am Frühstückstisch, tranken in aller Ruhe ihren Kaffee. Das war zu einem Ritual geworden, bevor die Pflicht rief.

„Ich werde zur Taufe nach Austin fliegen. Ich bin Pate. Ich wollte ursprünglich nur vier Tage bleiben. Das Geschäft, du weißt. Ich hätte gern eines meiner Kinder mitgenommen."
Maren blickte ihn erwartungsvoll an.

„Ralf hat abgelehnt. Beide Geschäftsführer sollten der Firma nicht gleichzeitig den Rücken kehren. Zumal er meint, vier Tage seien zu kurz. Im Grunde nur ein, höchstens zwei volle Tage in Familie ..."

„Und was hat er vorgeschlagen?"

„Zwei bis drei Wochen zu reisen. Schließlich gäbe es mehr zu sehen, als ein Enkelkind. Drei Wochen! Wie sich der Junge das vorstellt."

„Im Haus braucht er nichts zu machen, jetzt wo ich da bin", warf Maren ein.

„Vielleicht vierzehn Tage, das wäre in Ordnung – wenn er ohne mich klarkommt?"

„Das wird schon gehen. Du solltest dich unbedingt überzeugen, wie deine Jungs sich eingerichtet haben. Naja … wie deine ganze angeheiratete Familie so lebt."

„Schön, dass du das so siehst. Aber ich sagte schon, Ilse trennt sich nicht von ihrem Doktor. Bleibst nur du."

Maren hatte ihn entgeistert angesehen. „Nein Christoph. Bitte … Ich kenne die alle nur flüchtig – wenn überhaupt. Und ich war so viele Monate von Zuhause weg. Ich möchte bleiben. Die Aufregung …"

„Ich habe darüber mit deiner Ärztin gesprochen. Sie bewertet einen Tapetenwechsel positiv. Zumal wir erst in zwei Monaten fliegen."

Am folgenden Tag schmeichelte Ilse, Maren solle dankbar sein, diese Reise machen zu dürfen. Sie sei noch nirgends gewesen. „Wie auch, bei meinem Beruf", klagte sie.

„Dann solltest du dir Urlaub nehmen", hatte Maren unglücklich gesagt.

„Ohne Jochen? Niemals! Du lässt niemanden zurück", hatte Ilse geantwortet.

Maren hatte Ralf angesehen. Der schwieg. Ihr Blick bettelte, als sie meinte: „Fahre du doch mit, Ralf!"

Dann dachte sie: So oder so liegen unendliche achttausend Kilometer zwischen uns. Wobei es auf einen mehr oder weniger nicht ankommt.

Meine Güte, in was für Gedanken verstieg sie sich. Schwesterherz, hatte er zu ihr gesagt. Und die Frage, ob er eine Freundin habe, hatte er ausweichend beantwortet. Nicht direkt, hatte er gesagt. Also doch – irgendwie.

Christoph hatte die Diskussion am Abend mit den Worten beendet: „Maren, die Jungs mit ihren Frauen müssen akzeptieren, dass da ein Sechstes ist, das zur Familie gehört. Daher wirst du mit mir reisen, mein Mädchen. Ist das klar?" Das ließ keinen Widerspruch zu.

Maren wollte den Kopf frei kriegen, war auf die Terasse gegangen, goss die Geranien. Rote, wie sie Mutter Hellmig in ihren Blumenkästen gehabt hatte.

„So geht das nicht, Vater", hörte sie Ralfs aufgebrachte Stimme aus dem Salon. „Du wirst ihr die Wahrheit sagen. Und dann wirst du sie entscheiden lassen, ob sie damit konfrontiert werden mag, oder nicht."

„Soll ich sie unnötig aufregen? Und wenn die Nachricht auf einem Irrtum beruht?"

„Entscheide dich, Vater. Wenn du nicht redest, rede ich!"

Maren kam hereingestürmt. „Ihr verhandelt über meinen Kopf hinweg", rief sie entrüstet. „Meine Teilnahme war von Anfang an beschlossene Sache. Blieb nur die Frage: Wie bringe ich es dem dummen Ding bei!"

Christoph war aufgesprungen. „Da siehst du, was du angerichtet hast", fauchte er Ralf an. „Hör zu, Kind", wandte er sich behutsam an Maren.

Die ließ ihn nicht zu Wort kommen: „Ich bin in deinen Augen unmündig, das beweist du mir ständig. Ich sorge überall für Schwierigkeiten. Von Geburt an! Lass mich doch endlich erwachsen sein!"

„Setz dich bitte", sagte Ralf beherrscht. „Und du, Vater, hältst dich mit deiner krankhaften Fürsorge zurück."

Ralf hockte sich auf die Sessellehne und wartete. Wie bei seinen Besuchen in der Eifel, dachte Maren. Zögernd nahm sie Platz.

„Maren, Vater versucht seit Jahren, Licht ins Dunkel deiner Herkunft zu bringen. Er tut es, weil er alle seine Kinder lieb hat. Wie eine Glucke, sagte Mutter, erinnerst du dich?" Dabei warf er einen ironischen Blick auf Christoph. „Du gehörst zu uns, bist Tochter, Schwester – ein Familienmitglied mit Rechten und Pflichten. Und deshalb, Vater, hat sie ein Recht darauf, zu erfahren, dass du vermutlich das Grab ihrer Mutter gefunden hast." Er machte eine Pause, wartete auf eine Reaktion. Maren sah ihn groß an.
„Auf dem Glenwood Cemetery in Houston, dort sei ein Stein mit dem Namen Brunjis. Houston ist lediglich eine Flugstunde von Austin entfernt. Ich meine auch, ihr solltet euch selbst überzeugen. Denkbar, dass ihr Hinweise in irgendeinem Sterberegister findet. Das ist das ganze Geheimnis."

Maren war überrascht, horchte in sich hinein. Die Stunde der Wahrheit? „Da muss ich durch, oder? Die Vergangenheit holt mich eh dauernd ein."

„Je mehr Klarheit wir schaffen, um so gelassener wirst du nach vorn schauen, dachte ich", ergänzte Christoph.

„Das hättest du mir gleich vernünftig sagen können", kritisierte Maren. „Da ist noch etwas, das ich dich schon lange fragen wollte. Wo ist eigentlich die Fotografie geblieben, die damals in Gerlindes Zimmer hing? Mit Franziska. Mit Mutter?"

„In einer der vielen Kisten auf dem Dachboden", meinte Ralf.

„Warum? Es war hübsch."

„Weil ich die gesamte Bildergalerie abgehängt habe, als ich die Wohnung bezog. Es war ja ein Museum gewesen."

„Ich möchte das Bild haben", bat sie.

In der Zeit bis zur Abfahrt vermied sie das Thema, stellte keine Fragen. Sie bereitete sich still auf Amerika vor, hatte Bücher besorgt, Straßenkarten. Hatte sich mit den Reise- und Einreisebedingungen befasst. Das Ziel bekam Konturen. Blieb die Ungewissheit der Vergangenheit. Ein Gespenst ging um.

„Kriegst du jetzt Fernweh?", hatte Ralf gespottet. „Vielleicht bleibst du im gelobten Land der unbegrenzten Möglichkeiten – wie meine tollen Brüder."

Ihre Handbewegung an die Stirn war deutlich. „Entschuldige, aber – so gut solltest du mich kennen!"

Dass sie unablässig grübelte, in ihrer Erinnerung nach Zusammenhängen suchte, dass sie mit der Therapeutin ihr Verhalten analysierte, davon sprach sie mit den beiden Männern nicht. Nur nichts zerreden.

Ralf hatte den Flug gebucht. Er hatte sie zum ehemaligen Militärflughafen Frankfurt-Hahn, unweit von Trier, gebracht. Maren wäre am liebsten mit ihm zurückgefahren. Sie hätte nein zu dieser Reise sagen sollen. Hätte Widerstand leisten müssen, statt das zu tun, was andere von ihr erwarten.
Du bist ungerecht, rief sie sich zur Ordnung. Du hattest die Wahl. Deine Neugier hat die Angst besiegt: Vor der eigenen Courage, vor dem Flug und dem Atlantik, den sie überqueren würden. Angst vor der Wahrheit.

Der Gedanke an Texas, eine Welt, die sie inzwischen aus Büchern kannte, beunruhigte. Die Verwandtschaft, die sie von den Beerdigungen in negativer Erinnerung hatte. Mit einer Sprache, in der sie nicht zuhause war.

Und sie hatte Furcht vor den Wochen mit Christoph, der so beherrscht und beherrschend war. Der sehr unbeherrscht sein konnte, das hatte sie jüngst erfahren.

Der Abschied von Ralf war kurz. Der Zubringer von Hahn zum Frankfurter Flughafen funktionierte reibungslos. Die vielen Menschen, drängend, rücksichtslos ihrem Ziel entgegen, trieben Maren in einen fieberhaften Zustand. Sie heftete sich an Christophs Fersen. Er mochte mehr als einmal denken, dass es besser gewesen wäre, allein zu reisen.
„Ich bin dir eine Last", klagte sie.
Er antwortete nicht. „Unser Flug", sagte er, fasste sie unter und sie lief einfach nebenher. Ihn nur nicht verlieren, war das Einzige, was sie denken konnte.

Austin

Nun saß sie in der Maschine, hatte einen Fensterplatz, oh weh! Sie schaute krampfhaft auf ihre Hände, deren Innenflächen feucht waren. Sie wollte nicht sehen, wie die Maschine abhebt, fühlte sich in das Polster gedrückt. Sie empfand die Enge des Raumes bedrohlich. Flucht ausgeschlossen …

„Mach die Augen auf", redete Christoph ihr zu. Schau, was du versäumst."

Sie schluckte mehrmals, blinzelte vorsichtig, ihre Augen wurden weit, ihr Mund war geöffnet. War das nicht ein zaghaftes Lächeln?

Sie sah – ja, wie sollte sie es nennen? Liliput fiel ihr ein. Spielzeughäuser, Menschen wie Punkte, dann auch die nicht mehr. Die Mosel, eine Schlange in grünem Bergland, das an den Himmel stieß.

„Nun?", hörte sie Christoph fragen.

„Schön", sagte sie gedehnt. „Unser Globus, richtig rund!"

Über Frankreich hingen die Wolken tief, kaum ein Guckloch. Maren fielen die Augen zu. Sie träumte von schwerelosem Gleiten. Alle Sorgen waren auf der Erde geblieben. Sie verbrachte Stunden zwischen Wachen und Halbschlaf, nahm irgendwann ihre Umgebung wahr, die Mitreisenden, die Stewardessen, eine Zwischenlandung – sie waren auf amerikanischem Territorium.

Am Austin Airport sagte Maren todmüde: „Jetzt sind wir achtzehn Stunden auf den Beinen, oder wie sagt man beim Fliegen?"

Ben stand in der Ankunft. Maren hätte ihn nicht erkannt. Sie sehnte sich nach Ruhe. Zuhause wäre es jetzt Nacht. Ihr machte die Zeitverschiebung zu schaffen.

Sie trottete mit den beiden Männern zum Parkhaus. Eine Stunde später lag sie in irgendeinem Bett und es war ihr ganz egal, was um sie geschah.

„Liebe Ilse,

es ist alles sehr aufregend. Nun sind wir schon vier Tage in Austin, den ersten davon habe ich verschlafen. Im Flugzeug dachte ich, wir haben Liliput unter uns. Dabei bin ich im Land der Riesen. Ein Wettstreit der Superlative. Breite Straßen, Reklame, Geschäfte, die so groß sind, wie ein Dorf. Turmhohe Gebäude, glänzende Fassaden. Jetzt verstehe ich, warum die Texaner Trier niedlich finden. Die Verwandten sind unkompliziert: Ach, du bist Maren? Nice to see you. Nach einer Vorstellungsrunde meinte jeder, ich wäre im Bilde. Ich dachte, sie würden mich ausfragen. Aber sie sagten zu Christoph: Mama und du, ihr musstet wissen, warum ihr sie angenommen habt. Mehr interessiert sie glücklicherweise nicht. Nun nehmen sie mich wahr. Das ist okay.

Gestern war die Taufe. Ganz anders als bei uns. Viel feierlicher. Davon erzähle ich dir zuhause. Madison ist einfach süß! Ich könnte sie glatt mitnehmen. Ich befürchte, da würde ich Ärger mit Olaf und seiner Emily bekommen. Übrigens sind Emys Eltern zehn Mal lebhafter als du!

Dein Vater telefoniert ja mit deinem Bruder. So ist er beruhigt und lässt anscheinend die Seele baumeln. Das hatte er nötig.

Liebe Grüße an dich und Ralf von euren Weltenbummlern Maren und Christoph."

„Hallo Ilse!

Einmal will ich dir noch schreiben. Gestern haben wir Ben und Olivia besucht. In ihrer Wohnung kann man sich verlaufen. Olivias Eltern waren auch dort. Bens Schwiegervater ist ein ernster, korrekter Mann, wie Christoph. Die beiden verstehen sich gut.

Seine Frau hatte ein Gespräch mit mir. Sie ist deutschstämmig und kennt die Eifel. Bei ihr konnte ich mit meinem Wissen glänzen! Sage Ralf ein herzliches Dankeschön dafür!

Tags davor waren alle auf dem Fluss. Ein schicker Ausflugsdampfer. Ich sollte nicht! Da bin ich bei Emily und dem Baby geblieben. Ich durfte Madison wickeln!

Emy ist nett. Alles hier ist nett, toll, großartig. Moderne Wolkenkratzer und Glasfassaden, eine Skyline wie im Märchen – und ich habe Heimweh.

Morgen mache ich mit Vater eine Sightseeing-Tour. Dann bekommen die Gebäude Namen. Zum Abschluss sind wir Gast bei Hightech-Products. Olaf zeigt uns seinen Arbeitsplatz, vielleicht auch Ben. Das wäre was für Ralf, glaube ich.

Anfang der Woche fliege ich mit Vater nach Housten. Ich bin gespannt, was mich dort erwartet. Finden wir heraus, ob und warum meine Mutter dort starb? Ob diese Claire überhaupt meine Mutter ist? Wieso hatte sie damals diesem Viktor ihr Kind überlassen? Ich würde ihr gern verzeihen.

Bis ganz bald, deine Maren.

Vater lässt grüßen!"

Houston

Maren hatte sich an den Trubel überraschend schnell gewöhnt. Die Amerikaner, wie Maren sie für sich nur nannte, waren ihr nicht unangenehm. Sie waren weder besonders herzlich noch besonders interessiert an ihr. Sie suchten keine Nähe. Damit konnte sie umgehen.

Sie machte Ausflüge, mal in Familie, mal mit Christoph. Sie ging den Gastgebern zur Hand, spielte mit Madison. Die gemeinsamen Abende verliefen harmonisch.

Nun würden sie also nach Houston fliegen. Zwei bis drei Tage. Zurück in Austin würden sie ihre Sachen packen, Abschied nehmen und in die Heimat reisen. Christoph wurde unruhig und Maren verstand ihn gut. Auch sie freute sich auf zuhause. Wie mochte es Ralf gehen?

Die geplanten Termine bei Behörde, Friedhofsverwaltung und einer Auskunftei, kosteten schon beim bloßen Gedanken daran Überwindung. Maren hatte keine Vorstellung, wie die Suche gelingen könnte. Nach was für Listen oder Eintragungen sie forschten. Sie vermutete, dass das System ähnlich deutscher Einwohnermeldeämter funktioniert.

Sie war angespannt und verunsichert. Sie glaubte zu spüren, dass Christoph die Frage, was sie in Houston herausfinden würden, nicht kalt ließ. Er tat es doch nur für sie. Wenn sie das nicht wüsste, könnte sie glauben, es hinge für ihn einiges davon ab. Oder sorgte er sich um ihre Psyche? Warum war er so ungewöhnlich nervös?

Das Flugzeug nach Houston startete pünktlich. In der kleinen Maschine fühlte sie sich geborgen. Erst als sie ihren Leihwagen in Empfang genommen hatten und Christoph ihn durch die Straßen der Stadt lenkte, wurde sie kribbelig. Ein banges Gefühl von Weglaufen. Der Wunsch, die selbst auferlegte Pflicht hinter sich zu bringen.

Christoph unterbrach ihre Gedanken. „Wollen wir uns heute ein bisschen umsehen und morgen zum Friedhof fahren?"

Maren schüttelte den Kopf. „Bitte lass uns zumindest gucken. Dann wissen wir, was uns erwartet. Kennen den Weg zur Washington Ave und die Fahrzeit. Morgen in der Frühe sind wir ja im Glenwood Office angemeldet."

Sie standen vor dem Haupteingang des Friedhofs. Glenwood Cemetery – grüne Insel im hektischen Treiben der Großstadt. Christoph hatte in seinen Unterlagen einen Plan der einzelnen Parzellen. „Grobe Richtung Buffalo Bayou."

Maren studierte die Hinweistafel. „Ein Skulpturen-Park seit 1871. Begräbnisstätte aller Religionen und Kulturen."

Obwohl sehr belebt, herrschte wohltuende Stille. Suchende, wie sie – mit Blumensträußen oder einer einzelnen Blüte. Schaulustige, Touristen, bewaffnet mit Fotoapparaten. Ein Bild unter dem Grandfather-Tree zur freundlichen Erinnerung.

Skulpturen, das waren wundervolle Grabsteine, künstlerisch gestaltete Statuen. Zeugen aus der reichen Geschichte Houstons. „Hier könnte ich Tage verbringen", meinte Maren.

„Ist dir das nicht zu traurig?"

„Traurig? Sieh mal dort. Die Figur ist die Sehnsucht in Person. Sie träumt. Und dort, schau! Das ist die Liebe. Sie weint um den Verlust. Dort der gebeugte Engel ist besorgt. Vielleicht hat er nicht richtig aufgepasst und Schwupp …" Maren blickte Christoph an und lächelte. „Meiner hat mich behütet, trotz alledem."

„Bitte lass uns das Thema wechseln", meinte Christoph. „Sowas nennt man Todessehnsucht."

„Nein. Gerade du müsstest es besser wissen. Wir haben Mutter verloren. Und Gerlinde. Warum sollte da nicht die Liebe, die Sehnsucht oder die Trauer am Grab stehen."

„Lernst du das bei der Therapie? Bitte hör jetzt auf." Unwillig brach er das Gespräch ab.

„Hier muss es übrigens sein, die Wiese bei dem bewaldeten Hügel."

Schlichte Platten lagen im Rasen. Sie buchstabierten die Namen, gingen von Stein zu Stein, als Maren leise rief: „Ich habs! Eine Brunjis!"

Sie hockte im Gras, ihre Finger strichen über die Gravur. Claire Brunjis. „Meinst du, meine Mutter nannte sich Claire? Geht das einfach so? Amerikanischer Slang?"

„Lass uns die morgige Verabredung abwarten. Mal sehen, was im Totenschein steht."

Sie nahmen im Hotel ein leichtes Abendbrot ein, besprachen den nächsten Tag und zogen sich bald auf ihre Zimmer zurück.

Maren hatte sich gleich hingelegt, versuchte irgendein Puzzleteilchen aus ihren mageren Erinnerungen herauszugrübeln. Doch die Müdigkeit war stärker.

Der neue Morgen. Ein trüber Tag. Nieselregen. Gerade richtig für Behördengänge. Im Sterberegister fanden sie den Namen Claire Brunjis, geborene Oltmann.

Maren war erstaunt und Christoph meinte, dass die verwandtschaftliche Verbindung der Mutter zu den Schiffseignern dokumentiert sei. „Das Geburtsdatum hier aus dem Sterberegister geht mit dem Datum aus dem Kirchenbuch der Hamburger Gemeinde überein."

„Das wusstest du?" Maren sah Christoph überrascht an. „Hätten wir uns nicht die Reise sparen können, wenn das schwarz auf weiß in den Büchern steht?"

„Ja, ja", wich er der Frage aus. „Ich hatte auf nähere Umstände gehofft."

Diese Claire hier war an einer Tablettenüberdosis gestorben. Das hatten ein Arzt und die Krankenpflegerin Jane Brown bestätigt.

Jane Brown schien noch in Houston zu leben. Maren notierte die Adresse und nach endlosem Durchfragen standen sie endlich vor einem mehrstöckigen Wohngebäude.

Das Treppenhaus beschmiert. Es hatte lange keinen Besen mehr gesehen. Müll lag in den Ecken und entsprechender Gestank quälte die Nase.

Sie hatten unten gefragt, waren in den Vierten geschickt worden. Keine Klingel. Auf ihr Klopfen wurde die Tür nur so weit geöffnet, wie es die Kette vom Vorhängeschloss hergab.

„Ich kaufe nichts", quärrte die Person.

Mit viel Mühe konnte Christoph verhindern, dass sie die Tür vor seiner Nase zuschlug. Er fragte nach Misses Brown.

„Jane ist tot. Was wollen Sie von ihr? Ach – die Claire ... War schade drum … damals. Sie war ein labiles Ding. Diesem Mann ausgeliefert. Der Vic war ein Taugenichts, good-for-nothing. Sie kam von ihm nicht los. Wie auch. Hatte ja nix. Dann plötzlich … was sollte werden? Wenigstens sorgte der Kerl für das Kind.“

Und wie er für das Kind sorgte, dachte Maren bitter. „Mein Vater hieß Edgar.“

„Davon weiß ich nichts. Jane sprach nur von Vic. Sie ließ kein gutes Haar an ihm. Hat versucht, Claire da rauszuholen.“

„Meine Mutter hieß Clara“, wandte Maren ein.

„Okay, okay … ich und meine Schwester Jane haben immer nur Claire gesagt.“

„Wie alt war das Mädchen?“

„Keine Ahnung … Sie ging noch nicht zur Schule, ein süßes Ding, schüchtern. Nach dem Begräbnis war little Mary mit ihrem Vater verschwunden ... Wieso ich das weiß? Die wohnten im Sechsten. Und nun lassen Sie mich in Frieden.“ Damit drückte sie die Tür geräuschvoll zu.

Maren war zum Heulen zumute. Christoph hatte ihre Hand genommen, drückte sie tröstend.

Maren ging tapfer neben ihm her, setzte sich ins Auto und schloss die Augen. Hatte die Mutter in diesem Elend gelebt? Oder war es der Zahn der Zeit, der diese Gegend verändert hatte?

Es regnete nicht mehr, als sie am Friedhof ankamen. An der Straßenseite hatte Maren gestern Blumenstände entdeckt. Christoph wartete geduldig, bis die Verkäuferin einen großen Strauß gebunden hatte. Aus jedem Kübel eine Blume, nur eine! Die Frau hatte es aufgegeben, ihre Kundin zu beraten. Der war nicht zu helfen. The Germans are crazy – total verrückt.

Sie gingen über den feuchten Rasen. Die Natur dampfte in der zaghaften Sonne. Außergewöhnliche Denkmäler, steinerne Schönheiten, säumten ihren Weg.

Christoph versuchte, einen leichten Ton anzuschlagen. „Gut, dass es geregnet hat. Möchtest du hier gießen müssen?"

„Nicht so schlimm." Maren wusste aus der Information am Eingang: „Die haben fast von Anfang an ein Bewässerungssystem installiert. Mit Brunnen, wie dort", und sie zeigte auf ein steinernes Kunstwerk. „Außerdem arbeitet ein Heer von Gärtnern hier, habe ich gelesen."

Sie wanderten durch den idyllischen Friedhofspark, dessen Schluchten und Wege eine einzigartige Landschaft bildeten. Endlich standen sie am Hügel, durchquerten die Wiese.

„Müsste ich nicht spüren, dass mir meine Mutter ganz nah ist, Vater? Die Stimme des Blutes sozusagen. Warum ist in mir alles still?"

Sie hockte sich ins Gras, ihre Hand strich über den Namen. „Bist du es, Mama? Viktor war ein Schwein, weißt du das? Warum hast du mich mit ihm allein gelassen?" Sie legte den bunten Strauß auf die Grabstelle. „Ich kenne dich nicht. Ich weiß nicht, was für Blumen du magst. Vielleicht ist deine Lieblingsblume dabei."

Während sie sich erhob, strich sie mit dem Handrücken über die nassen Wangen. „Ich will dir verzeihen", sagte sie und ging, ohne sich umzusehen. Ihr Blick war in die Ferne gerichtet und erfasste im Dunst die Skyline von Housten.

Christoph schlug vor, eine Kleinigkeit zu essen und anschließend eine Sightseeing-Tour zu machen. Maren willigte ein. Sie fühlte sich auf einmal ganz leicht.

Vom Bus aus sahen sie die Stadt mit anderen Augen. Die erhöhte Position. Nicht auf den Verkehr achten müssen. Hinzu kamen die Erklärungen, Jahreszahlen und Namen, die einem um die Ohren schwirrten, die man schnell vergaß. Was im Gedächtnis haften blieb, waren die Bilder, die Schönheiten. Und die gab es reichlich.

„Warum ist hier alles größer, gewaltiger. Das Leben, die Arbeit, die Bauten. Selbst der Friedhof."

„Immerhin hat Houston fast zwei Millionen Einwohner. Tendenz steigend." Christoph schmunzelte. „Trier hat ein paar Tausend. Wallendorf ein paar Hundert. Nicht umsonst wollten – und wollen – immer noch viele in die Neue Welt. Hier spürst du den Pulsschlag der Erde."

„Meinst du wirklich? In der Eifel mit ihren Maaren, da hörst du das Herz der Erde schlagen. Du schaust in die blauen Augen der Eifel und in den Wipfeln flüstert der Wind."

„Aus dir spricht Ralf."

„Er hat mir die Angst davor genommen. Im Mittelalter kamen die Geister aus den unwegsamen Wäldern. In der Neuzeit kommen sie geradewegs aus dem Beton der Städte."

Christoph grinste. „Schau dich um. Siehst du irgendeinen Geist? Aber – lass uns zuhören. Wir wollen schließlich wissen, was die Reiseleitung uns in Houston zu empfehlen hat."

„Schreib es für mich auf", lachte Maren. „Wir nehmen uns im Hotel Prospekte mit!"

Am darauffolgenden Tag wollte Christoph noch einiges regeln. Bestätigen und beglaubigen lassen, wie er sagte. Maren interessierte das nur bedingt. „Meine Mutter ist tot. Endgültig."

Sie kaufte ein Buch über Texas, fand ein Heft mit Informationen über Houston und suchte als Gedankenstütze ein paar Ansichtskarten aus dem Angebot.

„Muss es gleich ein dicker Schmöker sein?" Maren lächelte. „Der ist für Ralf."

Sie checkten aus, fuhren zum Flughafen, gaben den Leihwagen zurück. Im Terminal buntes Treiben, eine kurze Wartezeit und Abflug nach Austin.

Ben holte sie zwar vom Airport ab, aber Maren beschlich das Gefühl, sie wären nie in seinem Haus zu Gast gewesen. Die Begrüßung kühl, keine Neugier – was habt ihr erreicht?

Ein letztes Mal saß der Familienclan beisammen. Lange würde es dauern, bis man sich wiedersah. Hoffentlich nicht bei einer Beerdigung. Olaf lachte über seinen Witz.

Madison quitschte vor Vergnügen, denn Christoph wiegte sein Enkelkind auf den Knien. Er sah entspannt und glücklich aus.

Der letzte Tag war ausgefüllt mit packen, Maren hatte ein paar Einkäufe erledigt. Der Weg zum Flughafen war schon Gewohnheit. Der Flug über den Atlantik bot Ausblicke auf den blauen Planet. Viele Stunden verschliefen sie.

Daheim

Maren atmete auf. „Endlich deutschen Boden unter den Füßen."

„Es geht nicht nur dir so, mein Liebes", sagte Christoph in der Ankunftshalle.

Ein kurzer Aufenthalt, der Transfer nach Hahn und dort die Abfertigung überschaubar.

Christoph sah sich suchend nach Ralf um. „Länger hätte ich keine Ruhe gehabt. Und Ralf wird den Stress satthaben. Da ist er!"
Wie auf ein Stichwort war er aufgetaucht. Der Vater hatte ihn umarmt, Maren wartete scheu.
„Hey", sagte Ralf. Mehr nicht.
Im Auto fielen Maren die Augen zu. Sie verschlief die Fahrt in den Morgen. Die vergangenen sechzehn Stunden waren aufregend gewesen, hektisches Treiben auf den Airports. Wenn Christoph mal einen Moment verschwunden war, hatte sich Maren sofort ausgesetzt gefühlt.

Ralf war in die Einfahrt eingebogen, bremste unsanft. Mit einem Ruck fuhr sie aus ihrem verrückten Traum auf, in dem sich alles gedreht hatte, schnell und schneller. Sie wollte sich halten, aber bekam kein Stück zu fassen. Sie würde fallen, abstürzen …
„Na, gut geschlafen?", Ralf stand grinsend in der offenen Autotür.
„Nee, nicht wirklich", antwortete sie wahrheitsgemäß. Es war ihr kaum möglich, aufrecht zu stehen, geschweige denn, das Gepäck auszuräumen, und die beiden Männer schickten sie ins Haus.

„Tochterle", wurde sie von Erna Burger fürsorglich begrüßt. „Kommen Sie, stellen Sie sich unter die Dusche. Das macht lebendig."

Danach spürte sie Hunger, Durst und eine seltsame Unruhe.

„Essen ist gleich fertig", rief Frau Burger aus der Küche. „Die beiden Herren sind bereits im Wohnzimmer."

Marens Herz klopfte unvernünftig, als sie Ralf die Hand reichte. „Entschuldige, ich war nicht fähig, vorhin."

„Geschenkt", sagte er großmütig. Er sah forschend, wie ihr schien, von ihr zu Christoph, von Christoph zu ihr.

„Ist was?", fragte sie.

Er schwieg.

Christoph wollte erst einmal wissen: „Wie steht es in der Firma?"

Ralf winkte ab. „Traust du mir die Leitung für die paar Tage nicht zu?" Sie gingen die wichtigsten Abschlüsse durch, besprachen den kommenden Werktag. Einige Verhandlungen waren in der Schwebe, das musste ausdiskutiert werden.

Nach der Mahlzeit erzählte Christoph von seinem Enkelkind, schließlich war Madison der Grund der Reise. Er sprach von den Geschwistern, dem Erlebten und: „Stell dir vor, was mir in Deutschland über zehn Jahre nicht gelungen ist … in Texas kam es ganz von selbst." Dabei strich er Maren sanft über die Wange. „Meine Tochter! Bei soviel Daddy hier und Dad da, hat sie Vater zu mir gesagt. Endlich! Nicht nur einmal."

Maren lächelte. Dabei sah sie Ralf offen an. Nanu? War ihm das nicht recht? Er fuhr sich mit der Hand über die Stirn. Dann sagte er gereizt: „Ich habe auch eine Neuigkeit. Die Anita ist schwanger. Lieber Himmel, das war's noch, was mir gefehlt hatte", und an seinen Vater gewandt meinte er: „Weißt du kurzfristig Rat?"
Maren starrte ihn an. Er griente ganz ausverschämt und ließ den Blick nicht von ihr.
Anita, dachte sie, die Freundin. Nicht direkt, hatte er zu ihr gesagt, vor Monaten in der Eifel.
Er hatte den spöttischen Zug um den Mund – wie sie es von Christoph gewohnt war – als er im Plauderton sagte: „Wenn Anita ein halbes Jahr Mutterschaftsurlaub einlegt, habe ich keine Sekretärin. Ich muss eine Neue einarbeiten."

„Sie ist deine Sekretärin?", entfuhr es Maren und ihre Stimme vibrierte.

„Ja, was meintest du? Ach übrigens, ich hatte an dich gedacht. Du hast eine umfassende Ausbildung. Du könntest glatt Anitas Arbeitsplatz übernehmen."

Sie schluckte ein paar Mal. Sie hatte sich blöd benommen. Ralf schien das nicht zu bemerken. Er sprach bereits weiter: „Mit dem Vorteil, dass ich mich nicht an eine Fremde gewöhnen muss und für meine Schwester keine Überstunden-Zuschläge anfallen."

Verdammt, ständig sein Grinsen! Ganz gegen ihren Willen quittierte sie ihm diese Unverschämtheit, denn das war es ja wohl, mit einem strahlenden Lächeln.

„Wann?", fragte sie.

„Zum Fünfzehnten."

„Das ist in einer Woche!"

„Na und?"

Nun hatte Maren also in der Firma Hellmig angefangen. Anita war geduldig und umsichtig. „Schade, dass ich in ein paar Monaten in Mutterschutz gehe. Mit dir macht der Job echt Spaß", hatte sie gesagt.

Da Maren sich auf keinen Fall blamieren wollte, immerhin war Ralf nun ihr Chef, stürzte sie sich eifrig auf ihre neuen Aufgaben. Ganz leicht war es nicht. Sie war lange aus ihrem Beruf heraus, und mit der Verwaltung war dieses Sekretariat kein Vergleich.

Hast du schon die Post erledigt?

Hat die Firma so und so angerufen?

Warum hast du nicht nachgefragt?

Geht das nicht schneller?

Wie? Du kommst mit Französisch nicht klar?

Muss ich alles selber machen?

Ralf forderte viel. So kannte sie ihn nicht. Aber der Laden musste laufen, soviel war sicher.

„Du hast dich sehr verändert", sagte Ralf schon bald.

„Zu meinem Nachteil?", fragte sie zögernd.

Er hatte geschmunzelt. „Wenn ich dich nicht so gut kennen würde, müsste ich denken, du kokettierst. Von wegen: Lob mich mal, oder so."

„Und? Wäre das schlimm?"

Ralf winkte ab. „Es passt nicht zu dir."

An den Abenden war Maren abgespannt. Zumal Anita vorzeitig ausfiel. Manchmal war Geschäftsbesuch angereist, und wenn Christoph nicht da war, in Bitburg oder Echternach nächtigte, hatte Ralf die Gäste zu betreuen.

Es lag ihm nicht, mit den Geschäftspartnern Essen zu gehen, Konversation zu treiben und sich die Nacht um die Ohren zu schlagen. So bat er Maren um ihre Begleitung. Besonders, wenn es sich um englischsprachige Gäste handelte: „Du bist in der Sprache gewandter als ich."

Ein gutes Gefühl, etwas besser zu können. Maren fragte sich, ob die zwei Wochen Austin sie darin so perfekt gemacht hatten.

Nachdem sie das erste derartige Zusammentreffen, trotz sichtbarer Aufregung, gut gemeistert hatte, verlor sie die Scheu. Die meisten dieser Gäste waren diszipliniert und, wie es schien, ausschließlich an der Beratung, an dem Vertrag, an der Unterstützung interessiert.

Maren fragte sich, ob es einen Unterschied machte, wenn Ralf mit einem weiblichen Partner verhandeln würde.

„Schon eigenartig, dass nirgends in den Firmen eine Frau an der Spitze steht, findest du nicht?"

Ralf meinte, das sei Männersache. Frauen sind nicht so belastbar. „Obwohl", er sah sie amüsiert an, „deine ständigen Hosenanzüge

vermitteln sowieso einen männlichen Eindruck."

„Missfällt es dir?"

„Und wenn, würdest du es ändern?"

Maren verneinte. „Ich finde, das steht mir
ausgezeichnet. Übrigens, wenn Verantwortung Männersache wäre, gäbe es eure Firma
H U T nicht mehr. Mutter, deine Oma, hat sie
jahrelang geleitet. Für euch Männer!"

„Lass uns über die Besprechung reden. Hast
du die Verträge im Entwurf? Nimm sie vorsichtshalber mit. Die Preiskalkulation ist fertig?"

„Ja, ich füge sie bei."

Diese Gespräche trugen sie in ihr Privatleben,
das nahtlos mit der Arbeit verschmolz. Oder,
wie heute zum Beispiel, ins Restaurant.
Eine Bar oder Ähnliches besuchte Ralf nie.
Es sei ein Geschäftsessen, nicht mehr. Wenn
Christoph meinte, dass dergleichen notwen-
dig sei, sagte er stets ablehnend: „Wenn es
eine Geselligkeit sein soll, dann musst du den
Part selbst übernehmen!"

Maren war froh, dass Ralf das so sah. Damit
kam sie zurecht. Das Berufsleben lief ausgezeichnet. Der Haushalt auch. Ab und zu kam

Frau Burger für ein paar Tage. Ihr ging alles zügig von der Hand, mit Schwung, mit guter Laune, mit Gesprächen von Frau zu Frau.

„Schade, dass Sie nicht ganz bei uns bleiben", sagte Maren bedauernd. Aber Erna Burger kehrte jedes Mal gern zurück in den Echternacher Hof, war dort mit Leib und Seele Hausdame geblieben. Auch eine Frau, die im Beruf ihren Mann stand. Ein Widerspruch in sich, dachte Maren. Sie würde es bei Gelegenheit Ralf sagen.

Leider fand sie nicht ihren eigenen Rhythmus. Die Welt vor der Therapie war versunken. Die Zeit des Aufenthalts in der Eifel – die ärztlichen Behandlungen sowie die Wanderungen mit Ralf – geschrumpft zu einer Episode. Amerika – ein Zwischenspiel. Mit der Folge, dass der Umgang mit Christoph herzlich geworden war. Die Angst vor ihm war Teil des alten Lebens.

Aber sie wurde dieses ungute Bauchgefühl nicht los, die Unruhe. Empfand Ralf das ebenfalls? Wie sonst wäre es zu erklären, dass er – wie sollte sie es benennen – ein gespanntes Verhältnis zum Vater und zu ihr aufgebaut hatte.

„Ralf, habe ich was verkehrt gemacht? Bereust du, dass du mich eingestellt hast?", tastete sie sich vorsichtig an das Problem heran.
„Hab Geduld, bitte."
„Was willst du", hatte er kurz gefragt.
„Du bist so … so anders."
„Und?"
„Hast du nicht mal wieder Zeit …?"
„Wofür?"
Er machte es ihr verdammt schwer. Sie sah ihn bittend an: „Könntest du mich entgiften?"
„Hm?"
„Wie in der Eifel. Ein bisschen Natur, Bewegung, Stille."
„Ich radele dieses Wochenende den Mosel-Wanderweg entlang. Das ist nichts für dich."

Natürlich. Er wollte sich den Wind um die Nase wehen lassen. Sie war ungeübt, würde bald entkräftet in die Pedale treten. Er machte sechzig Kilometer und mehr am Tag, sie vielleicht zwanzig.
Die Eifel, auch aus dem alten Leben.

Anderntags rief er sie in sein Büro. „Heute Abend ist früh Feierabend. Der Termin ist abgesagt."
Sie nickte.

„Du brauchst deinen Schlaf. Solltest du munter sein … Morgen will ich um sieben Uhr los, mein freier Samstag."

„Ich soll mit?"

„Würde ich es sonst sagen?"

„Wohin willst du? Wegen Verpflegung, Schuhwerk …"

„Sportschuhe. Wir fahren mit den Rädern die Mosel entlang. Abwarten, wie weit wir kommen. Ein Hotel wird sich finden, und am Sonntag radeln wir zurück."

„Übernachten?" Maren sah ihn verblüfft an.

„Warum nicht? Gefällt dir die Mosel nicht? Schließlich hast du in Texas auch übernachtet."

„War wohl zu weit, um nach Hause zu schwimmen!" Maren lachte bei dem Gedanken. Sie wurde aus Ralf nicht schlau. Warum war er so anzüglich?

„Ich habe keine Packtaschen", wandte sie ein.

„Ich habe welche für dich. Die sind zwar klein, reichen jedoch für eine Nacht."

Maren stand in seinem Büro. Er hatte sich seiner Arbeit zugewandt. Benahm er sich nicht ungehörig?

„Das war's", sagte er großartig. „Vielleicht müsstest du Vater vorher fragen?" Das klang jetzt ausgesprochen feindselig.

„Ich nicht", konterte sie. „Du vielleicht?"

Der Abendbrottisch diente stets der Familien-
zusammenführung. Das Gespräch schleppte
sich dahin, seit Vater gefragt hatte: „Machst
du morgen die Fahrt nach Bernkastel?"
Ralf hatte gemeint, soweit würde er wohl
nicht kommen. Maren hatte gesagt, es würde
an ihr liegen. „Ich bin viel zu ungeübt, habe
auch nicht das entsprechende Rad, um mithalten zu können."
„Ich denke, du wolltest erst Sonntag zurück
sein", hatte der Vater nachgehakt und Ralf
hatte genickt – mit vollem Munde spricht
man nicht.

Maren räumte den Tisch ab, bereitete in der
Küche das Essen vor. Für unterwegs und für
Vater.
„Steht alles im Kühlschrank. Für den Fall,
dass du dein Wochenende im Büro ver-
bringst."
„Das werde ich mir morgen aufwärmen, be-
vor ich fahre …"
„Nach Echternach? Bitte grüße Frau Burger
ganz lieb."
Maren sah, dass Christoph die Lippen zu-
sammenpresste, als wolle er seinen Mund am

Plaudern hindern. Seine Hände hatte er zwischen die Knie geschoben. Wie früher, dachte sie. Wenn er wüsste, wie froh sie war, dass er sein Interesse nicht mehr nur auf das Geschäft und auf das Seelenheil seines Schützlings beschränkte. Mochte er endlich an sich denken. Sie hatte Schuldgefühle, wenn sie ihn in dem verlassenen Haus allein zurückließ. Sie glaubte zu wissen, dass es Ralf ebenso ging.

Mosel-Radtour

Sie waren pünktlich gestartet. Mit dem Gewicht der Packtaschen fuhr Maren kipplig. Aber was man einmal gelernt hat, verlernt man nicht. Das war ein Lieblingssatz von Mutter Hellmig gewesen. Sie dachte an die Radfahrten mit Ilse. Lange hatten sie sich nicht mehr gesehen. Ilse, die unablässig geplappert hatte.

Das krasse Gegenteil von Ralf, der stumm vor ihr herfuhr. Sehr gemächlich, sehr rücksichtsvoll. „Du kannst gern etwas schneller fahren!", hatte sie ihm zugerufen.
„Dann siehst du nichts von Trier", hatte er geantwortet und sein Tempo beibehalten.

Nach anfänglicher Kühle war ihr warm geworden. Sie waren bis zur Römerbrücke gefahren und nach Trier-West abgebogen. Hatten Gerlindes Heimatort Pallien gestreift.
Maren stieg ab und Ralf wartete, bis sie ihren Anorak auf den Gepäckträger geschnallt hatte.
„Weiter!", rief sie übermütig.

Roter Fels mit steilen Weingärten – es sei Riesling, hatte Ralf gemeint – säumte weitläufig ihren Weg nach Pfalzel. Rechter Hand breitete der Fluss sein silbernes Band aus. Sein Ufer gab viel Raum für die Morgentoilette der Enten, einem Schwanenpaar, den zankenden Spatzen.

Maren wurde allmählich sicherer, fühlte die Freiheit, das Dahinrollen durch den frischen Morgenwind, die Geräusche, die intensiven Gerüche. Vor ihr Ralfs gleichmäßiges in-die-Pedale-treten, das geschmeidige Wiegen seines Oberkörpers. Sein Shirt saß eng, er hatte kein Gramm zu viel. Eigentlich ist er seinem Vater ähnlich, dachte sie. Nur nicht so ausgeglichen. Vielleicht eine Frage des Alters?
Ralf hatte ihr etwas zugerufen. Machte auf Sehenswertes aufmerksam. Burgen, oder was

davon geblieben war, gab es genug. Manchmal hielt er, um ihr Geschichte in Geschichten zu erzählen. Kriegerische Ritter, stolze Burgfräulein, lauernde Feinde, heimlich Liebende.

Sie hatte gedacht, die Eifel sei ein Spezialgebiet von ihm, nun musste sie sich belehren lassen, dass er seine Heimat generell gut kannte.

Sie hatten für ein paar Kilometer die Mosel verlassen, waren durch Felder und Industrie-Bebauung gefahren. Ab und zu ein herrlicher Blick in die Ferne. Sie hatten Ehrang erreicht, waren am Ufer der Mosel, machten Rast, beobachteten, wie die Wellen nach den Kieseln griffen.

Maren schaute über das Wasser. An diesem bewegten Fluss bildete sich kein blanker Spiegel mit der unendlichen Tiefe des Himmels auf dem Grund. Und sie meinte, dass sich dieses Bild auch an der Sauer verloren haben mochte.

Sie radelten einige Etappen nebeneinander, um zu reden. Mal links, mal rechtsseitig der Bahngleise. Aus einem Zugfenster wehte ein weißes Taschentuch und Maren winkte einen

Gruß zurück. Ratterte ein Güterzug vorbei, zählten sie die angehängten Waggons.

Die Sonne brannte von einem diesigen Himmel. Sie hatten sich entschieden, keine weitere Pause einzulegen, bald würde das Gewitter heraufkommen, würde sie zum Unterstellen zwingen. Ein ferres Grummeln, Wetterleuchten und die lähmende Schwüle kündigten es an. Das Wasser der Mosel, das in Azur geglitzert hatte, kräuselte sich bedrohlich, wurde zusehends dunkler, fast schwarz. Ich fürchte mich nicht davor, dachte Maren verwundert, auch jetzt nicht. Sie schwitzte, aber gab nicht zu, dass sie ausgepumpt war. Da bog Ralf ab. Schweich hatte auf dem Ortsschild gestanden.
Die ersten dicken Tropfen platschten auf die Haut, schienen darauf zu verdunsten. Ein Wirtshaus bot geräumigen Unterstand für die Räder. Kaum hatten sie sich dort verkrochen, öffnete der Himmel seine Schleusen. Es goss in Strömen.

Sie saßen in der Gaststube, waren froh, dass sie ein Dach über dem Kopf hatten, waren inzwischen gesättigt und Maren fielen die Augen zu. Ralf setzte sich neben sie auf die

Bank, legte den Arm um ihre Schulter und sah den Rinnsalen auf der Scheibe zu.

Das Gewitter verzog sich. Die Sonne hatte einen bunten Regenbogen an den Himmel gezaubert – einen Zipfel davon konnte man zwischen Bäumen erkennen.
Ralf flüsterte: „Auf-wa-chen!" Er streichelte ihre Wange, küsste ganz sacht ihre Schläfe.
Da schlug sie die Augen auf, begegnete seinem Blick. „Ich habe so etwas Schönes geträumt", seufzte sie.

Ralf fragte nicht, was es gewesen sei. Er hatte sie längst aus dem Arm gelassen und drängte zum Aufbruch. Die Schwüle war einer herrlich frischen Brise gewichen. Sie kamen flott voran.

Maren, die vorher gemeint hatte, vor Muskelkater nicht einmal mehr laufen zu können, trat kräftig in die Pedale. Sie dachte an ihren Traum. Gern hätte sie ihn weitergeträumt. Obwohl – der beste Teil ihres Traumes radelte ja da vorn, vor ihr.
Ralf zeigte auf ein Boot, die Ruderer winkten. Ob sie das Gewitter da draußen auf dem Wasser hautnah erleben mussten?

Die Sonne warf lange Schatten. Sie rollten über die Moselbrücke auf Longuich zu. Ralf lobte, sie hätte prima durchgehalten, mehr wolle er ihr heute nicht abverlangen.

„Das ist lieb", sagte sie, „vielleicht werde ich im Laufe der Zeit besser!"

Davon sei er überzeugt, meinte er, während sie die Räder anschlossen.

Sie aßen eine Kleinigkeit.

Ralf hatte sich um die Unterbringung gekümmert, hatte einen halben Schoppen Moselwein bestellt, als Absacker, wie er meinte; hatte Maren, die fast im Stehen schlief, in ihr Zimmer gebracht, befohlen, sie möge sich keinesfalls in den Klamotten schlafen legen, möge sich ja ausziehen, wenn nicht, würde er das besorgen. Sie hatte ihn grinsen sehen, ehe er hinausging. Dann war sie ins Bett gefallen und hatte traumlos durchgeschlafen, bis in der Wirtschaft die ersten Schritte erklangen, eine Wasserleitung rauschte und Stimmen auf dem Flur laut wurden.

Frisch und munter saß sie am Frühstückstisch und strahlte Ralf an; meinte, dass das Leben unter der Dusche zurückgekehrt sei.

„Ich bin hungrig wie ein Bär", verkündete sie.

Er grinste und sie dachte, dass sie ihn gerade erst so gesehen hatte ... Gestern Abend …
Etwas verlegen fragte sie: „Sag mal, habe ich mich danebenbenommen?"
Er lachte. „Wenn ich nicht wüsste, dass du nur das halbe Gläschen Wein getrunken hast. Naja, für ein volles Glas müssen wir noch ein paar Mal üben!"

Sie fuhren die gleiche Strecke zurück. Es gab viel zu entdecken, was Maren am Vortag gar nicht wahrgenommen hatte. In Schweich hielten sie am Alten Fährturm. Ralf meinte, dass hier die Ausläufer von Hunsrück und Eifel aufeinander träfen, dass die Mosel die natürliche Grenze bilde. „Eines Tages machen wir unsere Touren auf den Höhenwegen", und er zeigte über die bewaldeten Berge.
Oh nein, daran mochte Maren heute nicht denken. Aber sein Optimismus übertrug sich, ließ darauf hoffen, dass sie irgendwann mithalten könnte.

Seine Liebe zu diesem Fleckchen Erde war in dem, was er erzählte, präsent. Und wenn er nicht sprach, wenn sie still an der Uferpromenade saßen und dem Plätschern der Wellen, dem Klatschen an den Randsteinen lauschten, den friedlichen Sonntag mit all ihren Sinnen aufnahmen, so ruhte sein Blick auf ihr, schien forschend nach der Angst zu suchen, löste sich sofort von ihr, wenn sie aufsah.

Irrte sie sich? Oder war die Harmonie eingetreten, die sie vermisst hatte, nach der sie sich so sehr sehnte?

Flüsse und Bäche

Die Flussläufe, die sich in der Trierer Umgebung überall durch die Berge fraßen, waren Maren vertraut geworden. Sie hatte an der Saarmündung bei Konz gestanden; war mit Ralf nach Wasserbillig gefahren, wo die Sauer in die Mosel mündet.

„Wäre Viktor nicht in der Schleife des Flusses angespült …", hatte sie gedankenverloren gesagt und spürte dieses unangenehme kribbeln im Bauch. Panik? Nein! Das war doch vorbei!
Ralf hatte sie nicht ausreden lassen, hatte gedroht. „Vergiss es! Oder ist die Furcht tatsächlich noch da?"

Maren hatte den Kopf geschüttelt, hatte beteuert, dass ihr – ganz im Gegenteil – die Mosel ein lieb gewordenes Ausflugsziel geworden sei.

Ralf war nicht weiter darauf eingegangen. Aber er hatte eine Saar-Ruver-Tour mit ihr geplant.

Leider regnete es an dem Wochenende und Ralf entschied: „Wir fahren Sonntag ganz früh mit dem Auto los. Saarburg ist auch bei Regen schön. Es wird dir dort gefallen."

Die Burg über der Stadt lag im Dunst. Der Fluss war grau. Maren verglich ihn mit der Sauer, in der sich der Himmel gespiegelt hatte. Heute mochte sie genauso mulmig aussehen, wie die Saar, dachte sie.

Im Ort mündete ein Flüsschen, der Leukbach. Mit reißenden Schnellen und Ohren betäubendem Lärm eines Wasserfalls stürzte er sich etwa achtzehn Meter in die Tiefe.

Sie hatte sich ängstlich an das Geländer geklammert, hatte den Rat ihrer Therapeutin befolgt, den Schwindel wegzuatmen. Sie hatte erleichtert gespürt, wie die Hilflosigkeit nachließ, und war Ralfs Blick begegnet.

Der große Schirm, den Ralf über sie hielt, gegen den Wind gerichtet, ließ bunte Schatten flirren, wie Irrlichter.

„Hast du mich absichtlich an diese entsetzliche Stelle gebracht?", fragte sie atemlos, ihm so nah.

Er nickte, streichelte ihr sanft über die Wange. „Sag mal, ist es wirklich nur die Sauer? Viktors Unfall, der dir diese Angst vor dem Wasser einflößt? '

Maren zuckte zusammen. Warum nahm er den Namen in den Mund? Er hatte nie von sich aus die Sprache auf ihre Panikattacken gebracht. Weil sie in Wasserbillig ihre Gedanken laut werden ließ?

Das Tosen dröhnte in ihrem Kopf. Über ihr schlugen Wellen zusammen. Sie spürte die feuchte des Meeres, spürte Hände, Besinnungslosigkeit.

„Atmen", drang Ralfs Stimme eindringlich in ihr Bewusstsein „Ganz ruhig atmen. Ja, so. Tief ein und aus und ein …" Seine Hände umfassten ihre Oberarme, gaben ihr Halt. Der Schirm war ihm entglitten.

„Besser?", fragte er.

Ihr Gesicht war noch bleich. „Ich habe Wasser geschluckt", stammelte sie. „Es muss an der Elbe gewesen sein. Männer trugen meinen Papa aus dem Wasser in ein Haus. Viktor hatte mich auf dem Arm. Mein Gott Ralf! Ich will das nicht sehen! Will mich nicht erinnern!"

„Was weiter. Wir haben Zeit." Er hielt den Schirm wieder über sie. Hatte einen Arm schützend um ihre Schulter gelegt.

„Seitdem ist mein Papa tot. Tot, verstehst du? Die Männer lachten, Viktor lachte, seine Pranken waren wie Schraubstöcke. Sie haben mir die nassen Sachen ausgezogen. So viele Hände. Ich durfte nichts verraten, nur Dorle konnte ich alles erzählen."

Sie schwieg, lief willenlos mit Ralf durch verwinkelte Straßen, saß irgendwann neben ihm und schlief erschöpft an seiner Schulter ein.

Als sie erwachte, sich im Halbdunkel umsah, fragte sie: „Wonach riecht das hier?"

Ralf lachte verhalten. „Schön, dass du als erstes so eine profane Frage stellst. Es riecht nach Weihrauch, das haben katholische Kirchen so an sich."

„Was tun wir hier?"

„Ich dachte, es wäre der einzige Ort, wo man in aller Ruhe entspannen und ein Nickerchen halten kann."

„Ich hab mich sehr aufgeregt, ja? Ralf, bitte, ich …"

„Sag nichts. Ich habe dich gut beschirmt. Und nun trinken wir an der Leuk eine Schorle!"

Als sie vor ihren Weingläsern saßen – Maren machte eine säuerliche Miene, sie hätte gedacht, der hiesige Wein müsse süßer sein – da fragte er: „Bist du nicht ein bisschen stolz auf dich?"

Hier, unweit der Wassermühle, am Leukbach mit seinem höllischen Rauschen, wurde ihr deutlich: Er wusste genau, dass sie litt. Er sprach nur nie darüber. Er handelte.

„Warum werde ich das nie los? Warum? Woher weißt du, wie man mit dieser Angst umgeht?"

„Ich habe mich vielleicht damit befasst?"

„Weshalb?"

„Kokettierst du schon wieder?" Da war die Leichtigkeit in seiner Stimme, die ihr so half. Im gleichen Tonfall setzte er hinzu: „Was man nicht alles tut aus Liebe …"

Sie nahm seine Hand und drückte sie. „Du bist das Beste, was mir je passiert ist."

„Außer Vater", konterte er ironisch.

Sie nickte. „Stimmt, außer Christoph. Ohne ihn wäre ich den ganzen Hellmigs erspart geblieben." Und sie lachten beide.

Ein Wiedersehen

„Ich fahre morgen nach Wallendorf", sagte Maren einige Tage später.

Christoph hatte sofort die Augenbrauen unwillig hochgezogen. Ralf sah Maren an.

„Dein Gesicht ist ein einziges Fragezeichen", meinte sie mit gutmütigem Spott. „Ich habe den dringenden Wunsch, den Weg zu gehen, vor dem ich mich all die Jahre gegraust habe."

„Nein!" Christophs Stimme war ungewöhnlich streng. „Das schlag dir aus dem Kopf!"

„Seit wann trägst du dich mit dem Gedanken?", hatte Ralf ruhig gefragt.

„Seit Saarburg."

„Da warst du sehr stolz auf dich, Maren. Schließt du daraus, die Sauer kann dir nichts mehr anhaben?"

„Ich hoffe."

„Musst du diese Mutprobe unbedingt alleine bestehen? Oder darf ich mitkommen?"

„Ich glaube, ich hätte dich gern dabei", gab Maren zu.

Es war offensichtlich, dass Christoph dieses Wagnis, wie er es genannt hatte, nicht billigte.

Nach dem Frühstück fuhren sie los. Der Vater hatte an der Haustür gestanden, sie angesehen. Jetzt, dachte sie, jetzt würde er sie auffordern. Würde Ralf an seine Verantwortung erinnern.

„Bis heute Abend", sagte er nur und hob grüßend die Hand.

Kurz vor Wallendorf meinte Maren mit einem bitteren Unterton: „Zuerst zum Tatort."

Als sie den Trampelpfad zum Wasser liefen, meinte sie, Ralf hätte etwas gesagt. Fragend schaute sie ihn an. Verdammt, sein Grinsen. „Ich sagte, ich habe die Handschellen vergessen", murmelte er.

Maren drohte ihm. Sie hatte ihr seelisches Gleichgewicht noch nicht verloren. Obwohl, man konnte nie wissen … Sie standen am Ufer, Ralf hatte wie zufällig ihre Hand gefasst. Ihre Augen suchten. Da war ein Stein, zwei Meter rechts ein weiterer; sie konnte den verhängnisvollen scharfkantigen nicht entdecken. Dieses Ufer war kein Tatort mehr. War es das je gewesen?

Während sie am Wiesenrand gingen, Hand in Hand, begriff Maren, dass dieser Fluss keine Bedrohung mehr für sie barg. Der Himmel mochte in ihm leuchten, soviel er wollte, mochte unendliche Tiefe vorgaukeln, er war doch nur ein Spiegelbild. Die winzigen Wellen würden sich nicht teilen. Das Wasser hatte Viktor nicht verschluckt – es hatte ihn ausgespuckt. Ekel mochte der Grund gewesen sein.

Die beiden jungen Menschen sprachen kein Wort. Ralf war gar nicht da, nur sein Arm, den er um ihre Schulter gelegt hatte, warm und gut.

Sie blieb an dem vermoderten Baumstamm stehen. Ihre Erinnerung zeigte ihr nur das Bild Christophs. Kein Viktor, keine Angst.
Da! Der Findling SAUER – SURE, überwuchert, bemoost; nicht leserlich, aber sie wusste darum.

Sie marschierten zum Zeltplatz. Die Sonne stand bereits hoch. Sie hatten eine Rast gemacht, ihr Butterbrot ausgepackt. Ralf hatte einen kräftigen Schluck Wasser aus der Flasche getrunken, sie weitergereicht. Sie hatten ihre Jacken auf den Rucksack geschnallt und ihre Schritte holten aus.

Sie gingen durch die Reihen der modernen Wohnwagen, wenige Zelte. Die Camper in ihren Vorzelten nickten Grüße, wechselten ein paar Worte mit ihnen, waren familiär.

„Damals war es eine einzige Zeltlandschaft", meinte Maren. „Ungefähr hier hatte meine verkommene Behausung für eine bange Nacht gestanden." Und sie erzählte von jenem Morgen, den Begegnungen, die sie nicht vergessen hatte. Heute konnte sie darüber reden. „Die Menschen waren nett, haben mir geholfen. Es ist gut ausgegangen. Das war nicht selbstverständlich."

Maren und Ralf setzten sich zu einer lustigen Gruppe, verzehrten ihre restlichen Brote, plauderten und lachten.

„Das hättest du locker ohne mich geschafft", meinte Ralf auf dem Rückweg. Seine Zuversicht stärkte Maren, aber sicher war sie sich nicht.

„Gehen wir zum Grab?" Maren hatte das Verlangen, mit Mutter Hellmig zu reden.
Erleichtert stellte sie fest, dass die alten Freunde der Mutter die Ruhestätte in ihre

Pflege eingeschlossen hatten, damit das bisschen Grün nicht verdorrt.

Maren hatte das Gefühl, sie müsse sich für die wuchernden Bodendecker entschuldigen. „Bei dir haben immer Blumen auf dem Grab geblüht", flüsterte sie. Wehmütig setzte sie hinzu: „Auf deinen Fensterbänken auch nicht mehr."

Das hatte sie heute beim Vorbeifahren gesehen. Sie war froh darum, denn in dieses graue Haus, das so kalt aus gardinenlosen Fenstern starrte, sehnte sie sich nicht.

Sie stand auf dem geharkten Weg, betrachtete den Grabstein, der nur den Namen Hellmig trug. „Heute habe ich dir Ralf mitgebracht", sagte sie. „Der Ralf und ich … freut es dich?" Er sah ihr zu, wie sie die Blätter absammelte, Grashalme zupfte und leise erzählte. „Ich glaube, es freut sie sehr", sagte er, „sie hat – seit du bei ihr lebtest – nie mehr von ihrer Franziska gesprochen."

Maren richtete sich auf: „Hat sie oft. Ich habe die Geschichte viele Male gehört. Sie verglich mich mit ihr. Ich glaube, Vater wusste das. Ich bin überzeugt, das war sein Motiv, weshalb er nie ernsthaft versucht hat, mich nach Trier zu holen."

„Schade eigentlich." Ralf meinte, sie hätte dann von Anfang an in der Firma lernen können und es hätte sich nie alles so zugespitzt.

„So wie es war, war es gut." Maren lächelte versonnen. „Ich war doch nur ein Fremdes, ein Störrisches außerdem. Ich habe euch Hellmigs genug Schwierigkeiten bereitet."

Er war dicht hinter sie getreten. Sie wandte ihm ihr Gesicht zu. „Was gibt es da zu grienen?"

„Wenn Oma uns jetzt sieht, was würde sie wohl denken?" Er beugte sich vor und drückte hastig einen Kuss auf ihre Lippen. Er hatte sie nicht angefasst, sofort wieder Abstand genommen. Beider Wangen glühten mit dem Abendrot um die Wette. Sie standen für ein paar verzauberte Atemzüge, einer in den Anblick des anderen versunken, als Ralf meinte: „Na Oma, was sagst du nun?", bevor er sich mit der Gießkanne aufmachte, frisches Wasser zu holen.

Kaiser-Augustus-Tage

Ralf hatte sein Versprechen wahr gemacht. Er hatte Maren nach und nach seine Heimatstadt nähergebracht. Diese Stadt schien ihm das Allergrößte zu sein. Bei der über 2000-

jährigen Geschichte und den vielen Zeugen der Vergangenheit kein Wunder.

„In der Zeit des Kaisers Augustus hatten die Römer an der Mosel Augusta Treverorum gegründet, die Augustusstadt", erzählte er. „Sie mussten über den Fluss, werden notgedrungen eine Brücke gebaut haben. Unsere Römerbrücke." Er zeigte auf die gewaltigen Steinpfeiler. „Sie tragen die Last bis heute!" Er sagte es so stolz, als wäre es sein Werk.

Maren dachte an die 2000 Jahre – das war, als Christus geboren wurde. War das der Augustus, der das Volk zählen ließ?

Was lag bei dem Gedanken näher, als sich den Dom anzusehen. Sie saßen im Kirchenschiff. Flirrende Sonnenstrahlen verirrten sich in die Kühle des Altarraums, kaum dass der Lärm des Tages hier hineindrang. Ralf hatte Maren umgefasst und sie hatte sich an ihn geschmiegt.
„Ach du …", sagte er leise. Sein Flüstern und ihre Gedanken schienen ihr wie ein Gebet. Ein Bitten, nein eher ein Danken.
War es nicht, als wäre ihr das Leben erst geschenkt, damals, durch Christoph, durch die

Mutter, durch Ilse und Gerlinde, um nun allem die Krone aufzusetzen, mit ihm, an den sie sich anlehnen durfte?

Ach du – hatte er gesagt, mehr nicht und doch so viel. Seine Hand war warm mit leichtem Druck. Sie spürte seinen Herzschlag. Sie sah hinauf zu dem Kreuz. Vielleicht hätte sie damals herkommen müssen, vielleicht …

„Na Traumfee?" Ralfs Stimme riss sie aus ihren Gedanken, die sie weiterträumte, in dem eindrucksvollen Kreuzgang. Schwere und Leichtigkeit waren hier im Laufe der Jahrhunderte verbaut.

„Und ich bin so klein", flüsterte Maren, „und so mit mir selbst beschäftigt …"

Ralf drückte ihren Arm. „Ich würde dich glatt heiligsprechen", sagte er und seine Stimme war gar nicht so spöttisch. „Wenn ich an Oma denke, an Mama …"

„Da habe ich auch vorhin dran gedacht, Ralf. Es war wohl ein Geben und Nehmen. Ich habe ein neues Leben erhalten. Von euch, Ralf."

Sie traten hinaus in den grellen Sonnenschein. Maren hätte schwören mögen, dass drinnen der Himmel die Erde berührt hatte.

Sie stand im Trubel der Innenstadt mit den vielen Touristen und Sprachen.

„Was ist?", fragte Ralf.

Maren antwortete zögernd: „Ich bin ganz taumelig."

„Na, dann will ich für heute gnädig sein. Die Porta Nigra verschieben wir auf einen anderen Tag."

Diese Kaiser-Augustus-Tage, wie Maren sie ehrfürchtig nannte, genossen beide sehr. Maren ließ sich verzaubern. Von der Stadt mit Kurfürstlichem Rokoko-Schloss, einem Koloss von Basilika, in dem sich Maren noch kleiner – viel, viel kleiner vorkam, als im Dom. Nur die Andacht, die kam hier nicht auf.

Sie gingen durch den sonnendurchfluteten, blühenden Park zu den Kaiserthermen. Aufragende Ruinen. Bedrohlich, ja, aber in der Helle des Tages mit dem rötlichen Stein, den Bogenfenstern mit Himmelblick wahrhaft königlich.

„Kaiserlich", verbesserte Ralf.

Maren lachte. „Du wärst ein prima Reiseführer!" Geschichte zum Anfassen. Und immer, wenn sie meinte, gleich würde es sie erdrücken, war sein Arm oder seine Hand da, sein Lächeln.

Seine Stimme, die Geschichten erzählte, in buntem Reigen von Altem und Neuem, Ernstem und Heiterem.

„Warum habe ich mich jahrelang gesträubt, nach Trier zu kommen?" Maren sah Ralf verwundert an.

„Weißt du es nicht?", fragte er.

„So wie ich es heute mit dir erlebe, hätte ich es vor zehn Jahren nie erleben können, nicht wahr?"

„Vielleicht ist es so."

Sein Blick irritierte sie und sie sagte: „Bestimmt hättest du mich damals gar nicht angesehen!"

„Ich mochte Mädchen nicht besonders, das weißt du. Ich war geschädigt mit einer ewig plappernden Schwester, bedenke das!"

Maren lachte. „Mir hat deine Schwester sehr gut getan. Es waren herrliche Monate, die Ilse lieber in der Neuen Welt verbracht hätte."

„Ich weiß, du entschuldigst alles." Er beugte sich vor, fragte leise: „Auch das?" Seine Lippen berührten ihre Wange, suchten ihren Mund, flüsterten so Schönes, gar nicht so Kluges.

Maren verlor die Steinbögen, die Ruine, den Himmel. War denn so was möglich, dass man mitten in der Kaisertherme schwebte, einfach so auf einer Wolke? Ganz ohne Achtung vor Augustus und seinen Baumeistern, diesen besitzergreifenden Römern? Oh ja, besitzergreifend … Sie schob Ralf eine Handbreit von sich, sah ihn verwirrt an. Was sie sah, machte sie nicht ruhiger, machte glücklich.

Ein Franzose hatte sie angerempelt. Mit Lachen und Pardon war er weitergegangen. Maren verstand ihn nicht, wohl aber Ralf. Das sah sie an seinem Feixen, an dem verstehenden Mienenspiel der beiden Männer, bevor der Franzose sich in einer Gruppe verlor.
Ralf zog sie weiter, um mit ihr in den unterirdischen Gängen nach Schätzen zu suchen. Nach Spuren der Menschen, die hier vor zweitausend Jahren gelebt hatten. Eine winzige Angst kroch in ihr hoch. Ein frischer Lufthauch, rechts und links beengende Wände, abzweigende Räume. Sie hatte seine Hand, die sie hielt, die sie führte. Mal sehr behutsam, dann mochte sie gar nicht in seine Augen sehen. Im nächsten Moment übermütig, sie manchmal über eine Schwelle hebend, wie eine Feder.

Als sie endlich die alten Mauern verließen, legte auch Amor Pfeil und Bogen beiseite und sie gingen fröhlich und von ihm unbehelligt das kurze Stück zum Amphitheater. Durch die Tor-Ruine mit ihren düsteren Schatten betraten sie die Arena.

„Hier war Platz für zwanzigtausend Personen. Die Akustik muss klasse gewesen sein, man bedenke, ohne Mikrofon und ohne Lautsprecher", sagte Ralf.

Einige Kinder probierten das aus. Die Stimmen trugen ungewöhnlich weit. „Wer ist der Bürgermeister von Wesel!", riefen sie. Ein älterer Herr brummte, dass sie in die Alpen fahren sollten, wenn sie ein Echo suchten.

Ralf und Maren saßen im Gras. Sie hatten die Sportschuhe ausgezogen, bewegten die Zehen und Maren meinte, dass ihre Füße heute Abend im Bett bestimmt allein weiterlaufen würden.

Von dort oben sahen die Menschen unbedeutend klein aus. Wie Ameisen wimmelten sie durch das Rund der Arena, kamen aus den Kelleröffnungen, kletterten über die Schrägen der Zuschauer-Ränge, stellten sich in Positur und fotografierten alles, was vor die Linse kam.

„Die Unterwelt des Amphitheaters erkunden wir an einem anderen Tag", schlug Ralf vor. „Wir haben so viel Pflaster getreten und jede Menge gesehen." Leise setzte er hinzu: „Und gefühlt."

Maren legte beide Hände auf die Wangen. „Guck nicht hin! Du bist schuld, dass ich dauernd rot werde. Werde ich doch, oder?"

„Ich weiß nicht", Ralf sah in die Luft. „Ich darf ja nicht hinschauen", meinte er.

Er ließ sich nach hinten fallen, lag lang ausgesteckt, hatte die Arme hinter dem Kopf verschränkt und sah in den blauen Himmel. „Komm", sagte er und Maren tat es ihm gleich. Sie schloss die Augen, ließ sich von der Sonne wärmen.

Eine Weile lagen sie so, sprachen über die Woche, die Arbeit, die auf sie wartete. Besprachen den kommenden Sonntag, wollten die schönen Tage ausnutzen. Viel zu bald würde es regnen, kühl werden, und es gab jede Menge zu entdecken.

Es war ein früher Herbst. Sie standen vor der Porta Nigra, die im fahlen Licht noch düsterer erschien. Ralf hatte erzählt, es sei das am besten erhaltene römische Stadttor diesseits der Alpen.

„Und was heißt Nigra?", fragte Maren.

„Das ist lateinisch: Schwarz. Schwarzes Tor. Hat Logik, oder?"

Maren legte den Kopf in den Nacken und kämpfte mit einem bedrückenden Gefühl. Ralf stand jetzt so dicht hinter ihr, dass er sein Kinn in ihr Haar drücken konnte. Er legte vorsichtig seine Hände auf ihre Hüften, eine winzige Bewegung und ihre Körper berührten sich. So standen sie lange und Maren wünschte, es möge nicht Zufall sein, wünschte, dass er die Nähe empfand, wie sie.

Er löste sich mit einem Aufatmen und Maren musste einfach etwas sagen. „Ein bedrohliches Bauwerk, findest du nicht?"

Nein, Ralf widersprach, hatte ihre Hand ergriffen, wie beiläufig. Er erklärte etwas, umschloss die kleine kalte Hand mit seinen beiden warmen Händen und zog Maren zum Einlass. Sie ging jetzt etwas ängstlich.

„Du solltest ganzjährig Handschuhe tragen", frotzelte er, blieb stehen, nahm ihre zweite Hand dazu, rieb sie, versuchte ihnen Wärme einzuhauchen. Was natürlich misslang. „Mist – wie willst du den Winter überstehen?"

Das hatte sie sich schon oft gefragt. Bislang hatte jeder Winter mit Frost und Dunkelheit nach ihr gegriffen. Sie würde mit der Ärztin darüber reden. Die war sehr zufrieden mit ihr. Die Panikattacken beherrschten sie längst nicht mehr. Die Angst hatte sich in ein Mauseloch verkrochen. Aber die Angst vor der Angst – die Angst, es könnte alles zurückkommen – die steckte in ihr.

Ralf hatte einen Arm um sie gelegt. „Werde mir bloß nicht krank. Der große Abschluss muss unter Dach. Du darfst im Sekretariat nicht fehlen."

Er bezog seine Fürsorge gern auf das Büro. Das schien ihm unverfänglich. Dagegen würde sie nicht aufbegehren. Gefiel es ihr doch ausnehmend gut, dieses Morgens zusammen in die Geschäftsräume gehen, die gemeinsame, oft aufreibende Arbeit. Durchaus nicht immer einer Meinung, aber immer offen für die Belange der Firma.

Sie waren oben in der Porta Nigra angekommen, ganz ohne Furcht, wie Maren erleichtert feststellte. Auch die Höhe machte ihr an seiner Seite nichts aus. Er hielt sie ja. Warum willst du mir Angst machen, hatte sie einmal gefragt. Es war wohl im Wolfspark. Und er hatte geantwortet: Um dich ein bisschen zu beschützen! Wie froh machte sie das jetzt.

Die Hellmigs

Ilse hatte lange nichts mehr von sich hören lassen. Sie war endgültig ausgezogen. Die kleine Wohnung unweit des Krankenhauses war eingerichtet, das junge Paar schien sich selbst genug.

Vor einigen Tagen hatte der Postbote eine Einladung gebracht. Ilse schrieb, sie wolle ihren Geburtstag am Samstag feiern. Mit ihren Freunden, mit Kolleginnen, mit Leuten, die ihr nicht kennt – wie sie sich ausdrückte. Deshalb seien sie, Vater und Ralf und natürlich auch Maren, herzlich eingeladen. Am Sonntag – nachfeiern mit Kaffee und Kuchen. „Wenn ihr noch zum Abend bleiben solltet, gibt es Reste. Wir müssen am Montag beide früh raus."
Ralfs Kommentar war kurz: „Die spinnt. Denkt sie, wir arbeiten nicht?"
Christoph hatte den Brief achtlos auf den Tisch geworfen. Sie möge heiraten, hatte er gesagt, dann müsse sie nicht ihre Familie verstecken.

„Wieso verstecken", fragte Maren. Ob es an ihr lag? Sie hätte die Freundin, oder sollte sie Schwester sagen, gern gesehen.

„Wann fahren wir Sonntag los?", fragte sie vorsichtig. Sie hatte sich aufs Überreden eingestellt und war verblüfft, als der Vater antwortete: „Um fünfzehn Uhr."

Maren hatte ein Geschenk besorgt, hatte einen bunten Blumenstrauß binden lassen und war freudig erregt. Wie sollte sie diesen Jochen anreden? Na, abwarten was Ralf sagen würde.

Die Begrüßung zwischen den beiden Frauen war stürmisch, aber nicht so ungezwungen wie früher.

Ilse hatte für die Vorbereitung des Nachmittags nicht viel Zeit gehabt. Sagte, dass sich niemand umgucken solle. Es sei halt Unordnung von der Feier gestern. Sie sei ziemlich übernächtigt, es ging bis in die Frühe.

Jochen bemühte sich sehr um die Familie seiner Ilse, meinte, so schlimm sei es gar nicht gewesen. Sie seien Nachtwachen gewohnt und überhaupt – man sei ja noch jung. Der Vater hatte ein angeregtes Gespräch mit seinem angehenden Schwiegersohn.

Jochen sah ab und zu auf Maren, lächelte herzlich, als er zu Ilse sagte: „Warum kommt deine Schwester nicht öfter zu dir. Sie würde dir guttun."

„Sie ist nicht meine Schwester", sagte Ilse kurz. „Außerdem, bemüh dich nicht. Sie hat bereits zwei Männer. Das dürfte genügen."

Maren fror plötzlich und Ralf flüsterte ihr zu: „Hast du eine Gänsehaut im Bauch?" Dabei grinste er. „Verliebte Frauen zeigen ihre Krallen, bevor es zu spät ist – vorsichtshalber."

„Du hast Humor." Maren fühlte sich mit der Situation überfordert, wurde unruhig.

„Kaffee?", fragte Ilse aufgedreht, bot Kuchen an, brachte Tee für ihren Jochen, während sie ihm zwischendurch einen zärtlichen Kuss auf den Mund, die Nase oder was sie so traf, aufdrückte, ihn Schatz oder Liebster titulierte.

Ralf strich sich mit allen fünf Fingern von vorn nach hinten durchs Haar, das ihm auf Grund dieser wiederholten Behandlung wirr zu Berge stand. Maren betrachtete ihn belustigt. Diese Frisur schien sein derzeitiges Befinden auszudrücken.

Der Vater hatte sich inzwischen nach Jochens Eltern erkundigt. „Die waren noch nie bei uns. Mein Vater ist ein vielbeschäftigter Mann. Leitender Professor an der Kurklinik in Bad Kreuznach. Ich werde in seine Fußstapfen treten", sagte der junge Mann. „Außerdem sind sie verreist." Dabei sah er Christoph nicht an.

Maren war Zeuge gewesen, als Christoph seine Tochter beiseite nahm. „Hast du mir was zu sagen, Kind?"

Ilse hatte gereizt gefragt: „Wie alt muss ich werden, bis du nicht mehr Kind sagst?"

„Wenn ich die Augen für immer schließe, wird das aufhören", hatte er geantwortet, hatte seiner Tochter liebevoll über die Wange gestreichelt und Ilse hatte Tränen in den Augen gehabt. Unwillig hatte sie den Vater stehen gelassen.

Es war noch heller Tag, als Christoph sich erhob. „Ich habe für morgen einiges vorzubereiten." Damit gab er das Signal zum Aufbruch.

Jochen hatte Marens Hand beim Abschied einen Augenblick in seiner behalten, hatte ihren Blick gesucht und gewinnend gelächelt.

Ilse war dazwischengefahren, hatte die einstige Freundin an sich gerissen und überschwänglich verabschiedet.

Im Auto lehnte sich Ralf aufatmend zurück.

„Entsetzlich. Möge mich der Himmel vor einer eifersüchtigen Braut bewahren!", stöhnte er.

Christoph blieb gelassen.

„Du bist in Sorge, ja?", fragte Maren.

Er nickte. „Jetzt würde Ilse eine Mutter brauchen. Gerlinde hätte das in den Griff bekommen. Sie hätte nicht so früh gehen dürfen."

„Du hast immer noch nicht gelernt, loszulassen", sagte Ralf unwillig. „Das hat Mama öfter kritisiert. Deine Kinder sind flügge, Vater!"

Zuhause zog sich Christoph gleich zurück.

„Würdest du bleiben?" fragte Maren, als Ralf ebenfalls verschwinden wollte.

„Komm mit zu mir", meinte er, „wir hören Musik."

Sie war noch nie von ihm aufgefordert worden, seine Wohnung zu betreten, zögerte, als er meinte: „Das war hoffentlich nicht ansteckend, dieses Theater?"

Gerlindes Räume hatten Ralfs persönliche Note erhalten. Statt der gemusterten Tapete waren die Wände weiß getüncht. Die Fotogalerie war verschwunden. Dafür zierte ein riesiges Poster mit Blick über den Bodensee, hin zu den schneebedeckten Alpen, die gesamte Fläche.

Das Bild vermittelte den Eindruck, als stünde man direkt an dem Geländer, das im Vordergrund hinter dem Sofa hervorschaute. Man sah zwischen den Bäumen den See. Am gegenüberliegenden Ufer schimmerten ein paar braune Dächer und je weiter man den Blick in die Ferne schweifen ließ, um so diesiger verlor sich der Wald in die Berge und den schleierbewölkten Himmel.

„Wie schön das ist", sagte Maren verzaubert.

„Es gefällt dir? Wenn ich hier sitze", und er zeigte auf den Schaukelstuhl mitten im Raum, „dann fallen mir Touren und Wege ein, die ich irgendwann unternehmen werde." Meine Güte, wie wenig sie ihn kannte. Er hatte Träume, baute Luftschlösser. War modern eingerichtet. Nicht das altdeutsche Dunkel des Salons. Keine Holzdecke und Wandpanele, keine Blumenmuster, wie bei Gerlinde. Keine Abbildungen Lebender und Toter. Zum Beispiel das Bild von Mutter Hellmig und Franzi.

„Ja, ja, ich weiß", meinte Ralf, „ich suche das Prunkstück heraus. Ich ahnte nicht, dass es dir so wichtig ist."

„Ralf, ich dachte, du müsstest das Gefühl haben, dieses hier ist Gerlindes Reich. Aber, alle Achtung … Es ist anders, so hell. Ich hatte Bedenken, Gerlinde könnte noch anwesend sein. Es trug ja alles ihre Handschrift."

Langsam verlor sich Marens Scheu. Sie saßen auf dem Teppich vor dem Plattenspieler, Ralf legte einige Scheiben auf, bis sie herausfanden, was sie beide mochten.

„Nicht so laut, ich möchte gern reden, dich fragen … Ralf, Ilse hat das Geschenk nicht ausgepackt. Warum?"

„Weil sie mit sich beschäftigt war."

„Sie war so anders, so feindlich …"

„Immerhin – du hast Eindruck auf ihren Doktor gemacht."

„Ich bitte dich, ich bin ihm völlig unbekannt. Was meinst du – sein komisches Verfolgen mit den Augen, das Getue – es hat keine Panik in mir ausgelöst – bin ich gesund? Endlich?"

Ralf sah sie nachdenklich an. „Wer weiß, warum er sich so blöd verhalten hat. Er wusste vermutlich durch Ilse, was los ist. Komm Schwesterchen, nicht rot werden. Du fühlst dich verraten, oder?"

Maren nickte. „Du meinst, er hat mich als Doktor angeschaut?"

„Keine Ahnung. Möglich wär's. – Sag mal, ist das wichtig für dich?"

„Wenn ich gesund wäre? Ja ..."

„Also wenn heute Nachmittag einer krank war, dann Ilse!" Er sagte es im Brustton der Überzeugung. „Und jetzt will ich wissen: Magst du nun meine Musik?"

„Hm ..."

„Geht das auch mit mehr Begeisterung?"

„Hm ... Kannst du tanzen?" Maren sah ihn fragend an.

„Tanzschule. Neunte Klasse. Im Walzertakt. Grauenvoll. Ist das Bedingung?" Ralfs Stimme war ungezwungen, amüsiert. Das versprach ein Schweben über den Dingen. Seine Stimme, seine Musik. Maren entspannte sich.

„Was nun ... Bedingung oder nicht?"

Maren lächelte. „Manchmal hätte ich es gern erlernt, das Tanzen. Aber im Heim waren eh nur Mädchen. In die Öffentlichkeit kamen wir nicht. Und überhaupt – so Arm in Arm mit Wer-weiß-wem – das hätte ich nicht durchgestanden. Fremde Finger auf meinem Körper ... Es muss schön sein, sich nach der Musik zu bewegen."

Er sah sie an, nahm ihre Hände, betrachtete ihre Handflächen und legte kurz, ganz kurz sein Gesicht hinein.

Als er aufsah, war da in seinem Blick etwas, das sie nicht zu deuten wusste und er sagte ernst: „Ich hab das nie vermisst. Bis heute. Gerade eben würde ich es dir gern beibringen, das Tanzen, meine ich …"

Er stand auf, zog sie hoch, in seine Arme, und sie wiegten sich leicht im Takt. Sie wagten kleine Schritte, bemüht, nicht gegenseitig auf die Füße zu treten, zaghaft, beide.

Wie lange hatten sie so gestanden? Sekunden? Minuten? Eine Ewigkeit? Maren hatte ihren Kopf an seine Schulter gelehnt, hatte seinen Atem an ihrem Ohr gespürt, als die Musik abbrach.

„Ich hätte ein Tonband abspielen sollen, das läuft ne Stunde", murmelte Ralf, während Maren zur Tür huschte.

„Sehen wir uns zum Abendbrot?", fragte sie.

Nein, er würde nichts mehr zu sich nehmen, nach den üppigen Tortenstücken und dem vielen Kaffee. Er würde gleich zu Bett gehen. Seine Schwestern hätten ihn heute geschafft. Beide. Die eine hätte gezickt, die andere wäre ein … Er hatte gezögert, hatte sich das Wort Engel abgerungen. Aber da war Maren bereits aus dem Zimmer.

Sie hatte gelernt, mit dem Auf und Ab ihrer Gefühle umzugehen. Das machte sie sicher. So sicher, dass sie allen Anfechtungen trotzen wollte. Nie hätte sie es für möglich gehalten, dass diese Festung wieder einmal ins Wanken geraten würde. Der Grund? Eine Lappalie.

Am Vormittag war der Rechtsanwalt Negeborn ins Büro geschneit, hatte Christoph eine Stunde seiner kostbaren Zeit gestohlen. Nun war Eile angesagt.
Christoph musste dringend für einige Tage in die Direktion nach Aachen. Die Vorbereitungen in der Unternehmensberatung wurden hektisch. Termine verlegen, Absprachen treffen. Die Diskussion über Veränderungen, Zusammenschlüsse und Ziele, diese Debatten nahmen sie seit Jahren mit ins Privatleben.
„Hast du dir alles notiert?“
„Vater, ich bitte dich. Ralf macht das nicht erst seit gestern. Und ich auch nicht.“
„Ich weiß nicht, ob ich euch mit der vielen Arbeit allein lassen kann“, zweifelte Christoph.
„Dann fährst du halt nicht nach Aachen“, sagte Maren genervt, „du musst selbst wis-

sen, wie wichig dir diese Dirketionstagung
ist."

„Das verstehst du nicht", wehrte er ab.

Nein, das verstand sie wirklich nicht, hatte
sich kopfschüttelnd in die Küche zurückge-
zogen.

Die Männer saßen im Esszimmer, die Stimmen der beiden drangen undeutlich zu ihr
herein, wurden lauter, heftiger.

„Deine Bedenken sind ja was ganz Neues.
Was spricht dagegen, mich mit Maren allein
zu lassen?", hörte sie Ralf wettern.

Christophs Antwort hörte sie nicht, weil er in
der Erregung selten lauter wurde.

„Sind wir nicht alt genug?" Ralf war emotio-
naler, das hatte sie im Sekretariat des Öfteren
erfahren. Hier im privaten Bereich erlebte sie
so einen Ausbruch das erste Mal. Sie erschrak, hielt unwillkürlich inne, trat näher zur
Tür.

„Ich könnte dir einiges unterstellen", sagte
Ralf gerade heftig.

Darauf des Vaters herausfordernde Frage:
„Tust du das?"

Ralf schien sich mühsam zu beherrschen:
„Nein! Aber du traust mir nicht. Es wäre mir
sehr recht, du würdest deine Vaterrolle wei-

terspielen wie bisher und dich nicht in meine Angelegenheiten einmischen."

Maren wollte nichts mehr hören, ließ alles stehen und liegen, und lief die Treppe hinauf. Sie warf sich bäuchlings aufs Bett, weinte aber nicht, war ... Ja was?
Sie war zornig! Ein Handel über ihren Kopf hinweg? Was heißt Vaterrolle? Stand sie zwischen zwei Männern? Das kann Ralf unmöglich gemeint haben. Das ist krank.

Sie dachte an ihre Flucht, als sie in die Sauer gehen wollte und zu feige war. Wäre sie heute mutiger? Als ihre Gedanken an diesem Punkt angelangt waren, wurde sie ruhig. Sie drehte sich auf die Seite und betrachtete das Viereck des Fensters, in dem das Gartenlicht sanfte Konturen zauberte. Keine gespenstischen Schatten wie in Gerolstein. Dort hatte Tag und Nacht das Licht in ihrem Zimmer gebrannt. Trotzdem waren sie eingedrungen, die grausamen Träume. Niemals würde sie mehr davonlaufen. Vor sich selbst konnte man nicht entfliehen. Das hatte sie begriffen. Wovor sonst? Vor Vater oder Ralf? Vor der Vergangenheit? Vor der Angst? Und sie wusste, dass sie diese Angst aushalten musste; aushalten wollte, um zu bestehen. Immer wieder!

Ich habe die beiden lieb. Wie schön es ist, zu lieben. Ein Lächeln huschte über ihr Gesicht. Wie viele Bedeutungen dieses Wort hat. Genau wie die Angst in all ihren Facetten, mit ihren tausend Fratzen.

Sie griff nach der Puppe – die in alter Gewohnheit neben dem Kopfkissen lag – und hielt sie hoch, in das Gegenlicht des Fensters. Sie hatte schon lange festgestellt, dass sich das Gesicht Däumelinchens im Laufe der Jahre verändert hatte. Als Dorle damals krank im Schaufenster lag, war der Ausdruck todtraurig. Aber Puppendoktor Pneu hatte mit Farbe und künstlerischem Geschick ein süßes Gesichtchen gezaubert, dessen Blick nach Mutterliebe heischte. Die Kleine blickte noch immer ernst, gerade jetzt, da ihre Mimik im Schatten lag. Die Trauer war verschwunden. Wie bei mir, dachte Maren.

Als es an ihre Tür klopfte, erhob sie sich.

„Na", fragte Christoph, „hast du gelauscht?"

„Warum? Ihr habt euch keine Mühe gegeben, leise zu sprechen."

Musik drang aus Ralfs Wohnung. Er hatte seine Anlage lange nicht mehr so aufgerissen.

„Maren, ich habe Ralf ein paar Takte erzählt." Er sah sie forschend an, hob ratlos die Schultern. „Kind, habe ich nicht stets versucht, dir Vater zu sein? Weißt du es nicht vom ersten Tag an?"

„Irgendwie ja … ich meine … spätestens seit unserem Vater-Tochter-Gespräch … damals, als ich das Auto von euch bekam." Sie sah ihm offen in die Augen. „Bloß so richtig geglaubt hatte ich es nicht. Ich war ein Ding, das man nach Belieben benutzt oder weggeworfen hatte."

Christoph nickte. „Sowas prägt und hinterlässt Spuren. Aber … was nun? Werden wir dich wieder suchen müssen?"

Sie schüttelte heftig den Kopf. „Das ist vergangen. Da bin ich mir ganz sicher. Was erwartest du jetzt?" Ein Schmunzeln flog über ihr Gesicht. „Ich könnte zu Frau Burger fahren", sagte sie. „Oder nimmst du sie mit nach Aachen?"

„Das geht euch nichts an", wehrte er sichtlich verlegen ab.

„Naja, du sollst auf jeden Fall wissen, dass wir es gut fänden. Aber – was wird nun?"

„Du bist hier zuhause. Und Ralf hat mir ungewöhnlich wortreich klar gemacht, dass es so bleiben würde. Wir, seine Eltern, hätten ihn nicht gefragt, als sie sich für dieses Sechste, die fremde Schwester, entschieden hätten. Nun sollte ich gefälligst damit leben, dass diese Kinder lange schon erwachsen sind und über sich selbst bestimmen." Christoph machte eine Pause, sah Maren nachdenklich an. „Er hat auch gesagt, dass er mich nicht verstehen könne, meine Sorge, denn schließlich hätten seine Kinder in diesem Elternhaus die nötige Erziehung genossen."

„Ja alle", nickte Maren. „Auch ich!"

Christophs Blick ruhte aufmerksam auf ihr, bevor er meinte: „Ich hatte wohl bemerkt, dass sich Ralf um dich bemüht, um die stille Schwester. Es war mir so selbstverständlich. Er ist von meiner Art. Auf diese Möglichkeit war ich allerdings bis jetzt nicht gekommen, du und Ralf, meine beiden Küken."

Er unterbrach sich, schüttelte den Kopf. „Vielleicht war ich viel zu sehr mit mir selbst beschäftigt? Wo hatte ich nur meine Augen." Zögernd setzte er hinzu: „So geht wenigstens ihr mir nicht verloren, wie meine drei Ausländer und meine Ilse … Bei Ralf wirst du immer geborgen sein."

Jetzt lächelte Maren. „Das weiß ich längst", sagte sie.

<> Drittes Kapitel <>

Maren dachte an die vorsichtige Annäherung, die kleinen Schritte, die sie aufeinander zugegangen waren. Ihre Scheu, etwas falsch zu machen, ihr Ich nicht im Griff zu haben. Dachte an Ralf. Sein Verhalten. Seine Kameradschaft. Seine Selbstverständlichkeit.
Seine Zuneigung galt der fremden Schwester, der Freundin, und inzwischen der Verlobten. Sie hatte in den letzten Jahren begriffen, dass Liebe ein Geschenk ist – kein Besitz.
Auch wenn nicht alle Fragen beantwortet waren – viele Ungereimtheiten, die ihr unzusammenhängend ins Gedächtnis kamen – die Liebe sah darüber hinweg.

Soviel Schönes war geschehen, hatte sie versöhnt und dankbar sein lassen. Christoph hatte über sie gewacht. Mutter Hellmig hatte die Pflegetochter mit ihrer Fürsorge umgeben. Ralf hatte sie aus dem Schneckenhaus geholt, ganz behutsam, mit soviel Humor.
Maren war glücklich. Sehr sogar.

Die große Hochzeit, die weder sie noch Ralf mit diesem Aufwand feiern wollten. Ihnen hätte der Trauschein genügt. Vor den Altar hätte man in aller Stille treten können.

Natürlich sollte es ein langes weißes Kleid sein. Mit Schleier und einem Myrtenkranz im Haar, wie man es von einer Braut erwartet. Ihr erstes elegant-frauliches Kleidungsstück seit Kindertagen. Aber schlicht sollte es sein, so schlicht wie sie selbst.
Das hatte sie hartnäckig durchgesetzt, unterstützt von Ralf, dem der schwarze Anzug mit der Brautmyrte am Revers eine steife Würde verlieh.

Gegen die Vergnügungssucht der Geschwister, wie Ralf scharfzüngig bemerkte, kamen die Brautleute nicht an. Eine Feier vom Feinsten wünschten sie.

Ein internationales Fest. Spanien war mit Temperament und viel guter Laune angereist. Ralf lästerte: „Paul ist immer noch nicht erwachsen geworden."

Tatsächlich nahm er das Leben von der leichten Seite. Christoph schüttelte den Kopf und meinte, er sei aus der Art geschlagen.

„Dafür hast du mit ihm und Ines keinen Kummer", bemerkte Maren. „Mit keinem deiner leiblichen Kinder", setzte sie hinzu.

„Mit keinem meiner Kinder", verbesserte Christoph unwillig die Anspielung.

Ilse hielt sich beeindruckt an Olaf und Ben. Sie bedeutete ihrem Jochen, dass er sich an ihren Brüdern ein Beispiel nehmen könne. Sie hatten es weit gebracht, trugen ihre Frauen auf Händen, das sah man an der ganzen Erscheinung, ihrem großzügigen Umgang mit Vermögen.

Um ein Haar wäre es am Polterabend zwischen den beiden zum Streit gekommen. Neben ihrer kleinen Wohnung sei ihr Zuhause das Krankenhaus, ihr Leben sei nur Plackerei. Von der Welt habe sie so gut wie nichts gesehen.

Emily unterbrach den Wortwechsel. Sie sei sehr froh, einen Arzt in der Familie zu haben. „Madison ist mit ihren kurzen Beinchen gestolpert", meinte sie. Das Kind habe sich das Knie aufgeschlagen, Blut und ein Splitter – nicht schlimm, der Onkel Doktor würde das spitze Hölzchen entfernen und die Tränen trocknen. Emily schaute ihn gewinnend an.

Jochen würdigte Ilse keines Blickes, ging mit Emy. Er blieb bei Olaf, diskutierte eifrig mit ihm. Madison zeigte wichtig ihren weißen Verband. Sie turnte auf Opa Christophs Knien. In einem lustigen Gemisch aus Deutsch und Englisch plapperte sie die ersten Sätze.

Maren dachte an ihren Austin-Aufenthalt. An die Spurensuche in Houston. Und natürlich an Madison, den Grund der Reise.
Heute tapsten die kleinen Füßchen munter drauflos. Es schien, als sei dieses Kind der Mittelpunkt der Feier und nicht das Brautpaar.
Maren fand das erfrischend. Sie mochte die Kleine, achtete die schönen Frauen der Hellmigs, die mit sich selbst beschäftigt einherkamen. Achtete auch die erfolgreichen Brü-

der, bewunderte die Sicherheit, mit der sie sich anscheinend in jeder Lebenslage bewegten. Sie waren in der Welt zuhause, ohne wirkliche Entfernungen, per Flieger, mittels Netzwerk und „Hightech-Products". Maren gönnte es ihnen von Herzen. Aber sie hätte nicht tauschen mögen.

„Das ist nicht meine Welt", sagte sie lächelnd und sah Ralf fragend an. Warum beteiligte er sich nicht an der Unterhaltung. Ach ja, er, der Mann der knappen Worte.
„Ich stehe mit meinen Brüdern nicht in Konkurrenzkampf", grinste er. „Mit dem, was ich weiß, muss ich nicht glänzen, ich muss es benutzen. Genau wie du!"

Olivias Eltern, deutschstämmig, wie sie in Texas erfahren hatte, waren besonders distanziert. Ihr fiel auf, dass das gute Verhältnis, das Christoph mit Olivias Vater verbunden hatte, nicht mehr herzlich war. Sie schienen der Einladung gefolgt zu sein, um die Reise für ein paar deutsche Highlights zu nutzen. Sie sprachen von Schloss Neuschwanstein, München, Berlin, Hamburg. Waren in Gedanken bereits weit fort. Maren wunderte das nicht. Sie war in Amerika anstandshalber akzeptiert aber nicht geliebt worden. Sie hatte es auch nicht gewollt.

Diese Kälte müsste die Sippe nicht an den Tag legen, um sich diese Fremde, die Wahltochter des Christoph Hellmig, vom Leibe zu halten, dachte sie. Auf eine Bemerkung von Ralf winkte sie ab. „Ich habe mich in den Augen deiner Geschwister in eine angesehene Familie gedrängt – sorry."

Dann die Sache mit Erna Burger! Wer sind die, dass sie es wagen, zu kritisieren. Maren hatte sich gewünscht, Erna und Christoph mögen ihre Trauzeugen sein. Nach allem, was sie gemeinsam durchgestanden hatten, war das auch für Ralf Herzensangelegenheit. So war diese Frau in den Kreis der Familie und – wie konnte es anders sein – natürlich ins Gerede geraten. Zu allem Überfluss war sie Christophs Tischdame. Verhältnisse sind das! So oder so ähnlich mag das Urteil gelautet haben.

Erna Burger stand über den Dingen. Freundlich, verbindlich, ging sie mit den Menschen um. Leute, die sie in der Art zur Genüge aus dem Hotelfach kannte.

Christoph nahm dieses großartige Gebaren schmunzelnd hin. „Ich habe meinen Söhnen auf jeden Fall das nötige Rüstzeug mitgegeben. Sie haben etwas daraus gemacht. Es muss mir nicht gefallen. Aber ich muss mir auch keine Sorgen um sie machen."

Ralf interessierte das ohnehin nicht. „Vielleicht lernt man sich in der Neuen Welt schneller kennen, als im trägen Deutschland. Vielleicht verliert man sich genauso schnell? Du hast es doch erlebt. Dein Englisch ist besser als meines. Man ist loyal, true, man ist faithful … Wenn wir das Wort Treue benutzen, hat es einen anderen Klang."

Ralf war verwurzelt in diesen alten Werten. Vermittelt durch Christoph, das war nicht zu übersehen. Der Vater hatte ihn länger prägen können, prägte ihn wohl heute noch. Trotzdem ließ Ralf sich nicht bevormunden, nicht vereinnahmen.

Er hatte einmal gesagt, er habe seine Arbeit, die ihn ausfüllt, die er mit seinem Vater teile und eine kleine Schwester, die ins Haus geschneit sei. Nun war aus der kleinen Schwester seine Ehefrau geworden. Dazu bedurfte es für ihn keines weiteren Menschen, als Maren allein.

Ralf hatte ihr nach der Trauungszeremonie ungeschickt den Ring auf den Finger geschoben. Ihre Hände hatten gezittert. Dann die Aufforderung des Standesbeamten: „Jetzt dürfen Sie die Braut küssen!"
Das Gleiche anderntags in der Kirche! Oh je, Zurschaustellung war nie Ralfs Ding. Es hatte bereits vorher sehr viel beglückendere Küsse gegeben. Und nachher erst …

Ralf hatte ungeachtet dessen, dass sich die Geschwister selten sahen, und dass Maren aus diesem Grunde heftig widersprach, darauf bestanden, vom Fleck weg die Hochzeitsreise anzutreten.
Wohin? Nein, ausnahmsweise nicht in die Eifel! An den Bodensee. Der Bodensee – ihrer beider Wunschziel.

Die feine Gesellschaft erklärte das Brautpaar für verrückt. Selbst Ilse war der Meinung, dass der schönste Tag des Lebens mindestens mit einem anderen Land, wenn nicht einem anderen Kontinent gekrönt werden müsse.
„Wenn sie erst einmal heiraten würde, wäre das die letzte Sorge", brummte Christoph.

Wir wären noch am selben Tag geschiedene Leute, dachte Maren, wenn ich Ralf nicht so gut kennen würde. Er sagte trocken: „Wenn das mein schönster Tag im Leben ist, mag ich die anderen gar nicht kennenlernen."

Sie saßen an der Mittagstafel und er tastete unter dem Tisch nach ihrer Hand. Sein Fuß berührte unsanft ihr Schienbein.
„Benimm dich", raunte Maren.
„Tu ich doch", murmelte er mit Unschuldsmiene. Er überließ seinem Vater die Tischrede, sah dauernd auf die Uhr.

Die Combo unterbrach ihre Hintergrundmusik mit einem Tusch und der Schneewalzer war das Signal für das Brautpaar. Ralf eröffnete mit Maren den Tanz, drehte sich im Dreivierteltakt mit ihr, bis sich der lachende, klatschende Kreis um sie auflöste, die Paare sich fanden und die Tanzfläche im Saal sich füllte.

Ralf führte Maren zielstrebig auf die Flügeltüren zu. Eine letzte Drehung und sie waren der Gesellschaft entwischt.
„Komm!", bestimmte er, „eine weitere Show-Einlage überstehe ich nicht."

Mit einem Taxi fuhren sie in die Konzer Straße. Und das kleine rote Auto, schon ein wenig altersschwach, aber beladen mit der Wanderausrüstung und praktischem Gepäck, brachte sie Kilometer für Kilometer hinein in ihr gemeinsames Leben.

Am Abend erreichten sie Meersburg. Maren hatte das Zimmer in der Pension betreten. Ralf stellte das Gepäck mitten in den Raum. „Willst du mir nicht helfen?", fragte er. Als er mit den Rucksäcken hereinkam und sie noch immer so stand, auf das Mobiliar mit dem breiten Bett starrte, meinte er: „Angewachsen?"
Sie sah ihn unentschlossen an, sah sein gutmütiges Grinsen. Er drängte: „Wir räumen nachher ein. Ich bin total ausgehungert."

Sie aßen an der Promenade zu Abend, genossen den Sonnenuntergang über dem See und schlenderten Arm in Arm durch die nächtlichen Straßen.
„Es wird Zeit", sagte Ralf endlich, „oder willst du die ganze Nacht rumlaufen?"

Wieder stand sie mitten im Raum. Kleidung, Waschutensilien und all das andere Zeug hatte sie in Schrank und Kommode verteilt, hatte sich umgezogen, da war Ralf bereits im Bett. „Mach hin", sagte er und drohte: „Ich schmeiße dich morgen früh aus den Federn! Egal wie unausgeschlafen du bist."

Er löschte das Licht und Marens Augen gewöhnten sich allmählich ans Dunkel. Sie schlüpfte zu ihm unter das Deckbett, flüsterte in ihrer Verlegenheit: „Gute Nacht", und bekam ein: „Schlaf schön, Kleines", zur Antwort.

Sie lauschte auf seinen Atem. „Schläfst du schon?", fragte sie irgendwann.

„Nein."

Sie rutschte auf seine Seite, sah in sein Gesicht, sah ein angedeutetes Lächeln. „Hast du mich lieb?", flüsterte sie.

„Möchtest du es denn?"

Einen Augenblick zögerte sie. Ja, sagte sie leise und Ralf lachte. Sein gutes, warmes Lachen. „Na also", sagte er und zog sie an sich.

Am anderen Morgen fragte sie befangen: „Hast du mich nun lieb oder nicht?"

„Soll ich es dir gleich nochmal beweisen?"

So begannen wunderbare Tage in gelöster Stimmung. In ihrem Urlaubsort hatte Maren

Annette von Droste-Hülshoff kennengelernt, 1848 knapp über fünfzig auf der Burg Meersburg gestorben. Das Museum mit herrlichem Blick über den See barg lyrische Schätze. Ein Gedicht hatte sie zigfach gelesen, einen Vers auswendig gelernt, weil in ihm ihr Leben lag. Leise sprach sie die Zeilen:

„Ich hör es wühlen am feuchten Strand
mir unterm Fuße es wühlen fort
die Kiesel knistern, es rauscht der Sand
und Stein an Stein entbröckelt dem Bord."

Im Fürstenhäusle, dem persönlichen Refugium der Droste, stand Maren im Biedermeierzimmer am Fenster, genoss das Alpen-Panorama und trug diesen Vers vor.
Ralf reagierte besorgt. „Du denkst hoffentlich nicht an den Himmel auf dem Grund der Sauer?"
Nein, das war im anderen Leben. Aber sie verstand die Sprache der Annette gut, fühlte sich ihr verwandt. „Wenn du Goethes Faust liest", sagte sie, „willst du dich auch nicht dem Teufel verschreiben."

Sie radelten in vielen Etappen. Abstecher in verwunschene Orte, klein, still, zu zweit mit ihrer Liebe. Ab und zu Touristenrummel an den Fähranlegern, Bregenz mit der Seebühne, Konstanz mit Zeppelin.

Sie fuhren in die zauberhafte Bergwelt, wanderten im Appenzeller Land. Dort rasteten sie auf dem Säntis, mitten im schneebedeckten Bergmassiv. Die Dohlen raubten ihnen im Flug die Bratkartoffeln vom Teller.
Die Abendsonne ließ den Berg erglühen, ein unvergessliches Farbenspiel in einem Bilderbuch-Panorama. Allerdings wäre Maren auch mit der Eifel zufrieden gewesen, wenn er, Ralf, nur bei ihr war.

Wieder daheim richteten sie sich in der Villa Hut ein. Viel Veränderung war nicht nötig, große Ansprüche stellte Maren nicht. Das Wenige, was sie besaß, brachte sie in Ralfs Wohnung – nein, in ihrer gemeinsamen Wohnung – unter.

Gegen das Bild von Mutter Hellmig und Franzi wehrte er sich. „Das bleibt in deinem Zimmer oben! Überhaupt können wir da alles reinstellen, was wir nicht brauchen."
Okay, er mochte diese alten Sachen nicht. Vielleicht erinnerte ihn vieles doch zu sehr an

seine Mutter. Das konnte Maren gut verstehen. Wie schön das Leben geworden war. Mit ihm zu leben, zu arbeiten – gemeinsam mit dem Vater die Abende im Salon zu verbringen. Gab es mehr?

Ja, gab es. Der Tag, an dem sie ihrem Ralf sagte, dass sie schwanger sei ... Sie hatte gemeint, er müsse jubeln, sie umarmen, drücken. Er stand da, als spräche er ihre Sprache nicht.

„Ein Kind?", fragte er, obwohl sie sich vorher einig waren, es sich gewünscht hatten.

Einen Moment war sie enttäuscht, dann sah sie das Blanke in seinen Augen. Er nahm sie so feierlich, so andächtig in die Arme als wäre sie zerbrechlich. „Ach du ...", sagte er.

Sie dachte an den Dom zu Trier. Sie hatten in der Bank gesessen, er hatte sie umgefasst. Es war ihr das erste Mal bewusst gewesen, dass es nicht der Schwester, dass es ihr, der Maren galt. Sein Flüstern erschien mir wie ein Gebet – damals – überlegte sie.

Die Schuld

Mit Negeborn hätte Maren nie gerechnet. Was wollte er von ihr? Er, der Anwalt, hatte spitzfindiges Reden und das Formulieren von Anschuldigungen gelernt. War Meister darin, andere niederzumachen, hatte sie oft beleidigt in seiner anzüglichen Art. Aber heute …

Negeborn hatte Sturm geklingelt, war in den Salon gestürmt, als gelte es, ein Unglück zu verkünden. Er überfiel Maren mit einem Redeschwall, und sie war nach seiner ungeheuerlichen Eröffnung zuerst wie versteinert in einen Sessel gesunken.

Sie merkte gar nicht, wie Tränen über ihre Wangen liefen, starrte den widerlichen Anwalt fassungslos an, bevor sie aufsprang, ihn anschrie, er möge unverzüglich dieses Haus verlassen; möge sie nie wieder in Abwesenheit ihres Vaters oder ihres Mannes belästigen.

Völlig aufgelöst bat sie Erna Burger, zu kommen, ihr behilflich zu sein, sie könne im Moment unmöglich allein sein. „Ich glaube, die Wehen setzen ein", stieß sie hervor.

Noch war ihr das Anbiedern des Anwalts im Ohr. Kraft seines Amtes würde er sie unterstützen, ihr beistehen im Kampf gegen diese

Familie, diese selbst ernannten Biedermänner. Er könne sich vorstellen, dass sie, die verehrte gnädige Frau, eines Rechtsbeistandes bedürfe, eines erfahrenen, der für sie, für ihr Recht, über Leichen ginge.

Leider Gottes wäre die Sache mit dem Kind nicht mehr rückgängig zu machen. Es sei passiert. Hätte er vorher Kenntnis gehabt, das Verbrechen durchschaut, er hätte sich längst für sie eingesetzt.

„Denn das haben Sie nicht verdient, liebe Frau Hellmig … oder darf ich Maren sagen?", meinte er buckelnd. „Man bringt Sie um Ihr Erbe! Und vor allem", er betonte jede Silbe, „da Sie von dem engen Verwandtschaftsverhältnis keine Kenntnis hatten, kann man Sie nicht der Unzucht anklagen, verehrte Maren."

Seine Stimme hatte gepredigt und Maren fühlte sich von dem Trommelfeuer der belastenden Fakten erschlagen.

Er hatte sich hoch aufgerichtet, soweit man das von dem rundlichen Negeborn sagen konnte, tupfte sich den Schweiß von der Stirn und näherte sich Maren Schritt für Schritt. Es trennte sie nur noch der zierliche Beistelltisch mit der Lampe darauf. Maren spürte, wie sich ihr Rückgrat versteifte, wie ihre Kehle eng wurde. Ihre Hand umklammerte die Leseleuchte. Dann geschah, womit er nicht gerechnet hatte. Maren erwachte aus der Erstarrung. Spontan, ohne Überlegung, stieß sie fast tonlos das Wort: „Raus!" hervor.

Ihre Stimme nahm an Volumen zu, während sie es zwei, drei Mal wiederholte. Die erhobene Lampe bewegte sie drohend vor seiner Nase. Sie würde doch nicht zuschlagen? Er taumelte, stolperte rückwärts über den Läufer.

„Für Menschen wie Sie, bin ich immer noch Frau Hellmig!", schrie sie ihm ins Gesicht. Sie hatte ihn gar nicht mehr zu Wort kommen lassen, hatte den Zurückweichenden das letzte Stück mit erstaunlicher Energie geschoben, weil er sich nicht schnell genug bewegte.

Negeborn war fluchtartig über die Schwelle getreten, da schlug sie die Tür hinter ihm ins Schloss.

Zitternd hatte sich Maren dagegen gelehnt, als müsse sie ihn hindern, erneut ins Haus einzudringen. Sie zwang sich, tief durchzuatmen, hörte das Auto aufheulen, hörte daraus den Zorn, den er an dem Gaspedal ausließ, dann hatte Rechtsanwalt Doktor Henning Negeborn mit quietschenden Reifen das Anwesen verlassen.

Erst in ihrer Wohnung war sie zur Besinnung gekommen. Die Erregung wich einer tiefen Traurigkeit. Ihre Gedanken überschlugen sich. Sie legte sich auf ihr Bett. Wenn sie doch einschlafen könnte. Zwischendurch der Schmerz.

Endlich hörte sie Erna Burger. Erinnerte sich, sie gerufen zu haben und atmete schwer gegen das unregelmäßig wiederkehrende Ziehen in ihrem Bauch.

Frau Burger klopfte kurz, wartete ihr „Herein" nicht ab und betrat die Wohnung. „Wo steckst du?"
Sie stand vor dem Bett, legte fürsorglich eine Hand auf Marens heiße Stirn. „Ganz ruhig, Tochterle, ganz tief atmen … Ja, so! So ist es richtig."
Sie hatte sich auf den Bettrand gesetzt und atmete mit. Beiläufig fragte sie: „Was ist geschehen? Willst du reden?"
Maren schüttelte den Kopf. „Vielleicht später", flüsterte sie und fasste dankbar die dargebotene Hand. „Erna, was war das? Die

Aufregung? Oder können es schon die Wehen gewesen sein?"

Erna Burger hatte vor der Eheschließung der beiden jungen Leute die vertrauliche Anrede angenommen. Maren hatte es so gewollt und Frau Burger ließ sich nicht lange bitten.

„Möglich ist es. Gut, dass wir alles vorbereitet haben", tröstete sie. „Du kannst ganz entspannt der Entbindung entgegensehen. Das Kinderzimmer ist bereit, die Erstlingsausstattung, deine Reisetasche, Waschzeug. Alles ist bedacht. Und wenn … du weißt, ich bleibe in den Tagen in der Villa, damit die beiden Herren ihre Ordnung haben. Ilse ist nicht aus der Welt, und dein Gatte kommt übermorgen von der Tagung zurück." Sie drehte sich im Hinausgehen kurz um: „Ich lasse die Tür auf, dann höre ich dich …"

Maren hatte bei der gleichmäßigen Rede die Augen geschlossen. Sie konzentrierte sich auf ihre Atmung und auf die Möglichkeit, Hals über Kopf in die Klinik zu müssen. Das lenkte von ihrer Not, der Wut, der Begegnung mit Negeborn ab.

Zum wiederholten Male trat Erna ein, legte ihre weiche, warme Hand an Marens Wange und lächelte ihr zu. Maren hätte sich jetzt gern ihren Kummer von der Seele geredet. Aber durfte sie über so ungeheuerliche Dinge sprechen? Und wenn ja, mit wem?

„Ich denke, es wird doch Zeit. Soll ich deinem Mann eine Nachricht schicken? Oder Christoph anrufen? Er würde dich bestimmt ins Krankenhaus fahren."

Maren schüttelte den Kopf. Der bloße Gedanke an die beiden brachte ihr Blut in Wallung. Unzucht, dachte sie. Wieso Unzucht. Sie suchte ein anderes Wort, ein Synonym. Blutschande hatte der Anwalt gesagt, Inzucht. Er hatte alle Geschütze aufgefahren, hatte bei seinen Worten Christophs Namen verächtlich in die Länge gezogen. Der trüge die ganze Schuld, habe den Inzest begünstigt. Wider besseren Wissens.

Schließlich habe auch der junge Herr gewusst, dass sie seine Cousine sei. Schuldig wie sein Vater. „Sie müssen froh sein, wenn Sie nicht selbst verurteilt werden. So einfältig kann keiner sein. So was nimmt Ihnen kein Gericht ab", hatte Negeborn gehetzt. „Aber Sie haben ja mich. Auf mich können Sie sich verlassen."

Er hatte ihren Arm getätschelt und sie hatte auf die feiste Hand geblickt. Eine Pranke wie

Viktors Hand. Das war ein Fehler. Er war sich seiner Sache zu sicher. Maren hatte nicht gewusst, dass sie in ihrer Wut so schreien kann. „Sie sind ein Schwein! Ein Schwein wie Viktor!"

Er war vor ihr zurückgewichen. Aber sie machte sich keine falschen Hoffnungen. Er würde zurückkommen. Typen wie er gaben nicht auf.

Mein Gott, Lukas, dachte sie, ein Kind der Sünde sollst du sein? Sie begann einen Dialog mit ihrem Sohn, horchte in sich hinein, spürte seine Antwort in ihrem Bauch.

Es würde ein Sohn werden, wenn sie den vielen guten Ratschlägen glaubte. Das Kind lag recht tief – es könne nur ein Junge sein. Ralf meinte, so wie sein Kind boxt, schafft es ein Mädchen nie! Erna hatte Rückschlüsse aus ihren Essgewohnheiten gezogen. Und Maren hatte sich an den Gedanken geklammert.

Ein Junge würde nie so allein sein, wie sie es viele Jahre mit ihrer Angst gewesen war. Sie war nur ein Mädchen. Jungs würden sich wehren.

Sie hatte Fruchtwasser verloren, das gehörte dazu. Trotzdem erschrak sie und ließ sich von Erna ins Bad schieben. Die Gestalt Negeborns gewann in ihrem Kopf an Größe. „Wenn nun das Kind nicht gesund ist?", flüsterte sie.

Solche Bedenken ließ die Gute nicht gelten. „Du hattest eine ganz normale Schwangerschaft, glaube mir." Die Stimme beruhigte für den Moment.

„Es ist zu spät zur Reue", hatte der Kerl gesagt. „Das arme Würmchen wird es ausbaden müssen." Behindert würde es sein. „Wenn Sie schon nicht Ihre Lust bremsen konnten, so hätten Sie wenigstens so ein verkorkstes Leben verhindern müssen!"

Maren wurde erst jetzt das Ausmaß seiner Worte bewusst. Es war nicht diese Drohung, es war die Frechheit, seine Dreistigkeit, sich in diesem Ton in ihr und Ralfs Leben, in intimste Dinge einzumischen. Seine vulgäre Sprache.

Ein Freund des Hauses, wie er stets betonte. Ein Vertrauter Christophs sei er immer gewesen. Nun könne er es nicht mehr verantworten. Wusste Negeborn, was Verantwortung war? Und Christoph? Wusste er es? Ja, drei Mal ja!

Erna bat: „Lass dich ins Krankenhaus fahren! Ich rufe einen Wagen. Denk an dein Kind."

Nun fing sie auch noch an, ihr ins Gewissen zu reden. Was wusste sie? „Ja, ich nehme eine Taxe", flüsterte Maren mit zitternder Stimme.

Es geht um Lukas, dachte sie. Unbewusst stahl sich ein Lächeln auf ihr Gesicht. Vielleicht auch um Luise … das würde sich bald herausstellen. Aber Söhne schienen die Stärke der Hellmigs zu sein. Ilse – ein Mädchen, das einzige. Und ich, setzte sie bedrückt hinzu. Aber sie zählte in der Reihe nicht, das Sechste, das Fremde. Obwohl – so fremd gar nicht. Eine Cousine, dachte sie bitter.

Marens Gedanken wurden durch eine heftige Wehe unterbrochen. Dieses Mal war es so rasend, so schmerzhaft gewesen, dass sie froh war, sich bereits im Kreißsaal zu befinden. Sie war sofort nach der Untersuchung hierher verlegt worden, weil der Muttermund bereits geöffnet war. Das Kind liege gut, das Köpfchen voran, bei der Wehentätigkeit sei in den nächsten Stunden mit der Entbindung zu rechnen.

Sie versuchte seitdem, sich auf das Kind einzustellen. Sich zu entspannen. Und wenn es nicht mehr zu halten war, es als gutes Omen zu nehmen. Ein Kind, das die Zeit nicht abwarten kann, das neugierig ist auf das Licht der Welt, auf die Mama, auf den Papa. Und auf … Ja, da waren ihre Gedanken wieder bei Christoph.

Sie war wütend auf ihn. Sie würde ihm gern all seine Väterlichkeit vor die Füße werfen. Sie wollte ihn hassen und wollte es nicht. Denn zumindest war er der Großvater und … ja, was war er, wenn Mutter Hellmig nicht nur Ralfs, sondern auch ihre, Marens Großmutter war?

Der Schmerz krümmte Marens Körper. Ein Mittel dagegen? Nein, nein. Es könnte dem Kind schaden. Und das wegen ein paar Stunden Schmerz?

Sie wollte die Geburt mit allen Sinnen erleben, wollte den ersten Schrei hören, wollte hören, was man an ihrem Bett sprach. Ihr Misstrauen war hellwach. Sie hatte die Hebamme informiert, hatte ihr nur soviel gesagt, dass Ralf und sie eine gemeinsame Großmutter hätten. „Sollte irgendetwas bei der Geburt zu beachten sein, dachte ich, Sie müssten das wissen."

Die Hebamme winkte ab: „Wäre das so arg, würde die Welt von behinderten Kindern wimmeln", hatte sie im leichten Ton gesagt.

Na also, dachte Maren.

Die Wehen kamen in kürzeren Abständen, unterbrachen heftig die an ihr vorüberziehenden bunten Bilder der beiden Ehejahre mit Ralf. Jetzt hätte sie gern seine Hand gespürt. Wenn der Schmerz nachließ, fiel Maren zurück in den Wachschlaf ihrer wirren Erinnerungen.

Lukas

Sie schrie auf. Die Hebamme erinnerte an ruhige Atmung, locker bleiben, nicht verkrampfen … Leicht gesagt. Als der Schmerz nachließ, schimpften ihre Gedanken mit dem kleinen Frechdachs in ihrem Bauch. Er müsse es nicht zu übermütig treiben. Schließlich habe er seine Mutter um sich.

„Ja, ja", sagte die Hebamme, „so leicht, wie es reingekommen ist, kommt es nicht wieder raus!" Sie tat sehr wissend. Maren kam das herzlos vor. Was hatte sie erwartet von einer Frau, die täglich Kinder bekam?

Warum hatte sie Ralf nicht benachrichtigt? Wer war er denn, der abscheuliche Anwalt Negeborn, dass er sich über andere Menschen erheben durfte? Der sich in Beziehungen drängte. Der zerstören wollte.

Zu Viktor hatte sie nicht in den Fluss gehen wollen. Nicht in das gleiche Wasser. Und mit Negeborn setzte sie sich in ein Boot? Unmöglich! Nichts konnte so entsetzlich sein, als sich diesem Mann auszuliefern.

Sie versprach ihrem Kind und dem Herrgott, der stets dabei war, wenn es um ein neues Leben ging – sie versprach Frieden, versprach Verzeihen. Ralf würde, wenn er überhaupt von der Sache gewusst hatte, aus anständigen Motiven gehandelt haben. Hoffentlich.

Die Hebamme brachte Maren zurück in die Gegenwart. „Telefon!", rief sie munter und kündigte den werdenden Vater an.

Nein, es war nicht Ralf. „Christoph!", flüsterte sie, während sie mit einer Schmerzwelle kämpfte.

Er wollte ihr herzliche Wünsche sagen. Seine Stimme war ruhig und wohltuend. Konnte diese Stimme lügen?

„Christoph … Vater … hast du mir was zu sagen?", fragte sie leise.

„Ja, ich habe mit Ralf gesprochen. Er hat alles stehen und liegen lassen. Er ist auf dem Weg."

Maren nahm noch einen Anlauf. „Christoph, ich meine etwas anderes ... ich meine ... Negeborn war bei mir. Sag mir, dass er gelogen hat ...“

Einen Augenblick blieb es still in der Leitung. Dann sagte er aufatmend: „Kind, bitte reg dich nicht auf.“

„Also hat er die Wahrheit gesagt?“

„Ich weiß ja nicht, was er gesagt hat. Maren? Ich liebe euch. Ich ...“

Sie unterbrach ihn. Ihr Zorn, Hass oder was auch immer dieser Negeborn für ein Gefühl in ihr geweckt hatte, würde warten. „Ich bringe dir dein Enkelkind. Und dann redest du“, verlangte sie. „Versprochen?“

„Versprochen“, sagte er.

Der Hörer war ihr aus der Hand geglitten. Die Hebamme hob ihn auf, wischte Maren den Schweiß von der Stirn, meinte, dass es nicht mehr lange dauern würde, der Arzt sei bereits benachrichtigt.

Maren versuchte nach diesem Gespräch die Gedanken an Negeborn auszublenden. Sie wollte die Geschichte von Christoph hören, die wahre Geschichte. Aus seinem Mund würde sie die ertragen. Ertragen müssen.

Die Wehen kamen kurz nacheinander, sodass ihr mitunter die Luft wegblieb. Der Arzt hatte sie begrüßt, untersucht, war zufrieden.

Der Raum verschwamm im Nebel. Noch ein Kittelträger war eingetreten. Sie nahm ihn kaum wahr. Der erfasste ihre Hand und sofort zählte nur der Augenblick.

„Ralf", stieß sie hervor.

Sein Gesicht war aufgewühlt. Er küsste ihre feuchten Lippen und räusperte sich verlegen.

„Dich muss ich wohl erst mal trockenlegen", witzelte er und tupfte ihre Stirn, die Augen.

„Tränen? Doktor, ist das normal? Sie hat Schmerzen, können Sie nicht …"

„Ich will nicht", widersprach Maren. „Ich will das Kind kriegen, richtig … Ich will es spüren. Vom ersten Augenblick an. Ich muss wissen, ob alles gut ist."

Wohl sah sie ein verständnisvolles Nicken zwischen Ralf und dem Arzt, aber hier ging es nach ihrem Willen! Vielleicht, wenn sie gewusst hätte, dass es noch dreißig lange Minuten dauern würde, vielleicht …

Da war er! Lukas … ein Junge! Meine Güte, was für eine kräftige herrische Stimme.

„Der geborene Chef", stellte Ralf befriedigt fest und seine Augen glänzten. „Haben wir das nicht großartig gemacht?", und sie schauten fasziniert auf den Nackedei, der auf Marens Bauch lag.

„Wir?", fragte Maren schwach, „ich!"

„Nee, nee", davon wollte Ralf nichts wissen. Er hielt einen übermütigen Vortrag, denn schließlich habe er etwas gemacht, das Hand und Fuß habe – und überhaupt, habe er in heller Aufregung die Fahrt hierher auf sich genommen, während sie in aller Ruhe der Dinge harren konnte, die da kommen sollten, mussten.

Lukas lag gewaschen und gewickelt im Neugeborenenraum. Maren war in ihrem Zimmer angekommen, war schon während der Fahrt, sie war mit ihrem Bett abgeholt worden, eingeschlafen. Dass Ralf lange auf dem Hocker an ihrem Fußende saß, sie still betrachtete und zwischendurch ein kurzes Telefongespräch mit seinem Vater führte, sie bemerkte es nicht.

Die zehn Tage mit Lukas im Krankenhaus gaben Abstand zu dem unerfreulichen Wirrwarr in Marens Kopf. Sie konzentrierte sich auf ihr Kind, das ihr tagsüber gebracht wurde. Das dann in dem kleinen Bettchen neben ihr schlief, dessen Atem sie ängstlich beobachtete. Das in ihren Armen ruhte, das nuckelte und trank, manchmal schrie.

Sie erinnerte sich an Kinderreime und Liedchen. Hatte sie jemals gesungen? Lieber Gott, dass sie das konnte! Sie lernte wickeln und baden, wurde sicher in der Säuglingspflege. Was würde nun zuhause auf sie zukommen?

Immer noch ein Fremdes

Sie wollte sich nicht fallen lassen, dieses Mal nicht! Sie hatte jetzt die Verantwortung für ein Kind, das es besser haben sollte, als sie! Mutter Hellmig war das nicht einmal bei ihren drei ehelichen Kindern gelungen. Fritz tot – der Krieg. Franzi tot – eine Grippe. Und Christoph? Der löffelte gerade die Suppe aus, die er sich, oder die ihm seine Eltern eingebrockt hatten. Wie passte Edgar da ins Bild? Maren fror, wenn sie darüber nachdachte. Mein Gott, welche Abgründe!

Sie analysierte die Personen in ihrem familiären Umfeld. Was sie von ihnen wusste, wie sie sich gaben, was sie sagten, wie sie es sagten. Ralf, Christoph, Ilse – sie gingen auf einem imaginären Laufsteg auf und ab. Beleuchtet von allen Seiten, im Rampenlicht ihrer überreizten Betrachtungen.

Maren erinnerte sich an die Zeit, da sie sich gewünscht hatte, bei Mutter Hellmig zu ruhen, auf dem Wallendorfer Friedhof. Soviel Liebe lag dort begraben, hatte die Mutter geklagt, und von ihren beiden verstorbenen Kindern erzählt.

Hatte sie nicht einen vergessen? Edgar Brunjis. Ihren Erstgeborenen. Oder hatte Negeborn gelogen? Warum hatte sie nie den Mädchennamen der Mutter erfahren? Brunjis, wie ich, dachte sie bitter.

Der Name war selten, stets wurde sie gefragt: „Wie war das? Wie heißen Sie? Wie schreibt man das?"

Lügen und nochmals Lügen. Warum? Negeborn hatte dafür eine Erklärung gehabt: Man wolle sich an ihr bereichern. Mit was denn? Sie hatte doch nichts.

Und Christoph? Oder sollte sie Vater sagen? Oder Onkel? Weshalb hatte er sie all die Jahre getäuscht? Vielleicht hatte Negeborn sich vieles aus den Fingern gesogen.

Diesbezügliche Gespräche mit Ralf oder Vater lehnte sie ab. Das Krankenhaus sei nicht der richtige Ort für Auseinandersetzungen. „Ich bin bemüht, nicht im Affekt zu urteilen oder zu handeln. Ich brauche Abstand", sagte sie zu Christoph, strich zärtlich über Lukas runde Wangen. „Schau, da liegt in dem Bettchen ein Teil von mir. Rosig und wohlriechend. Naja – meistens. Was zu sagen ist, muß er nicht hören."

„Du meinst, mein zweifellos intelligentes Enkelkind versteht, was wir sagen?" Über Christophs Gesicht huschte ein Lächeln.

„Ich spreche von dem Tonfall, agressiv vielleicht. Ärgerlich oder laut", stellte Maren klar.

„Woher nimmst du die Kraft", murmelte er.

„Lukas …" Es war keine Frage, eher eine Feststellung, wie der Nachsatz: „Ich staune, wie selbstverständlich du Enkelkind sagst."

„Ein Kind ist ein Wunder", antwortete er.

„Du hast bereits fünf kleine Wunder erlebt. Madison nicht zu vergessen", erinnerte Maren.

„So wie mit Lukas habe ich es noch nie empfunden. Ich hatte bei meinen Söhnen nicht viel Zeit zum Staunen. Auch bei Ilse nicht. Vermutlich weißt du einiges über die Anfänge in Trier von Mutter. Die Kinder waren so schnell groß. Sie brauchten mich nicht. Sie hatten Gerlinde, hatten Mutter. Und ich hatte mit der Übernahme der Geschäfte alle Hände voll zu tun."

„Und Madison?"

„Meine amerikanische Enkelin kann ich nicht aufwachsen sehen." Er zögerte. „Mit Lukas ist es mir hoffentlich vergönnt. Ich wünsche es mir, Maren."

Lukas, sein Enkel, an dem Mutter Natur alles hat wachsen lassen, wo es hingehört, dachte Maren. Das hungrig ist, das zunimmt, wie es sein soll. Das nach Nahrung, nach Sauberkeit und nach mütterlicher Wärme verlangt.

Der Arzt hatte nicht nur die üblichen Vorsorgen, die Untersuchungen, gründlich durchgeführt. Er hatte auch die Problematik der vermuteten Verwandtschaft erörtert. Wenn überhaupt Alarm, sagte er, so möge sie davon ausgehen, dass er hiermit Entwarnung gäbe.

„Dafür bin ich unendlich dankbar. Ich bin bereit, der Wahrheit ins Auge zu schauen", sagte sie zu Christoph, als sie daheim war, als das Kinderzimmer mit viel Schlaf und diesem beglückenden Staunen erfüllt war. Das ließ Raum für Überlegungen, Fragen. Raum für Wut und für Vergebung. Für Verstehen.

Christoph sagte, er hätte von Anbeginn gewusst, dass sie etwas Besonderes sei. „Mit weniger geben sich die Hellmigs nicht zufrieden", scherzte er. Ziemlich makaber, wenn sie bedachte, was geschehen war – laut Negeborn.

„Warum hast du nie geredet?"

„Ich wollte alles richtig machen. Den rechten Moment abwarten. Niemandem wehtun. Und plötzlich war er verpasst, dieser richtig Moment."

„Aber wenn nicht mit mir, dann mit …"

„Wer? Mit wem hätte ich reden sollen? Mit dir? Unmöglich, so verängstigt wie du warst. Mit Mutter? Einen Streit heraufbeschwören? Was wäre dann aus dir geworden? Gerlinde hätte mich am wenigsten verstanden, soviel war sicher."

„Nun muss ich mich schuldig fühlen, war Eindringling in eure heile Welt", sagte Maren leise, mit spöttischem Unterton. „Ohne Negeborn wärst du wohl nie mit der Wahrheit rausgerückt."

„Als wir zusammenstießen", begann er endlich, „damals in Echternach, im Hotel, war ich dermaßen perplex, dass ich ... Franziska! habe ich gerufen, Franzi!"

Maren sah ihn verblüfft an, runzelte nachdenklich die Stirn. „Ich habe das gehört", flüsterte sie, und sah die Szene plötzlich vor sich. „Bist du mir gefolgt?"

„Nein. Mir wurde bewusst, wo ich mich befand. Wie ich mich dort zu benehmen hatte. Und dass meine Schwester Franziska seit über zehn Jahren tot war. Als sie starb, war sie etwa so alt gewesen, wie du, als ich dich traf. Verstehst du, die Begegnung war wie eine Vision." Er schaute Maren nachdenklich an. „Ich erfragte an der Rezeption deinen Namen. Das war der zweite Schock. Maren Brunjis, sagte der Portier. Er hatte gefeixt und hinzugesetzt: Eine reizende junge Dame, nicht wahr? Du seiest aber bereits in Begleitung des Herrn Oltmann. Dieser Viktor eben."

Da Maren nichts sagte, wartete – Christoph mit forschendem Blick betrachtend, seufzte er und nahm den Faden wieder auf. „Ich war in Eile, musste nach Bitburg. So ein Seminar zu leiten, kostet Konzentration, du kennst das inzwischen. Das abendliche Essen mit den Teilnehmern, ich war ziemlich abgespannt. Trotzdem schaffte ich es, Mutter anzurufen und ihr meinen Besuch zum nächsten Morgen anzukündigen. Sie freute sich und fragte, was mich nach Wallendorf führt. Kennst du eine Maren Brunjis, fragte ich. Nein, kannte sie nicht. Das Mädel sieht aus wie Franzi, sagte ich und Mutter meinte, dass man schon öfter von derartigen Doppelgängern gehört habe."

„Hast du nach mir gesucht?"

„Ja und nein. Ich hatte mir gewünscht, dich zu finden. Der Zufall kam ins Spiel. Anderntags, auf der Fahrt nach Wallendorf, sah ich deine schrille Jacke leuchten. Ich hielt, hoffte, du mögest es sein. Und den Rest der Geschichte kennst du."

„Mutter hat auf die Ähnlichkeit nicht reagiert."

„Doch, hat sie. Du warst viel zu verschüchtert, um es zu bemerken."

„Warum hat sie nichts gesagt?"

„Was denn? Dass du jemandem sehr ähnlich siehst? Die tote Franzi konnte warten. Zuerst hatte die Lebende uns nötig. Du, das fremde Kind, zu dem Zeitpunkt immer noch ein Fremdes."

„Sehr bald hat sie mir von Franzi erzählt. Was wäre die für mich gewesen?"

Christoph lächelte. Es galt nicht Maren, galt wohl eher der Erinnerung. „Deine Tante, so wie ich dein Onkel bin." Bittend setzte er hinzu: „Ich würde gern Vater für dich bleiben."

Gewinn- und Verlust

Ihr Gespräch war unterbrochen worden. Lukas verlangte sein Recht. Die Liebe zu ihm verklärte manches, sie war die Brücke zu Ralf, der nicht einsah, was die Vergangenheit an der Gegenwart ändern konnte.

„Okay, du dringst ein in die Tiefe verschiedener gelebter Leben, die das deinige verändert, es positiv oder negativ geformt haben. Es zählt nur, was du daraus gemacht hast. Du bist, wer du bist."

Nächte, die Maren wachte, die sie grübelte, in denen sie Ralf den Rücken zudrehte, weil Zweifel sie zu ersticken drohten. Aber sie entging ihm nicht, nicht seiner Zärtlichkeit, nicht seinem Humor und dem gewohnten Spott.

Die erste, die wesentlichste Erfahrung dieser Tage war für sie: Ich habe Mut. Ich will mich stellen. Ich will zur Not widersprechen! Ich will!

„Wie lange gedachtet ihr, dieses Versteckspiel mit mir zu treiben?", fragte sie Ralf.

„Ich bin nicht für große Worte. Mir genügt das Hier und Heute", sagte er. Setzte aber hinzu, dass durch Lukas und alle die noch kommen mögen – er grinste in seiner unvergleichlichen Art – dass nun ein verstärktes Interesse an der Zukunft bestünde.

Machten sie es sich nicht zu einfach? Wollten sie ihr Lügengebilde verteidigen? Entschuldigen? Als Motiv Liebe? War es Liebe, als Mutter Hellmig sich von ihrem Kind trennte? War ihr Edgar so wenig? Oder war ihr Franz so viel?

„Du darfst nicht vergessen, dass Standesdünkel groß geschrieben wurden, als Mutter ein junges Mädchen war. Ehre, Tugend, Unschuld – alles Begriffe, die man sich gern auf die Fahne schrieb. Und dann bringt ‚so eine' die Familie in Schande."

„War es denn keine Schande, ein Kind zu verstoßen?", fragte Maren empört.

„Es hätte gar nicht auf die Welt kommen dürfen. Mutter und Kind waren in den Augen der prüden Gesellschaft entehrt."

„Das ist doch vorsintflutlich. Damit macht man doch nichts ungeschehen."

„Man kann aber wenigstens so tun."

„Ich würde mich um nichts in der Welt von meinem Kind trennen."

„Auch nicht für mich?", fragte Ralf.

„Nein. Auch nicht für dich. Die Schuld könnte ich nicht mit meinem Gewissen vereinbaren."

„Und wenn du dein Kind nicht ernähren kannst? Weil eine wie du keine anständige Arbeit bekommt? Keine Wohnung? Von Anerkennung ganz zu schweigen?", warf Christoph ein. „Wenn du ein Gewissen hast, tust du alles, um dem Kind eine Zukunft zu sichern."

Darüber hatte Maren noch nie nachgedacht. Obwohl sie wusste, dass in Mutter Hellmigs Generation Frauen von Gnade und Ungnade der Männer abhängig waren. Das klang auch bei Mutters Erinnerungen an ihren Franz manchmal durch. Allerdings nicht bitter. Eher entschuldigend.

„Sie waren Kinder ihrer Zeit, Maren. Jede Generation hat ihre eigenen Spielregeln."

„Aber sie war stark, Christoph. Sonst hätte sie nach dem Tod deines Vaters nicht sein Geschäft übernehmen können. Immerhin völlig unvorbereitet."

„Sie hatte sich vorher schon durchgesetzt. Hatte mitgearbeitet, wurde oft gefragt, ob sie das nötig hätte. Erst in jüngster Zeit habt ihr

Frauen euch mehr Rechte, ein Recht auf Arbeit und eigenes Geld zum Beispiel, errungen", meinte Christoph. „Ich will dir damit sagen, dass der Mann, der so einen Fehltritt verzieh, der zur Ehe bereit war, die Rettung aus der Misere bedeutet haben mag. Mein Vater hat Zugeständnisse gemacht. Mutter war nicht mehr unberührt. Zu allem Überfluss war der Fehltritt sichtbar. Ein Skandal."

„Meinst du, mir wäre es besser gegangen, wenn Viktor ...", Maren zögerte, schwieg.

„Du hast erlebt, wie beschönigt wird. Die feine Sippe wäre doch bis zum Äußersten gegangen. Auch bei dir, wenn du in Hamburg geblieben wärst."

„Aber ... Ich glaube, Mutter hatte ihren Franz sehr gern. Er hätte doch ..."

„Meine Eltern sind respektvoll miteinander umgegangen. Das erschien mir vorbildlich. Ich denke, Mutter hatte Vater vertraut, dass ihr Erstgeborener in fürsorgliche Hände kam. Damit tat er mehr als seine Pflicht."

Ralf waren diese uralten Ereignisse, das antiquierte Denken vor gar nicht so langer Zeit, nicht wichtig. Vergangen, nicht zu ändern, altbacken. „Es ist kein Grund, sich das Herz schwer zu machst. Was willst du erreichen?"

„Ralf, wie trug Mutter das? Wie hat sie es geschafft, damit zu leben?" Maren kam aufgrund vieler Äußerungen, die erst jetzt Sinn erhielten, zu dem Schluss, dass Mutter Hellmig, oder sollte sie jetzt Großmutter sagen? Dass sie es verdrängt hatte. Dass ihre hereingeschneite Enkelin einen furchtbaren Sturm der Gefühle ausgelöst haben musste.

„Als ich ihr sagte, dass mein Papa Edgar heißt, hat sie sich vor Schreck beim Gemüse putzen verletzt. Ich hielt es für Zufall."

„Wann war das?", fragte Christoph erstaunt.

„Gleich in den ersten Tagen."

„Dann wusste sie es und hat auch mich zum Narren gehalten." Christoph rieb sich die Stirn, legte die Hand über die Augen.

„Für euch Familienmitglieder wäre es besser gewesen, du hättest damals an der Sauer weggeschaut."

„Hat Vater aber nicht", knurrte Ralf. „Sowas nennt man Verantwortung."

Maren nickte betrübt. Christoph war den unbequemen Weg gegangen. Hatte seine Mutter, seine Gattin – nach und nach sogar seine Kinder gegen sich. Bis auf Ralf. Der ist aus demselben Holz wie ich, hatte er mal gesagt. Marens Gefühle waren zwiespältig. Mitleid und Empörung ließen ihre Stimmung schwanken.

Sie suchte ihre ehemalige Therapeutin auf. Mit Sina Marks hatte sie hin und wieder Kontakt, fühlte sich verstanden und hatte eine fast freundschaftliche Beziehung aufgebaut. Sie hoffte, Sina Marks möge bereit sein für ein Gespräch. „Nur so", meinte Maren, „privat."

Frau Marks freute sich, Maren sähe erholt aus, die Ehe bekäme ihr offensichtlich prima und was sie für sie tun könne.

„Es geht, körperlich. Seelisch im Moment auch einigermaßen. Aber in mir lauert etwas, macht mich traurig, wütend, rastlos. Himmelhoch jauchzend, zu Tode betrübt", setzte sie verharmlosend hinzu.

Frau Marks quittierte das mit einem Lächeln. „Aber sie merken es. Sie steuern gegen. Und – ganz wichtig – ein Quäntchen Humor ist hinzugekommen."

„Besteht die Gefahr, dass ich abrutsche? Wie widerstandsfähig bin ich?"

„Das kann Ihnen natürlich vorher keiner prophezeien."

Maren erzählte, was geschehen war. Sie ging nicht ins Detail, wollte die Familienehre nicht unnötig ankratzen. „Ich fühle mich hin- und hergerissen", meinte sie.

Die Therapeutin schien zu spüren, dass es um mehr ging. Sie hielt sich mit Fragen zurück. „Was ich Ihnen jetzt sage, ist nicht nur aus meiner Praxis. Es ist das Leben. Man hat Höhen und Tiefen. Das ist normal. Und ob eine Entscheidung richtig war, merkt man in der Regel erst hinterher. Mitunter kann man korrigieren. Oft ist es dafür zu spät."

„Und man zuckt mit den Achseln, sagt: Pech gehabt, und geht zur Tagesordnung über? Tut geschehenes Unrecht mühelos ab?"

„Sie denken an damals, als Ihr Vater geboren wurde. Vor fünf, sechs Jahrzehnten. Sie können die Zeit nicht zurückdrehen. Aber sie können die Weichen für die Zukunft stellen."

„Und die vielen Fragen? Ich sehe nicht mehr klar, wer weshalb schuldig geworden ist."

„Es gibt meist nicht nur eine Wahrheit. Warum wollen Sie das wissen? Wollen Sie verstehen oder verurteilen?"

Maren starrte Frau Marks sprachlos an. Ja, warum?

„Machen Sie mit klarem Kopf eine Gewinn- und Verlustrechnung auf. Sie sind damit vertraut. Das bringt Ihr Beruf mit sich, oder?"

„Eine Rechnung? Wieso?"

„Ganz einfach. Ein Blatt Papier, die Spalten: Was verliere ich? Was gewinne ich? Was ist mein Ziel?"

Die Therapeutin machte eine Pause, bevor sie hinzusetzte: „Sagen Sie nicht, das ist von mir. Berufsehre … Also zusammenfassend:

Ich verliere meine Familie.

Ich verliere vielleicht im Streitfall mein Kind.

Ich verliere meine Gesundheit.

Ich verliere mein Zuhause.

Jetzt Sie: Was gewinnen Sie?"

Maren hatte sich kerzengerade aufgerichtet. Ihre Augen waren ganz groß, staunend fast.

„Was?", fragte ihr Gegenüber.

„Gerechtigkeit? Ehrlichkeit vielleicht?", fragte Maren zögernd.

„Was ist Ihr Ziel?"

Was war ihr Ziel?

„Suchen Sie Vergeltung? Strafe muss sein? Wie du mir, so ich dir. Oder hat Ihre Familie mit den Gewissensnöten höchstwahrscheinlich genug gelitten? Finden Sie es heraus."

Sollte ihr dieses Gespräch etwa weiterhelfen?

„Darf ich wiederkommen?"

„Jederzeit", nickte Sina Marks, „gern auch nur mal auf ein Tässchen Kaffee."

Maren verließ die Praxis und ging das kurze Stück zur Mosel. Sie setzte sich auf eine Bank an der Promenade. Gedanken kamen und gingen. Ein Schiff quälte sich schwer beladen vorbei. In einigen Tagen wird es mit nächtlichen Unterbrechungen und Staustufen Koblenz erreichen. Dort wird die Fracht gelagert oder umgeschlagen.

Mein Schiff, dachte Maren, ist schon viel zu lange unterwegs. Wenn ich in meinem Fahrwasser bleibe, gibt es in der G und V nur einen Gewinner: Doktor Henning Negeborn. Und der war der Letzte, dem sie einen Triumph gönnen würde.

Sinnend beobachtete sie das Kielwasser, das sich fächerförmig ausbreitete und vor ihr an der Uferböschung ausrollte. Ein Boot folgte, klatschte über Wellenberge, hinterließ eine eigene Spur. Selbst im Kielwasser eines anderen muss man sein Ruder in der Hand behalten.

Ich will endlich mein Schiff selber steuern, dachte sie, erhob sich und ging raschen Schrittes der Villa zu.

Ralf erwartete sie. „Wo warst du so lange?“,
fragte er besorgt.

„An der Mosel“, sagte sie wahrheitsgemäß.
„Ich musste den Kopf frei kriegen.“

„An der Mosel …“

Maren nickte.

„Am Wasser ...“ Ralf schien an ihrem Verstand zu zweifeln. „Und?“

„Der Kopf ist frei, mein Schiff wird nicht
kentern“, meinte Maren und küsste ihm lächelnd eine Sorgenfalte weg.

Sie stellte Fragen, zweifelte, zog sich erschüttert zurück. Sie wurde heftig, wenn zu viel
auf sie einstürmte. Aber unter dem Strich
ging die Rechnung immer wieder auf. Ge-
ständnisse, Vermutungen, Nachforschungen.
Gespräche, die wie reinigender Regen in den
Alltag tröpfelten.

„Was hat Negeborn mit uns zu tun, Christoph? Hast du ihm als Freund vertraut?“,
fragte Maren unwillig.

Christoph wehrte ab. „Seine Kanzlei war
schon zu meines Vaters Zeiten beratend für
die Firma tätig. Dass er sich auf Abwege be-
geben würde, hätte ich ihm nicht zugetraut.
Dazu hat er nicht das Zeug.“

„Was für Zeug muss man denn haben, dafür?"

„Vielleicht das Format von Viktor. Ich weiß nicht. Der Oltmann war gezielt im Echternacher Hof. Er hatte Kontakt zu Negeborn, wusste, dass ich in dem Hotel öfters nächtige. Vermutlich hatte er den Grund herausgefunden."

„Erna Burger?"

„Ich glaub schon. Es geht dich zwar nichts an, aber ich habe Gerlinde nichts genommen, wenn du das denkst."

„Du bist mir keine Rechenschaft schuldig. Du weißt, dass Erna mir eine liebe Freundin geworden ist. Hatte Negeborn dich damit in der Hand?"

„Soweit kam es nicht. Viktor hatte ihn für seinen niederträchtigen Plan gewonnen. Soviel ist mir inzwischen klar geworden. Die beiden haben meines Erachtens ein gemeinsames Interesse entdeckt: Die Hellmigs mit ihrer einwandfreien Fassade zu ruinieren."

Christoph suchte nach Worten. „Fangen wir mit deinem Vater an: Mutter, deine Großmutter – fest verwurzelt in einer unumstößlichen Moral – hatte ein Kind. Edgar, ein Brunjis. Sie hat es mir erst im Zuge meiner Nachforschungen gestehen müssen."

„Mein Vater", flüsterte Maren.

„Weißt du, was das für sie bedeutete?" Christoph betrachtete Maren eine Weile. „Mutter hatte uns Kindern alle möglichen Tugenden eingebläut. Ihrem Sohn ein solches Geständnis machen zu müssen. Ich war erschüttert. Derart verhärtete Gefühle hätte ich nie erwartet. Ich war enttäuscht von meiner Mutter. Ich sage dir das nur am Rande, damit du mich ein bisschen verstehst."

Christoph legte seine Hand über die Augen, versuchte, sich zu konzentrieren. „Sie wollte unbedingt verhindern, dass die Familie, die Wallendorfer und vor allem du! – dass du von der Schande erfährst. Sie befahl, sie bettelte. Alle werden mich verurteilen. Meine Enkelin würde mich verachten. Das verkrafte ich nicht!"

Sein Blick ruhte wartend auf Maren. Warum sagte sie nichts? „Wem sollte ich gerecht werden? Maren! Ich habe meine festen Grundsätze. Ich habe mich in der Hand, stets. Dachte ich. Mein Handeln würde missverstanden werden. Was durfte ich Gerlinde erzählen? Vertrauensbruch, egal wie ich mich entschied."

Er saß auf dem Rand des Sessels, den Körper vorgebeugt, die Ellenbogen auf den Knien, das Gesicht in den Händen. Fast wäre Maren der Versuchung erlegen, nicht mehr in den alten Geschichten zu bohren. Diese Haltung schmerzte.

Nein, es musste die Wahrheit gesagt werden, um nicht an der Lüge zu ersticken. Dieses eine Mal. Dann würde die Vergangenheit mit ihrer vielfältigen Schuld ruhen müssen, um nicht zu zerstören. Die Rechnung, dachte sie verzweifelt, diese Rechnung war bitter bezahlt.

„Mutter hatte auf dem Friedhof ihre Toten, soviel verlorene Liebe, hatte sie mir erzählt. Mein drittes Kind dort zu wissen, hätte ich nicht überlebt, waren ihre Worte." Maren weinte und unter Schluchzen stieß sie hervor: „Sie meinte Edgar … Sie meinte meinen Vater. Sie hätte sich um ihn geschämt."

„Wenn das Gerede hier nicht bald aufhört, sperre ich euch beide auseinander", schnauzte Ralf zornig.

Maren fühlte sich in die Enge getrieben. Eine neue Angst machte sich in ihr breit. Wird ihre Ehe die Spannungen, die sie in die gemeinsamen Abende trug, aushalten? „Ich muß das zu Ende bringen. Bitte, Ralf!"

„Beeilt euch damit. Ich will meine Frau zurück und meine Ruhe!"

Christoph erzählte, dass er Beweise in Mutters Unterlagen entdeckt habe. „Die du mir in einem Karton brachtest. Das ist der persönliche Nachlass deiner Mutter, hattest du gesagt, als du ihren Haushalt auflösen musstest."
Maren erinnerte sich. Es war ihr sündhaft erschienen, in diesen fremden Unterlagen zu stöbern. Fremd? Du lieber Himmel …

„Dein Vater war ein stolzer Geschäftsmann, Christoph. Zu einem Ehrenmann, wie er von den Wallendorfern geschildert wurde, passte das Kind Edgar nicht." Marens Worte klangen bitter.
Christoph nickte. „In meinem Besitz ist das Familienstammbuch mit drei Kindern: Fritz, Christoph und Franziska. Vater: Franz Hellmig. Das war für mich unwiderruflich.
Nun fand ich ein Stammbuch früheren Datums. Johanna Brunjis, Familienstand ledig. In dem war nur Edgar eingetragen. Vater unbekannt. Die Existenz meines Halbbruders ist dokumentiert."
Christoph unterbrach, überlegte, betrachtete seine Hände. „Was ich dir erzähle, ist das

Bild, das ich gewonnen habe, als ich all die Informationen wie Mosaiksteinchen zusammensetzte. Es mag nicht völlig stimmig sein. Schon gar nicht die Reihenfolge. Wir können niemanden mehr fragen. Ich habe in der Kiste manches gefunden, habe in den Kirchenbüchern jener Jahre geforscht und habe rumgefragt."

Christoph wurde das Reden schwer. „Du weißt aus ihren Erzählungen, Mutter hatte eine ausgezeichnete Schulbildung, was in ihrer Generation eher selten war. Sie kam aus gutem Haus, wie sie gern betonte. Von dieser Linie – es sind immerhin meine Großeltern – ist wenig bekannt. Die Spuren hat der letzte Krieg verwischt. Ich verstehe jetzt, dass Mutter nie aus ihrer Jugend erzählte."

„Sie ist daraus vertrieben worden, nicht wahr?", flüsterte Maren.

Christoph nickte. „Sie muss über ein Jahr in der Schweiz gewesen sein. Vielleicht haben ihre Eltern sie wegen des Kindes fortgeschickt, denn dort kam Edgar zur Welt."

„Das weißt du durch das Stammbuch, ja?"

„Ja. Mein Vater lernte Mutter erst Monate später kennen. Sie führte eine Gruppe Geschäftsreisender als Dolmetscherin."

Maren nickte. „Vom Kennenlernen hat sie mir erzählt. Auch dass sie sehr bald heirateten. Die Ehe wird für sie der rettende Anker gewesen sein. Ich sagte dir schon, sie sprach mit großer Achtung von ihrem Franz."

„Ich denke, sie war meinem Vater eine gewissenhafte Partnerin in der Gesellschaft, in der Firma, naja und im Übrigen für uns drei eine strenge fürsorgliche Mutter. Den unehelichen, den Edgar hatte mein Vater anscheinend nie anerkannt. Ich weiß auch nicht, wo Mutter den Kleinen vor der Ehe untergebracht hatte. Sicher ist für mich, dass mein Vater geglaubt haben muss, die Vergangenheit mit großzügigen Mitteln und Beziehungen zum Schweigen gebracht zu haben.

Die Pflegeeltern hatten neben Edgar ein eigenes Kind, diesen Viktor. Kaum älter als dein Vater. Aber Edgar, mein Halbbruder, wurde bei den Oltmanns herumgestoßen, genau wie du."

Viktor

Christoph lehnte sich aufatmend zurück. Er hatte seine Rede öfter unterbrochen, sich das Kinn gerieben, die Hände zwischen die Knie geschoben und nachdenklich gegeneinander

314

gepresst in äußerster Anspannung. „Nach dem Krieg ist Edgar – er muss ein kluger Kopf gewesen sein – in die Reederei eingestiegen. Vielleicht, weil er eine Oltmann geheiratet hatte. Es deutet nichts darauf hin, dass Mutter und Sohn je nacheinander gesucht hätten."

„Nie?"

„Maren, das hat mich besonders aufgewühlt – meine unfehlbare Mutter!"

„Unfassbar. Sie hat nie von ihm erzählt? Auch zu dir nicht? Kannte ihn gar nicht? Ihr eigenes Kind?"

Maren sah Christoph bettelnd an. Nur ein Wort, eine Entschuldigung, eine Erklärung.

Christoph hob hilflos die Schultern. „Frage mich nicht, wie er so war. Ich meine, seine Art zu leben, zu reden, oder so. Ich weiß, wie gesagt, von meinem Halbbruder nur wenig, eben das, was ich an Informationen in jener Kiste fand."

„Du warst in Hamburg auf der Suche?"

„Ja. Ich habe Verwandte deiner Mutter Clara ausfindig gemacht. Alte einsame Menschen, mit verkrusteten Ansichten, die sich gegen jede Anschuldigung heftig wehren. Die sich stolz distanzieren. Nicht nur von Edgar, auch von ihr, deiner Mutter. Und – sie hätten ihr

Vermögen ohnehin einer Stiftung vermacht. Bei ihnen wäre nichts zu holen.“

Maren lachte höhnisch auf. „Ich bin für sie nicht vorhanden. Das allein ist frevelhaft. Dich für einen Erbschleicher zu halten! Geht's noch? Sag mal, dreht sich alles nur ums Geld? Und Papas Tod? Was sagt die Sippe dazu?“

„Nichts. Von ihnen sei niemand dabei gewesen. Aber von einem Verbrechen könne nicht die Rede sein. Die werden sich ihre Welt zurechtgelegt haben, wie es ihnen in den Kram passt. Aber im Register des Standesamts fand ich eine aufschlussreiche Eintragung.“

Maren beugte sich aufhorchend vor.

„Dein Vater ertrank auf Oltmannschem Gelände, in der Nähe eines Bootshauses. Kurz vor eurer geplanten Auswanderung. Dieser seltsame Zufall ist nur ein Punkt von etlichen kriminellen Ungereimtheiten.“

„Sowas steht alles da drin?“

„Nein. Ich habe das auf Umwegen erfragt. Viktor musste vermutlich untertauchen. Die Reise kam wie gerufen. Weiß der Himmel, was zwischen ihm und Edgar passiert ist. Die feinen Reeder halten sich bedeckt.“

„Aber es muss doch Zeugen geben. Ein Grab, wie bei Mama.“

„Das ist längst begradigt. Und unmittelbar Beteiligte sind nicht mehr unter den Lebenden. Über Edgar sprechen die Nachfolger lediglich von einem fremden Jungen, der in ihrem Hause aufgenommen und großgezogen worden sei."

„Bestimmt nicht aus Liebe!"

„Ach Maren, diese Leute spielen die reinste Schmierenkommödie! Das Maß der Barmherzigkeit sei voll, zeterten sie. Vorwürfe ließen sie sich nicht ungestraft machen. Sie hätten die besten Anwälte, Geld spiele keine Rolle – und wieder nur Geld, Geld, Geld."

„Meine Güte, Christoph, dann hat sich Viktor in die Ehe meiner Eltern gedrängt?"

„Auf jeden Fall war die Schiffspassage, als du fünf Jahre alt warst, für deine Eltern und für dich gewesen. Ausgereist ist Viktor unter eurem Namen. Nach dem Tod deiner Mutter kam er mit dir zurück."

„Du weißt ich hatte Albträume." Maren sah plötzlich eine Szene ganz klar. „Seit damals. Da war nur die Puppe … und Viktor. Seine Löwenmähne. Ein gieriges Tier. Er hat meinem Dorle sehr wehgetan … und mir! Wie furchtbar, Christoph. Damals in Bitburg begann die Vergangenheit aufzustehen."

Maren lief aufgeregt im Zimmer hin und her. „Ich hatte dir davon erzählt, erinnerst du dich, Ralf?", wandte sie sich erregt an ihren Mann.

„Na, da komme ich ja grade recht!" Seine Reaktion war heftig. „Du solltest sie längst dem Puppendoktor zurückgeben!"

Er ging zornig auf seinen Vater zu. „Wie kannst du Marens Psyche so belasten!"

Maren hob beschwichtigend die Hände. „Es muss sein, das wissen wir alle. Sina Marks hat es auch gesagt."

„Deine Therapeutin? Du warst bei ihr? Und?"

An diesem Abend saßen die Drei bis in die Nacht im Salon beisammen, redeten. Irgendwann hing jeder seinen Gedanken nach. Christoph grübelnd. Ralf ungeduldig und aufgebracht.

Maren fiel eine Episode aus dem Sanatoriums-Alltag ein: „In der Klinik, seinerzeit in Gerolstein, war ein Patient gewesen – alle nannten ihn Päckchen – der hatte für jede Lebenslage einen Spruch parat. Der Lieblingssatz war, jeder hat sein Päckchen zu tragen."

Ralf sah auf. „Eine überlieferte Weisheit", sagte er. „Alt, aber nicht dumm."

„Jeder kriegt sein Teil an Unglück ab. Das betrifft nicht nur mich", flüsterte Maren.

„Auch ihr. Wir haben das Päckchen durch meine Schuld aufschnürt. Der Inhalt darf uns nicht zerbrechen. Daran müssen wir arbeiten."

„A-men ... Stammt das von deiner Therapeutin oder ist es auch von Päckchen." Ralf schüttelte missbilligend den Kopf. „Was hatte er noch für gute Ratschläge auf Lager?"

Maren sah ihn an und sagte leise: „Du nimmst dem Vogel nicht die Last, indem du ihm die Federn herausreißt."

Anderntags bat sie Christoph um Nachsicht. „Ich muss da durch. Gut, dass wir beide in Houston waren. Ich würde das alles sonst gar nicht glauben. Macht die Gier so abgrundtief schlecht? Die Hamburger Biedermänner ... Verbrecher!"

„Ich glaube, mit ihrer Doppelmoral erstickten sie jegliches Schuldgefühl. Und die Leute aus dem Umfeld tratschten und verschlangen gierig die anstößigen Sensationen. Was hatten sie sonst? Arbeiten und schlafen. Ach ja, und beten."

„Die Kriegs- und Hungerjahre haben hart gemacht, sagte deine Mutter oft."

Christoph hatte die Hände zwischen die Knie geschoben, presste sie aneinander, zögerte.

„Ich habe Hinweise auf einen Prozess gefunden ... Viktors Eltern und sogar die Reederei kamen durch Viktors Verhalten in den Fokus der Presse. Wilde Spekulationen. Es wurde um den Tod deiner Eltern und deren Vermögen prozessiert. Viktor wurde in Abwesenheit freigesprochen – mangels Beweises. Er kam zurück. Es konnte ihm nichts mehr passieren."

„Da wird sich die Sippe gefreut haben", spottete Maren.

„Wenn du es so ausdrücken willst. Aber es konnte tatsächlich nicht im Sinne der Verwandten sein, dass er dich mitbrachte, um so weiter zu machen, wie bisher. Ich vermute, die Leute schickten dich nach Mainz, um Ermittlungen zu vermeiden."

„Statt dem Kind beizustehen, entledigen sie sich der Verpflichtung. Pfui Teufel", empörte sich Maren.

Christoph lenkte ein. „Lass uns annehmen, sie wollten dich vor Viktor schützen."

„Ein netter Zug." Die Ironie in Marens Stimme war nicht zu überhören.

„Wir beißen uns an Oltmanns die Zähne aus, reiben uns auf – das sind sie nicht wert. Edgar hat hart gearbeitet, das steht fest. Viktor hat verprasst, was ihm in die Finger fiel. So-

weit mein letzter Stand. Es bleibt zu prüfen,
dir stünde dein Anteil zu."

Maren hob ablehnend die Arme, schüttelte
den Kopf. „Wovon?"

„Immerhin war deine Mutter eine geborene
Oltmann. Ob in solchen Fällen die Staatsan-
waltschaft etwas unternimmt, oder ob wir eine Klage anstrengen können, entzieht sich
meiner Kenntnis. Durch den Vorfall an der
Sauer und durch die Pflegschaft ist vieles ak-
tenkundig."

„Und Viktors damalige Tat wahrscheinlich
verjährt. Außerdem war er freigesprochen
worden, oder?"

„Aber er hatte dich für eine erneute Schurke-
rei eingeplant. Er wusste – von wem auch
immer – dass Edgars Mutter in Wallendorf
lebt und nicht arm ist. Über Negeborn, das
hatte ich schon erwähnt, suchte er nach einer
Möglichkeit für seine erpresserischen Absichten. Er mietete im Echternacher Hof ein
Zimmer für euch, um an mich, den Unter-
nehmensberater Hellmig, heranzukommen."

„An dich? Hast du Beweise?"

„Ja. In dem von der Polizei sichergestellten
Besitz Viktors fand man ein vorbereitetes
Schreiben an Mutter, mit der Ankündigung
seiner Visite. Sie könne natürlich gern seinen

Besuch ablehnen, was zur Folge habe, dass Edgar seine Ansprüche geltend machen würde."

„Mein Vater war längst tot!" Maren verstand den Zusammenhang nicht.

„Das wusste Mutter doch nicht. Sie hatte keinen Kontakt zu ihrem ältesten Sohn."

„Wäre Viktor nicht gestorben, hätte er Mutter erpresst?", fragte Maren leise.

„Ja. Und wenn das nicht geklappt hätte, mich. Das ist ihr erspart geblieben."

„Aber – das liegt ewig zurück, Christoph. Fast dreizehn Jahre, die ihr mich für dumm verkauft habt!" Maren wehrte sich, das Ungeheuerliche zu akzeptieren.

„Dass wir uns begegnet sind, das mögen dreizehn Jahre sein. Die Vermutungen, oder gar das Wissen, ergaben erst nach und nach ein Bild."

„Die Lüge bleibt", beharrte Maren.

„Hättest du die Wahrheit ertragen?"

Das ist jetzt seine Gewinn- und Verlustrechnung, kam es Maren in den Sinn. Es schien ihm nicht darum zu gehen, was er gewinnt, was er verliert. Sein Ziel? Sein Ziel waren Mutter und ich, dachte Maren. Ihre Ehre nach außen aufrechtzuerhalten. Mich zu schützen.

Dafür hat er die Lüge getragen. Wieder ein Konto, das sich ausglich?

Doppelspiel

„Meinst du, Doktor Negeborn und Viktor Oltmann kannten sich persönlich?"

„Ich bin davon ausgegangen", nickte Christoph. „Durch Viktors Unfall hat Negeborn umgeschwenkt. Er hatte alles drangesetzt, um die Sache zu einem sauberen Abschluss zu bringen. Nicht dass ein Verdacht gegen ihn entsteht. Oder womöglich sein Komplott mit Viktor, wenn es denn eines gegeben hat, auffliegt. Er mag auf eine Gelegenheit gelauert haben. Genug Hintergrundwissen hatte er nach alledem."

„Warum hat Negeborn bis jetzt geschwiegen?"

„Mensch Maren! Weil er ein Schlitzohr ist", meinte Ralf. „Der konnte warten. Er fühlte sich unentbehrlich bei den Hellmigs." Dabei sah er seinen Vater vorwurfsvoll an.

„Ich weiß", meinte Christoph. „Du hast mich gewarnt."

Auf die Frage, was den Anwalt dazu bewogen hatte, ausgerechnet bei Maren zu hetzen, schlug sich Ralf vor die Stirn. „Meine Güte, das ist doch klar. Du hattest keine Ahnung, du warst hochschwanger, allein im Haus und er hoffte vermutlich, du würdest aufgrund deiner angegriffenen Psyche – er hat vielleicht angenommen, du seiest noch krank – in seine Arme flüchten."

Sie starrte ihn an. „Das kann er nicht geglaubt haben! Er ist abstoßend und seine Ausdrücke sind ordinär."

Maren war voller Abwehr, wenn sie nur daran dachte, er ginge auch jetzt noch in der Villa ein und aus. „Was hast du gegen ihn unternommen, Christoph?"

„Aus der Firma ist er raus. Ganz klar. Wieweit wir ihn belangen können? Keine Ahnung. Er hatte kurz vorher versucht, mich unter Druck zu setzen. Ich hatte ihn ausgelacht und rausgeworfen. Maren, wenn ich gewusst hätte, dass er hier bei dir aufläuft, ich wäre vorsichtiger gewesen."

„Sein Erscheinen war Erpressung! Der Schreck, die Aufregung, das war Körperverletzung", warf Ralf empört ein.

„Ich hätte mir ewig Vorwürfe gemacht, wenn Maren oder Lukas was passiert wäre. Ich will erreichen, dass er zumindest keinen Schaden mehr anrichten kann, nicht mehr als Anwalt arbeiten darf. Ich will mich aber nicht an ihm schmutzig machen. Wie gesagt, ich sehe zurzeit keinen gangbaren Weg."

„Hast du Anzeige erstattet?"

„Ja. Ich war bei der Polizei, und ich habe meine Fühler nach einer anderen Kanzlei ausgestreckt."

„Woher hatte er von Fakten Kenntnis, die ein Außenstehender nicht wissen kann?", fragten Ralf und Maren fast gleichzeitig.

„Er hatte Einblick, privat und geschäftlich. Ich habe mich von ihm beraten lassen, schon damals. Adoption oder Pflegschaft. Wallendorf oder Trier. Er hat den Papierkram geregelt. Auch als ihr heiraten wolltet."

Der Vater wandte sich an Ralf. „Du verstehst, ich war erschrocken, weil ich nicht damit gerechnet hatte, dass sich eine echte Beziehung zwischen euch anbahnt. Du und Maren, Bruder und Schwester, dachte ich, das ist verrückt. Obwohl … Edgar und ich sind nur Halbbrüder."

„Ach, und Negeborn hat das geklärt?"

„Ungern, ehrlich gesagt. Ich sollte den Gören die Leviten lesen. Gören! Zwei Menschen nahe dreißig! Entschuldigt, aber erst da wurde ich misstrauisch."

„Mensch Papa, du bist doch sonst so schlau!"

„Im Nachhinein wurde mir klar, er muss seit damals Hintergrundwissen gehabt haben. Maren, mir fiel zu allem Überfluss auf, dass er wohl ein Auge auf dich geworfen hatte."

„Der hat eher gedacht, mit so einem Schäfchen kann er es machen", wütete Ralf.

Maren zog die Nase kraus. „Dieser Widerling. Er hat mich ständig verletzt. Hast du das nie bemerkt? Immerhin hast du die Maren, hat er gemeint. Und: Das hat was! Mit einer hübschen jungen Frau unter einem Dach. Der Kerl ekelt mich an." Maren schüttelte missbilligend den Kopf.

„Ihr habt bemerkt, dass ich aussehe wie Franzi. Das hat euch stutzig gemacht. An Gerlindes Krankenlager ahnte auch ich, dass es mehr war. Ihr gabt mir das Bild von Mutter und Franzi ungern, stimmts?"

Christoph nickte. „Gerlinde hatte alte Fotos verglichen. Mutter in ihrer Jugend, meine Schwester und du. Ein Gesicht. Sie stellte mich zur Rede. Und ich wich ihr anfänglich aus." Er rieb sich mit müder Geste die Stirn.

„Jetzt verstehe ich auch Gerlindes Verhalten, ihr Bemühen um Abstand. Warum hat mich Mutter so belogen." Maren hob die Schultern. Sie fror innerlich.

„Hat sie dich belogen, Kind?"

„Sie hat mir nie gesagt, dass sie Brunjis heißt."

„Sie hieß Hellmig. Über fünfzig Jahre."

„Und hat den Mädchennamen vergessen! Das glaubst du selber nicht."

„Hast du sie gefragt?"

„Hätte sie es erzählt?"

„Ich denke nicht", gestand Christoph.

„Siehst du. Und nun ist es zu spät."

„Wofür?"

„Ich werde nie erfahren, ob es ihr leidtat."

„Das weißt du längst. Sie hat gelitten. Sie hat versucht, an ihrer Enkelin gut zu machen, was sie an ihrem Sohn gesündigt hat. Bestimmt hat sie darüber gesprochen …"

Jetzt fielen Maren Äußerungen ein, die sie so hingenommen hatte. Mitgefühl einer Freundin. Wenn ich eine Mutter hätte, hatte Maren damals gesagt, sollte sie so sein wie Sie, Mutter Hellmig. Daraufhin hatte sie die ausweichende Antwort erhalten: Du wirst hoffentlich einmal eine bessere Mutter als ich. Sie hatte Marens Widerspruch erstickt, hatte ihr den Finger auf die Lippen gelegt und gesagt: Schweig, ich will dir von Franzi erzählen. Jetzt hatte Maren das Gefühl, sie hätte etwas ganz anderes loswerden wollen. Vielleicht hätte sie gern von Edgar erzählt.

„Ach, und die Puppe. Ich war der Meinung, sie mochte Dorle nicht. Jetzt vermute ich, sie hatte Angst, dass Dorle plaudert. Sie hat sofort bemerkt, dass die Puppe mein Unterbewusstsein berührt. Und sie konnte nicht wissen, ob sie selbst in diesen Erinnerugen vorkommen würde."

„Lass uns aufhören. Wir verzetteln uns bloß. Morgen ist auch noch ein Tag", bat Christoph.

„Wir müssen es hinter uns bringen", meinte Maren und blickte unsicher auf Ralf. „Vielleicht habe ich sie mit meinem Anblick gequält. Sie ständig an ihr erstes Kind erinnert. Sie hatte genug Enkel. Ich hätte nie auftauchen dürfen."

Das hatte Ralf aufgegriffen und gleich gefrotzelt. „Du kokettierst schon wieder." Mit dieser Vokabel entlockte er ihr stets ein verschämtes Lächeln. Mutter Hellmig hatte sie gebraucht, sie wusste es. Alle anderen waren ja ausgeflogen.

„Als du mich zu ihr brachtest, Christoph, sagtest du: Sie braucht Liebe. Wen hast du gemeint?"

„Was dachtest du?“

„Uns beide? Aber eigentlich … meine Oma, nicht wahr?“ Sie benutzte das Wort Oma das erste Mal.

Gerlinde

„Christoph, ich hatte das Gefühl, ich hätte Gerlinde was genommen. Mich würdest du besonders lieb haben, hat sie öfter gesagt.“

„War das ein Vorwurf?“

„Nein Christoph, es war so … so als würde sie entsagen?“

„Maren, gerade für meine Frau war eine Welt zusammengebrochen. Aufgewachsen in einem streng katholischen Elternhaus, fiel es ihr schwer, Mutter in dieser nie gebeichteten Sünde noch zu akzeptieren. So zu tun, als wäre nichts, das war bereits mehr, als ich verlangen konnte. Die Situation war bedrückend, richtete sich allerdings gegen Mutter, nicht gegen dich.“

„Deshalb habe ich die Trauerfeierlichkeiten, die ganze Abwicklung fast allein gemacht?“, fragte Maren bekümmert.

„Ich denke, das spielte da hinein. Aber Gerlinde war zu dem Zeitpunkt schon krank. Belastend kam hinzu: Ich hatte mich verändert.“

„Du?" Maren sah ihn erschrocken an. „Meinetwegen?"

„Maren, es hat mich tief berührt, einen Bruder zu haben, der vielleicht noch lebt. Ich habe Edgar gesucht, ohne nach gut oder böse zu fragen. Ich hätte ihm helfen mögen, wenn er in Not ist. Vor allem musste ich wissen, warum er sein Mädchen allein lässt – oder – noch schlimmer – bei einem Verbrecher wie Viktor!"

„Und ich hab von alldem nichts geahnt. Ihr habt mich dumm gehalten."

„Ich war überzeugt, richtig zu handeln, Maren. Auch in deinem Sinne. Es war uns bedauerlicherweise nicht vergönnt, deinen Vater kennenzulernen. Er wird in unserem Denken weiterleben, wie wir ihn uns wünschen. Aber sein Kind! Ich hatte sein Kind gefunden! Das war für mich ein Wunder."

„Und Gerlinde?"

„Sie hat dich akzeptiert … Gerade in den letzten Wochen warst du ihr näher als ich. Eigentlich hätte ich eifersüchtig sein müssen, findest du nicht?"

Maren reagierte nicht darauf. Ihr war nicht zum Spaßen zumute. „Und Erna?", fragte sie.

„Erna Burger war der einzige Mensch, mit dem ich reden konnte, der mir zuhörte. Gerade weil sie eine Außenstehende war, hatte sie keine Vorbehalte. Mit Gerlinde war eine Auseinandersetzung nicht möglich. Ich sagte bereits, dass die Vorkommnisse nicht mit ihrer Moral vereinbar waren."

Christoph zögerte. „Ich will dir nicht wehtun, Maren. Aber, sie schämte sich, fühlte sich bloßgestellt. Wir, also Mutter durch einen … ein Uneheliches. Und ich, weil ich mich in die Sache reingesteckt hatte, Mutter in Schutz nahm, letztlich dich ins Haus geholt habe. Wir hätten sie zum Gespött vor Freunden und Bekannten gemacht."

„Das tut mir leid. Es ist soviel zerbrochen. Durch mich. Ihr habt von Liebe gesprochen. Und was habt ihr getan? Konsequent eine Lüge beibehalten! Eine Lüge und noch eine und noch eine." Marens Tonfall wurde heftig.

„Du meinst die Erkenntnis, dass du eine Brunjis bist?"

„Unter anderem. – Ralf hat das Wissen sogar mit in die Ehe genommen!"

„War es wichtig? Du warst so glücklich und ausgeglichen. Wenn ich gewusst hätte, dass du dich so verhältst, wie jetzt. Du bist so stark geworden … Wir wollten dich schützen. Und irgendwie ist es uns gelungen. Sag, was du willst."

„Ich bin schuld an manchem Streit, nicht wahr?", stieß Maren mit Tränen in der Stimme hervor: „Zwischen dir und Ralf. Oder, wenn ich dir vorwarf, dir seien nur deine eigenen Kinder wichtig? Tut mir leid, ich verstand es nicht besser."

„Aber ich. Ich verstand es sehr gut. Vieles wird dir deutlich werden an deinem Kind. An deinen Kindern, wenn ich Ralf Glauben schenken darf."

Er sah sie zweifelnd an. „Oder langt es dir nach dem ersten Erlebnis?"

Meine Güte, wie brachte er es fertig, stets zu einem lockeren Ton zurückzukehren. „Das werde ich dir nicht verraten", meinte sie kurz.

Rote Geranien

„Christoph, ich will mit dir nach Wallendorf", bat Maren ein paar Tage später. „Ich will meiner Oma sagen, dass ich ihr verzeihe."

„Willst du nicht mit Ralf fahren?"

„Nein. Ralf meint, er habe Oma nichts vorzuwerfen. Er ist ihr dankbar, ohne den Fehltritt gäbe es mich nicht. Obwohl … logisch ist das nicht. Bitte, Christoph, vielleicht findet sie sonst keine Ruhe?"

„Ja, ich will mit dir fahren." Zögernd setzte er hinzu: „Ich bin froh, wenn ich sehe, was aus dir geworden ist. Was deine Eltern dir an Gutem mitgegeben haben, konnte einer wie der Oltmann nicht zerstören."

Ralf schüttelte den Kopf, als die beiden sich mit einer Blumenschale nach Wallendorf aufmachten.
„Ich hoffe, ihr kehrt bald zu eurer Arbeit zurück", murrte er.

Maren hatte rote Geranien gekauft. Was sonst? Es waren die ersten Blumen, die ein fünfzehnjähriges Mädchen auf ihrem Weg in die Sauertalstraße gegrüßt hatten.

Als die Kirchturmspitze von Wallendorf zwischen den Bäumen sichtbar wurde, bat Maren: „Hältst du einen Augenblick?"
Sie stiegen aus und Maren setzte sich auf die Motorhaube. „Schau, da hinten die braunen Dächer. Die Sonne schien genau so grell auf den Turm. Damals habe ich das alles in einem ausweglosen Nebel wahrgenommen. Wie friedlich es hier ist."
Christoph hatte sich neben sie gesetzt. Sie drückte seine Hand im stillen Einverständnis

und reckte ihr Gesicht dem wärmenden Sonnenlicht entgegen.

„Man könnte meinen, dieses ist deine Heimat, nicht meine", sagte Christoph und dämpfte seine Stimme.

Maren lächelte. „Ich sehe das alles mit geschlossenen Augen. Aber früher habe ich um die Menschen einen Bogen gemacht. Heute tut es mir leid. Ich könnte eine von ihnen sein, wenn ich gewollt hätten … wenn ich gekonnt hätte, meine ich."

Auf dem Friedhof trafen sie eine ehemalige Nachbarin. Mit Begegnungen hatte Maren nicht gerechnet. Im Nu waren sie in einem Gespräch. „Meine Liebe! Ich darf doch noch Maren sagen?"

Natürlich durfte sie. Maren hatte leider den Namen vergessen. Sie erfuhren ganz nebenbei, wer mit wem, wer weggezogen und wer gestorben war. Und sie wurden eingeladen! „Kommen Sie bald. Das Kränzchen besteht noch." Einige wären nicht mehr dabei. Sind eben alt geworden. Dafür wären neue hinzugekommen. Das Dorf habe sich verändert. Grüßen Sie Ihren Gatten, den Ralf. Und bringen Sie Ihren Sohn, den Lukas mit. Wir sind doch neugierig!"

Mein Gott, nach dieser langen Zeit? So herzlich? Christoph schüttelte erstaunt den Kopf. „Hast du gemerkt? Du *bist* eine von ihnen!"

„Siehst du", sagte Maren erfreut, „so sind sie, deine Wallendorfer. Auch das Grab von Oma, Franzi und Fritz, lassen sie nicht vertrocknen. Die Leute haben immer mit Achtung von euch gesprochen." Leise sagte sie: „Ich hatte befürchtet, das würde sich ändern. Jetzt, nach dieser Sache … wo für uns Hellmigs eine Welt zusammengebrochen ist."

Die Geranien leuchteten neben den immergrünen Bodendeckern. Wieder nahm Maren Christophs Hand: „Alles wird gut, Oma. Wir haben dir verziehen."

„Komm." Christoph zog sie mit fort. „Vielleicht haben wir überhaupt kein Recht zu verurteilen."

Maren blieb am Ende der geharkten Reihe stehen, sah zurück. „Jetzt weiß ich, warum Gerlinde nicht hier beigesetzt werden wollte. Die Schande …"

Du hast alles

Der Kontakt zu Ilse lebte mit Lukas auf. Die ewig plappernde, voll unbedeutender Neuigkeiten steckende Krankenschwester war ganz närrisch nach dem Kind.

Maren spürte, dass mit jedem Wortschwall eine quälende Eifersucht – oder war es Neid – verdrängt wurde. Was neidete ihr die Schwester? Nein – sie würde nun wohl Cousine sagen müssen!

Ihr Doktor Jochen war mit dem Leben, so wie es verlief, zufrieden. „Kinder bringen nur Unruhe, das sieht man bei euch", hatte er gesagt, als Ilse mit ihm in der Villa aufkreuzte.

„Schau dir Lukas an! Ist er nicht zauberhaft?", hatte Ilse gefragt und Jochen meinte, sie könne ihn doch jederzeit besuchen. „Es bleibt dir unbenommen."

Damit war für ihn das Thema erledigt. Eine Gemeinschaft mit dieser zur Schau getragenen Harmonie der jungen Hellmigs fand er spießig.

„Bei euch fehlt das Salz in der Suppe", hatte er gesagt. „Wer sich nie streitet, weiß gar nicht, wie schön vertragen ist!"

„Davon machen die beiden wirklich zur Genüge Gebrauch", waren sich Ralf und Maren einig.

Ansonsten war Jochen nett. Manchmal zu nett, wie Maren fand. Sie mied seine Nähe, was wiederum Ilse sehr recht war. Ilse – die nun mit dem Geständnis herausrückte, dass sie einen Teil dessen, was Maren anging, bereits während Gerlindes Krankenlager erfahren hatte.

Sie habe es erst für Fieberfantasien gehalten. Aber – naja – sie sei ja nicht blöd. Sie habe nur nie Zeit und Lust gehabt, darüber zu reden. Mit ihr nicht und mit Vater oder Ralf erst recht nicht. „Verliebte Männer sind für sowas blind und taub."

Den Brüdern habe sie es natürlich geschrieben. Obwohl – wirklich interessiert habe es die nicht. „Aber Bens Schwiegervater fand die Geschichte ziemlich abstoßend. Das hast du bei der Feier in deinem Glückstaumel gar nicht gemerkt."

„Damit hast du Vater verletzt, nicht mich."

„Vater? Onkel! Der hat doch nur Augen für dich", versuchte sie ihr Verhalten zu rechtfertigen.

Jochen hatte sie es seinerzeit brühwarm erzählt. Der hätte gesagt, er sei gespannt, was seine Eltern dazu sagen werden, wenn er ihnen erzählt, in was für eine Familie er hineingeraten ist. Die werden ganz schön gucken soll er gesagt haben.

Das befürchtete Maren seither auch. Nicht umsonst sprach Ralf nach wie vor von einer ewig plappernden Schwester. Diese Indiskretionen hatten für reichlich Kummer gesorgt. „Hoffentlich hat Ilse daraus gelernt. Es täte mir leid, wenn ich bei denen auch für Unfrieden sorge."

Ralf grinste. „Das hätte sie selbst zu verantworten. Es wäre ihre eigene Schuld."

Ilse gab keine Ruhe, ehe nicht ihr ganzes Wissen aus ihr herausgesprudelt war. „Mama hat mir in ihren letzten Wochen viel von Omas Fehltritt erzählt. War ja wohl das Letzte. Und dann! Stell dir vor, deine Eltern wären aufgekreuzt. Das hätte was gegeben. Wir wären in der Gesellschaft erledigt gewesen! Mama sagte, ich müsse dich besonders lieb haben. Du hattest es so schwer."

„Also hast du geheuchelt! Hast auch gelogen", hatte Maren ihr vorgeworfen.

Das allerdings stritt Ilse, die ihr einst Freundin war, ab. Es sei viel zu viel Rummel um sie gemacht worden. „Man hätte dir klipp und klar sagen sollen, was Sache ist, hätte die Cousine in die Familie aufnehmen können, bei Onkel und Tante – und damit basta."

„Und Oma? Denk mal an sie."

„Die hätte sich beruhigt, was wäre ihr anderes übriggeblieben. Bei der Schande."

Maren war entsetzt. War das noch die Ilse, mit der sie das halbe Jahr in Wallendorf so vertraut war? Oder hatte sie sich die Freundschaft nur eingebildet, weil sie Gefühle nicht einordnen konnte?

Ilse klagte: „Sieh mal, die Villa war immer mein Zuhause. Du hast mir meine Oma weggenommen, meinen Vater hast du, meinen Bruder auch und du hast im Geschäft einen Fuß in der Tür. Du hast alles erreicht, was möglich ist, hast dich nicht mit Kleinigkeiten zufriedengegeben. Du bist verheiratet, hast ein Kind, hast Jochen verhext, und ich sollte dich besonders lieb haben? Gerade ich, der du alles genommen hast?"

Maren war schockiert, wollte das Gespräch für sich behalten. Ralf sah sie nur an. „Nun?", fragte er, und als sie schwieg: „Meine Antennen stehen auf Empfang."

So sprach sie mit Ralf darüber. Der tippte sich nur an die Stirn. „Was habe ich gesagt? Ich mochte Mädchen nicht. Ich war geschädigt. Hoffentlich siehst du das jetzt ein."

„Du nimmst das so leicht … Und Vater?"

„Er muss nicht alles wissen. Es würde ihn traurig machen. Jetzt schonen wir ihn eben mal", entschied Ralf und setzte hinzu: „Wenn die beiden uns nur manchmal beehren, ist es okay. Von wegen, den Jochen verhexen und so ...", und er drohte ihr grinsend.

Seltsam, bei Ralf glätteten sich stets die Wogen. Er hatte Recht. Es ist, wie es ist. „Sie tut mir leid", sagte Maren.

Liebe oder Lüge

Maren saß auf dem Bettrand, Lukas hatte sich müde genuckelt, gähnte mit weit aufgerissenem Mündchen, und die kleinen Fäuste fuchtelten durch die Luft. Ralf setzte sich daneben, legte den Arm um seine beiden und fragte: „Na, ist die Ahnenforschung abgeschlossen? Sind wir endlich in der Gegenwart angekommen?"

„Warum bin ich dir nicht böse?", sagte sie leise.

„Liebe?", fragte Ralf mit gedämpfter Stimme.

„Meine Güte, was man alles erfahren muss. Ihr Hellmigs habt es faustdick hinter den Ohren. Ihr habt mich umgarnt mit eurer Bilderbuchfamilie."

„Ist doch eine. Wir sind total normal."

„Na danke. Was da an die Oberfläche gekommen ist … Seit wann genau weißt du, dass du mein Cousin bist?"

„Seit Vater von meinen ernsthaften Absichten Kenntnis hatte."

„Und das hielt dich nicht zurück?"

„Ich habe keine geschwisterlichen Gefühle, wenn du das meinst. Ich hatte den dringenden Wunsch, nicht nur die Tage mit dir in Gemeinschaft zu verbringen, sondern auch die Nächte. Da das bei dir nur mit Trauschein zu haben war, musste ich armer Bursche halt in den sauren Apfel beißen." Er lachte.

Maren überging den liebevollen Spott, der ihr immer half, sich nicht in irgendeine Idee zu verbohren. „Hattest du keine Angst vor … wie hatte sich der Negeborn ausgedrückt? Vor Inzest?"

„Ich habe mich schlaugemacht. Nicht bei Negeborn. Das kann man einfacher haben. Es gibt Gesetze, über die ich mich – schon mit Rücksicht auf dich und mögliche Folgen – nicht hinweggesetzt hätte."

„Wir wären Geschwister geblieben. Du hättest geheiratet. Vielleicht diese Silke."

„Lass es. Das führt zu nichts. Gut, dass Oma diesen Ausrutscher begangen hat, dadurch haben wir nicht einmal den gleichen Opa.

Und irgendwelche Vorerkrankungen diesbezüglich konnte ich bei den mir zur Verfügung stehenden Ahnen nicht in Erfahrung bringen. Maren, es gibt Beratungsstellen, das habe ich alles abgeklopft. Ich war nicht leichtsinnig, solltest du mir das unterstellen wollen. Ich sah und ich sehe keinen Grund zur Aufregung."

Sie legten Lukas in sein Bettchen. Der war satt, trocken und zufrieden. Was kümmerten ihn die Probleme seiner Eltern.

„Du hast mich mit der Lüge geheiratet", meinte Maren mit einem herausfordernden Unterton.

„Mit Vaters Lüge! Nicht mit meiner."

„Du warst eifersüchtig auf Christoph ..." Es war keine Frage, Maren bemerkte es mehr für sich.

„Vater hat sich umgebracht um dieses Sechste und ich konnte nicht verstehen, warum. Bis er dich ins Haus schleppte. Mama fügte sich. Und ich habe mich mit meiner Musik zugedröhnt, damit ich das Elend nicht miterleben musste."

„Das Elend?"

„Ich war zornig auf meinen Vater. Er hatte was, das ich haben wollte ..."

„Mich …?"

„Du stellst Fragen. Wir haben für heute genug geredet", brummte er. „Überhaupt wird hier im Hause viel zu viel palavert."

G & V

Sie saßen, wie stets nach den Mahlzeiten, im Salon. Es war ihr Lieblingsplatz geblieben.

„Irgendwann fahren wir mit Lukas und Dorle nach Bitburg – zum Puppendoktor Pneu", sagte Maren.

„Willst du das Däumelinchen zurückbringen?", fragte Ralf erstaunt.

„Nein. Ich will mich bedanken, weiter nichts."

Christoph las, diskutierte dazwischen mit Ralf, der die Tageszeitung auf den Tisch gelegt hatte und fast beiläufig fragte: „Sag mal, Vater … letzte Woche warst du gar nicht in Echternach?"

„Was willst du hören", fragte Christoph sachlich und klappt das Buch zu.

„Vater, wir mögen Erna sehr gern. Es ist genug Platz in der Villa."

Maren lachte. „Ihr seid euch wirklich sehr ähnlich", meinte sie mit gutmütigem Spott.

„Was gibt's da zu reden ..." Christoph hatte die linke Augenbraue leicht hochgezogen, rieb die Hände zwischen den Knien. „Erna geht in ihrem Beruf voll auf. Dass sie ein Organisationstalent ist, habt ihr mehrmals miterleben dürfen. Zurzeit ist Hauptsaison in Echternach und der Echternacher Hof ist nahezu ausgebucht, da ist sie unentbehrlich. Und solange ich mit meinem Sohn die Firma leite, vermisse ich nichts. Fast nichts. Es ist schön zu wissen, wie ihr darüber denkt."

Lukas meldete sich energisch und Maren erhob sich. Sie stand dicht vor Christoph, sah ihm in die Augen. Da ist kein Falsch – war es nie gewesen, dachte sie, und sie sagte: „Jetzt sind wir quitt. Ich habe eine G und V gemacht. Sie ging auf."
Er schüttelte verblüfft den Kopf. „G und V? Kenne ich als Gewinn- und Verlustrechnung aus der Finanzbuchhaltung."
„Genauso ist es."

Sie griff Ralfs Hand, zog ihn aus dem Zimmer. „Komm, dein Kind schreit", und in ihrem Gesicht blühte ein Lächeln auf. „Ich musste euch ein halbes Leben dankbar sein – dabei seid ihr schuldig geworden", sagte sie zwischen Tür und Angel. „Alle." Aber dieses Mal klang es nicht vorwurfsvoll.

„Auf deine Kosten?", fragte Christoph.

Ihr Blick ging zwischen Ralf und Christoph hin und her, ehe sie wie entschuldigend die Schultern hob: „Eine Weile … habe ich es gedacht …"

Maren Brunjis, geboren 1957, verwaist, misshandelt und in Angstträumen gefangen, findet 15-jährig in der Familie Hellmig ein neues Zuhause. Doch es bleibt die Angst. Erst zehn Jahre später ist Maren bereit für die Vergangenheit. Sie sucht nach ihren Wurzeln. Die Lebenslüge mit Schuld und Verschweigen holt die biedere Moral des Familienclans ein.

Karin Bottke ist Herausgeberin von Anthologien der Schreibwerkstatt an St. Marienberg in Helmstedt. Sie schreibt Kurzgeschichten und Romane, u.a. die autobiografischen Werke „Demenz. Lass mich nicht alleine gehen", „Oma auf dem Sonnenstrahl" und „Helmstedter Grenzgedanken vor 1989".

www.karin-bottke.de